COLLECTION
FOLIO CLASSIQUE

Pierre Loti

Pêcheur d'Islande

*Édition présentée et annotée
par Jacques Dupont*
Professeur à l'Université
de Saint-Quentin-en-Yvelines

Gallimard

PRÉFACE

Pêcheur d'Islande fut, avec *Les Désenchantées*, le plus grand succès de Loti : 261 éditions en 1905, 445 en 1934, traduction en quatorze langues [1]. Ce succès, immédiat, et salué généralement par la critique [2], par des écrivains tels que Daudet, Edmond de Goncourt, Renan ou Henry James [3], voire par le prix Vitet de l'Académie, s'est aussi marqué par des effets parfois inattendus, folkloriques, ou touchants d'ingénuité. Théodore Botrel raconte, dans ses *Mémoires d'un barde breton* [4], comment, venant de lire *Pêcheur d'Islande* en 1895, il composa, en une nuit, la célébrissime « Paimpolaise [5] ». De son côté, un discret poète rochefortois,

---

1. M. G. Lerner, *Pierre Loti*, p. 163 ; J. Kerlévéo, *Paimpol et son terroir*, p. 387 (voir ci-dessous bibliographie p. 308).

2. Voir plus loin, p. 317, le dossier de presse.

3. « The literature of our day contains nothing more beautiful than the Breton passages » (*Essays in London and elsewhere*, Londres, 1893). Goncourt écrit à Loti : « Vous êtes un peintre admirable, miraculeux ; quand vous parlez de la réalité, votre vision est d'une intense poésie — quelque chose que personne n'a vu... », et Renan, dont les ancêtres venaient de la région de Paimpol, lui écrit qu'il est un « admirable artiste » (L. Blanch, *Pierre Loti*, p. 169).

4. Lethielleux, 1933 ; voir aussi l'article d'A. Moulis, « De *Pêcheur d'Islande* à *La Paimpolaise* ».

5. Pour d'autres chansons inspirées par la pêche d'Islande, voir J. Kerlévéo, *Paimpol au temps d'Islande*, Chronique Sociale de France, Lyon, 1944, t. II, p. 197.

Georges Gourdon, avait commis un ineffable poème,
« Gaud à sa fenêtre [6] ». La même année, Jules Lemaitre s'amuse à une sorte de croisement, de « chimère »
romanesque, en mêlant la donnée d'*Aziyadé* à celle du
roman islandais, et prévoit que « Monsieur Pierre
Loti nous donnera *Kouroukakalé*. Ce sera le nom d'une
jeune Lapone amoureuse d'un officier de marine. On
verra dans ce livre des fjords, des bancs de glace, des
baleines, des morses, des rennes, des martres zibelines
et des aurores boréales. Au bout de six mois, l'officier
de marine s'en ira, et Kouroukakalé mourra de
désespoir [7] ».

L'influence du roman se marque aussi, et plus
sérieusement, par l'apparition de suiveurs, comme
Anatole Le Braz, qui écrit une nouvelle, *Pâques
d'Islande,* publiée en 1897 chez le même éditeur que
Loti, où Tréguier remplace Paimpol, et où l'un des
personnages, mort de phtisie en pleine mer, est
inhumé à Reykjavik, ou encore comme Charles Le
Goffic, dont une nouvelle intitulée *L'Islandaise* servira
de livret au *Pays,* drame lyrique de Guy Ropartz. Loti
lui-même, devenu académicien, se prêtera à une
exploitation théâtrale du succès, non sans remaner
l'œuvre dans un sens plus conventionnel [8]. Plus tard,
deux adaptations cinématographiques, celle, en muet,
de J. de Baroncelli (1924) avec Charles Vanel et

---

6. *Les Villageoises,* Albert Savine, 1887 (texte reproduit dans la
Revue Pierre Loti, n° 27, juillet-septembre 1986, p. 69).
   7. *Les Contemporains,* IVᵉ série, Lecène-Oudin, 1889, p. 326 (cité
par A. Quella-Villéger, *Loti l'incompris,* p. 110).
   8. Sur cette adaptation, par Loti et L. Tiercelin, représentée en
février 1893, avec une musique de scène, fort appréciée par Loti, de
Guy Ropartz, voir l'article de M. G. Lerner, « Pierre Loti as
dramatist ».

Sandra Milowanov, et celle, parlante, de P. Guerlais (1933), avec Tony Bourdelle et Yvonne Weitenberger, compléteront une célébrité qui avait valu aussi à Loti un quai, à Paimpol, dès 1887, — et une goélette, le *Pierre-Loti*, disparue en mer en 1910 [9].

De ce *best-seller* on ne saurait pourtant dire qu'il ait bonne réputation, de nos jours. L'œuvre de Loti est volontiers jugée poussiéreuse, désuète, encline à une sentimentalité assez ordinaire ou au pathos le plus mièvre et le plus complaisant, quand elle n'est pas condamnée sans appel, au tribunal « idéologique », par des censeurs sourcilleux qui y décèlent un goût petit-bourgeois de l'exotisme « objectivement » — comme on dit quand on ne cherche pas à être objectif — complice du colonialisme le plus immonde, fût-il « en pantoufles [10] ». Quant à *Pêcheur d'Islande*, lorsque par hasard il surnage de ce désastre, il semble réduit à l'obscure fonction de roman pour la jeunesse, et voué vainement, dans les éducations soignées, à faire rêver des adolescents — sans doute désireux, au demeurant, de lectures plus corsées, et moins sensibles que naguère aux vagabondages maritimes et aux histoires d'amour qui finissent mal.

Pourtant, maintenant que l'aventure islandaise est terminée, cette œuvre peut nous rappeler un passé révolu, et intéresser l'historien, voire l'ethnographe attentif à cette micro-société côtière que Loti nous présente, et sur laquelle, avant lui, à peu près rien de notable, littérairement, n'existait. C'est Loti qui a inventé Paimpol (il suffit de comparer le destin

9. Ch. Le Goffic, « Goélettes d'Islande », *L'Ame bretonne*, p. 206.
10. Cité par K. Millward, *L'Œuvre de Loti et l'esprit « fin-de-siècle »*, p. 32-33.

littéraire de Boulogne ou de Dunkerque), et surtout qui a révélé à un vaste public cette épopée maritime que fut la « grande pêche ». Car indubitablement, ce roman fut perçu et reçu comme un témoignage réaliste sur les « Islandais » — son illustrateur le plus notable, Rudaux, est allé sur place le vérifier, et s'inspirer aussi de cette réalité. Loti lui-même, en dépit de son peu de goût pour le naturalisme d'un Zola — *Pêcheur d'Islande* paraît un an après *Germinal* —, antipathie exprimée notamment dans son discours de réception à l'Académie, n'avait pas été insensible à l'influence d'un Daudet, par exemple. Il n'avait pas négligé de noter avec précision la topographie et l'onomastique locales, qu'il avait d'ailleurs d'excellentes raisons personnelles de connaître, comme l'on verra, et de s'informer sur le cadre de ce qu'il allait décrire, c'est-à-dire une entreprise de pêche hauturière, commencée en 1852, qui lance vers l'Islande en 1886 cinquante-quatre navires, qui connaîtra son apogée en 1895 — quatre-vingts bâtiments sont alors armés — avant de décliner jusqu'en 1935, et qui au total aura coûté la vie à environ deux mille marins du Quartier maritime de Paimpol[11].

Loti s'est ainsi documenté auprès d'un armateur, dont la réponse est reproduite plus loin, p. 311, et la tradition orale veut qu'il ait pris des notes à Paimpol et à Ploubazlanec[12]. Il pouvait aussi prendre des informations de première main auprès des inscrits

11. Fr. Chappe, « Réalité sociale et humaine de Paimpol à travers *Pêcheur d'Islande* ». Dans un autre article, « Paimpol (1880-1914). Mythes et réalités », p. 179, cet auteur établit, pour la période de 1880-1892, le chiffre de 183 décès, soit une quinzaine par an.

12. J. Kerlevéo, *Paimpol au temps d'Islande*, p. 389.

maritimes de Paimpol, qu'il rencontrait dans les équipages des bateaux de guerre — nous reparlerons bientôt de trois d'entre eux. Le résultat se prête donc, incontestablement, à une lecture de type réaliste, attentive à retrouver les lieux et les personnages dont parle Loti (travail remarquablement fait par Jean Kerlevéo dans *Paimpol et son terroir,* livre auquel la présente édition doit beaucoup), et soucieuse de corroborer, par les acquis de l'histoire locale, la présentation qui est faite dans ce roman des conditions économiques, sociales, voire sanitaires, de la « grande pêche ».

Le roman est assez précisément daté, puisque divers recoupements permettent de situer l'action de 1883 à 1885. Commençant un quinze août, le récit revient en arrière dès le deuxième chapitre, qui évoque la bénédiction des départs, à la fin de l'hiver. Le retour d'Islande, « après la mi-septembre », est clairement daté, ainsi que le départ de l'année suivante, à la fin de février. Le départ de Sylvestre pour l'Extrême-Orient, en automne de l'année précédente, est suivi d'une mort que la lettre de la grand-mère (écrite en mars 1884) permet de dater sans conteste de la même année, pendant la deuxième campagne de pêche en Islande. La décision du mariage est prise en février de l'année suivante, donc en 1885, peu avant la troisième campagne de pêche, qui verra en août la mort de Yann. Trois campagnes de pêche successives encadrent donc l'intrigue romanesque, la rythment, et lui fournissent son arrière-plan, et comme son lest de réalité gagée aussi bien par la référence externe à la chronologie vérifiable d'une guerre coloniale que par la cohérence interne d'une narration manifestement agencée pour être plausible.

Cette vraisemblance des données temporelles se complète de la remarquable précision du cadre géographique du récit. Si en effet l'itinéraire de Sylvestre est parfois flou ou lacunaire, il n'en est pas de même pour la localisation d'une intrigue essentiellement centrée sur trois lieux très proches les uns des autres : Paimpol, Ploubazlanec, et Pors-Even. Les lieux comme les déplacements sont vérifiables, et ont été très tôt fréquentés par les lecteurs, puisque, bien avant que le *Guide bleu* de Bretagne ne présente Pors-Even comme « le village de Yann » ou que des cartes postales n'indiquent à Paimpol la « maison de Gaud », Loti pouvait se plaindre de « furetages » indélicats dans la région [13]. Loti a fait subir très peu de modifications ou de transpositions à des lieux reconnaissables pour l'essentiel. Cet aspect de quasi-reportage contribue puissamment à la possibilité — voire à la nécessité — d'une lecture référentielle, qu'elle soit naïvement touristique, ou savante et bardée de précisions érudites. Dès lors, un des enjeux de l'œuvre est la vérité de sa fiction, ou plus exactement on est conduit à se demander de quelle vérité témoigne cette fiction, que signifie son éventuel « mentir vrai », comme dirait Aragon.

On sera frappé par la justesse aiguë de certaines observations sur la société bretonne d'alors, notamment sur le rôle de la religion catholique et de certaines formes populaires de dévotion, ou sur ce matriarcat qui, combiné au respect du père ou du grand-père, semble le pendant de l'irresponsabilité, ou de l'absence fréquente des hommes : Yann ne

---

13. « Une lettre de Pierre Loti », *Le Monde illustré*, 7 janvier 1888.

donne-t-il pas à sa mère tout son salaire, quitte à se retrouver dans la position infantile de celui à qui on donne de l'argent de poche, et ne demande-t-il pas à son père la permission de partir avec Gaud, le soir des noces ? L'attention aux fêtes, à la sociabilité particulière qu'elles impliquent, voire à ces amours côtières, à la fois libres et honnêtes, puisqu'on s'épouse « après », nous dit Loti, tout cela peut encore retenir l'attention d'un ethnologue prêt à prendre son bien où il le trouve, un peu comme Loti avait su trouver, dans ce coin de Bretagne, un exotisme du proche, paradoxalement aussi attirant que les lointaines Polynésie ou Turquie.

De même les usages et les règles de la « grande pêche » semblent-ils exactement respectés : on comprend bien que la campagne de pêche durait environ sept mois, et qu'elle se subdivisait en deux étapes, la première pêche, qui se faisait jusqu'à la mi-mai, au sud de l'Islande, avec des températures voisines de 0°, et la seconde pêche, qui, à partir de juin, déplaçait les goélettes vers l'ouest et le nord de l'île, avec des températures moins basses, entre 8 et 10°, mais aussi avec une brume parfois assez épaisse pour boucher la visibilité à dix mètres [14]. La *Marie* passe en effet sa saison, à partir de juin, « dans la partie la plus occidentale des pêcheries d'Islande », et la *Léopoldine,* aperçue pour la dernière fois en août, on s'en souvient, « avait dû s'en aller pêcher plus loin vers le nord ». Les liaisons avec la France pendant la campagne de pêche sont aussi montrées, avec la

---

14. Voir Avril et Quéméré, *Pêcheurs d'Islande,* p. 19 et suiv.; ces brouillards naissent de la rencontre des courants polaires avec des eaux plus chaudes.

présence du bateau à vapeur de la marine nationale
chargé de surveiller la zone et investi d'une mission
d'assistance, comme avec ces *chasseurs* qui apportent le
courrier. Cette précision est parfois teintée de didac-
tisme, tantôt assumé par le narrateur qui, par l'emploi
de l'italique ou par des parenthèses explicatives,
signale au lecteur les détails qui ne lui sont pas
familiers (qu'est-ce qu'un *suroît*, ou un *cirage*?), tantôt
délégué à un personnage comme Yann, expliquant
par exemple à Gaud ce que sont des *trous de mecques*
(mais on remarquera qu'à la différence d'un Kipling,
dans *Capitaines courageux*, ou d'un Conrad, dans
Typhon, Loti a peu usé de ces termes techniques,
inintelligibles au lecteur terrien). La répartition des
fonctions à bord, la division du travail entre pêcheurs
et saleur, le rôle du mousse, la présence fréquente
d'un chien comme ce « Turc » qui apparaît fugitive-
ment, tout cela n'est pas inventé. Les salaires prêtés à
Yann par Loti sont conformes à la norme, puisqu'il
déclare gagner entre 800 et 1 200 francs par saison —
les 1 500 francs gagnés lors de la dernière campagne
sur la *Marie* étant une glorieuse exception, propre à
faire de lui un stakhanoviste de la mer —, chiffres
confirmés par l'ouvrage d'Avril et Quéméré [15]. Bref,
tout semble devoir faire de ce livre un témoignage
réaliste autant qu'instructif.

Il convient toutefois de souligner les limites ou les
silences de cette présentation. Loti a négligé ou voilé
bien des aspects de la réalité. On a remarqué [16] qu'un

15. Ouvrage cité, p. 111. Sur les trois types d'engagement (« au
last », « à la morue » et « au tiers »), voir Avril et Quéméré,
ouvrage cité, p. 109.
16. Nous suivons ici des informations fournies par Fr. Chappe
dans les deux articles précités.

groupe social essentiel est presque totalement absent du roman, celui qui tire les ficelles, et qui aurait intéressé aussi bien Balzac que Zola : les armateurs. Leur rôle, leurs profits (on peut estimer les bénéfices personnels des armateurs entre 15 000 et 20 000 francs par an, quand un pêcheur, on l'a vu, gagnait environ 1 000 francs), leurs éventuelles responsabilités dans les naufrages dus à des bateaux mal entretenus ou vétustes, cela ne semble guère intéresser Loti. Même les capitaines, ce groupe charnière entre les armateurs et les pêcheurs, n'apparaissent que sous l'aspect, pâlement dessiné, de Guermeur ou comme une possible promotion professionnelle pour Yann. Or, les témoignages de l'époque insistent sur le fait que beaucoup de capitaines « ne sont que des pêcheurs ignorants, lourds et sans autorité [17] ». Quant aux pêcheurs eux-mêmes, certes Loti ne dissimule pas la longueur des journées de travail, de quinze à vingt-quatre heures (jusqu'à trente heures de pêche d'affilée, affirme-t-il même au début du roman). De même note-t-il en passant que leur engagement a parfois été obtenu par des procédés peu orthodoxes, que certains montent à bord « d'un air sombre, s'en allant comme à un calvaire », et qu' « il se passait des choses sauvages », c'est-à-dire l'embarquement de force, avec l'aide de la maréchaussée, de certains qui avaient signé imprudemment, d'autres, qu'on « apportait sur des civières », ayant même été « enivrés par précaution ». Et, de même que la gendarmerie prête main-forte à l'embarquement, le vapeur de l'État relaie le pouvoir disciplinaire du capitaine, en prenant à son

17. Rapport du capitaine de frégate Houette, cité par Fr. Chappe, « Réalité sociale et humaine de Paimpol [...] », p. 56.

bord pour les mettre aux fers, des pêcheurs coupables d'insubordination (on notera que les syndicats n'existent pas, et que la première grève de pêcheurs à Paimpol eut lieu en 1927). Ainsi, la condition des pêcheurs, souvent promis à une mortalité que Dalibard, dans sa thèse de 1907 sur *La Pêche en Islande telle que la pratiquent les Paimpolais*, estime « quatre fois plus forte que chez les mineurs [18] », apparaît-elle occasionnellement sous un jour peu engageant.

Mais Loti a encore moins marqué un autre aspect, sanitaire celui-là, de l'existence des pêcheurs. Il est vaguement question de « petites blessures » pour lesquelles on vient demander des « remèdes » au croiseur de la Marine nationale. En fait, outre l'absence totale de visite médicale à l'embarquement, les pêcheurs subissaient couramment des panaris, ces irritations et ulcérations des mains et de l'avant-bras qu'on nommait poétiquement la « fleur d'Islande », sans même parler des gelures et traumatismes divers, le tout étant bien montré dans le *Pêcheurs d'Islande* d'Avril et Quéméré que nous avons déjà cité. Les mêmes auteurs insistent sur la fréquence du scorbut, de la tuberculose, d'affections oculaires, respiratoires, ou digestives, et bien sûr de maladies vénériennes, fréquents et cuisants souvenirs du voyage de fin de campagne à Bordeaux ou à Lisbonne, pour acheter le sel [19]. L'alcoolisme est également passé sous silence,

18. Cité par Fr. Chappe dans l'article précité, p. 59. Un mineur gagne environ 4 F par jour au fond, 2,50 F en surface, un ouvrier en province gagne environ 3 F par jour (*Annuaire statistique de la France pour 1884*, cité par J.-Fr. Six, *1886. Naissance du XXe siècle en France*, Le Seuil, 1986, p. 197). Mais la pêche d'Islande était relativement rémunératrice, eu égard à la pauvreté bretonne d'alors (cf. le curieux passage sur les mendiants venus voir la noce).

19. Ouvrage cité, p. 57 à 74. La chanson « Jean-François de

cette calamité des bateaux, mais aussi d'une Bretagne où Loti, fermant apparemment des yeux qui étaient encore bien ouverts dans *Mon frère Yves,* ne veut plus voir, et seulement à terre, que l'apanage de « quelques pauvres vieux qui ont eu des malheurs ». Or cet alcoolisme — le *Journal de Paimpol* jugeait normale une consommation de 20 centilitres d'eau-de-vie par homme[20] — était avéré, et quotidien, puisque l'eau-de-vie était prise dès le premier repas, à cinq heures du matin, l'armateur fournissant 36 centilitres par jour, sans compter la provision personnelle de chaque marin[21].

Quant aux conditions de vie à bord, il suffira de comparer les descriptions de Loti à quelques témoignages de la même époque. Les pêcheurs d'Islande étaient surnommés en breton « paotred-an-taouen », « Jean-Vermine », selon Charles Le Goffic[22] ; Avril et Quéméré citent de nombreux textes contemporains qui attestent la « sordidité corporelle » de pêcheurs « recouverts d'une couche épaisse de crasse, exhalant une odeur infecte, [...] et se faisant gloire de passer toute une pêche sans laisser leurs bottes[23] ». Ajoutons-y un cadre de vie pour le moins déplaisant. On a l'impression, à lire Loti, que l'équipage était assez réduit, alors qu'en réalité une vingtaine de pêcheurs, le mousse, le capitaine cohabitaient à bord des

Nantes » (cf. p. 97, note 1) est peut-être une allusion voilée à ces maladies que Loti avait évoquées dans « Les Trois Dames de la Kasbah » (*Fleurs d'ennui*), et avec la mort de Barazère, dans *Mon frère Yves.*

20. 14 février 1887 ; cité par Fr. Chappe, « Paimpol (1880-1914) [...] », p. 185.
21. Avril et Quéméré, ouvrage cité, p. 49.
22. « Goélettes d'Islande », *L'Ame bretonne,* p. 196.
23. *Pêcheurs d'Islande,* p. 51.

goélettes, dans un espace forcément restreint. Le résultat est ainsi commenté par un médecin, décrivant en 1897 le poste d'équipage, qui tenait lieu à la fois de dortoir, de réfectoire et de salle de détente : « Ce qu'on appelle le poste d'équipage est toujours un trou sombre, exigu, aux murailles suintantes, au plancher boueux, ne communiquant avec l'extérieur que par un panneau chargé d'amener l'air et la lumière, mais d'où s'échappe en réalité une odeur indéfinissable », un lieu d'une « saleté repoussante à un degré inimaginable ». Un autre médecin s'enhardit à analyser cette odeur jugée par euphémisme « indéfinissable », « mélange d'émanations de bétail humain et de poisson en décomposition [24] ». Le Goffic cite aussi un médecin : « Les logements sont mal distribués, mal aérés, encombrés. L'hygiène la plus élémentaire y est méconnue. L'éclairage le plus souvent est obtenu au moyen d'une lampe alimentée avec l'huile de foie de morue. Odeur nauséabonde... Malpropreté [25]... »

Ces témoignages concordants pourraient conduire à refaire à Loti la querelle que lui avait faite Maupassant [26]. Ce serait chose vaine, tant il est vrai que le but essentiel de Loti n'était pas d'écrire un roman à la Zola ou à la Maupassant, et il sera plus utile, pour comprendre *Pêcheur d'Islande*, de nous interroger sur les circonstances qui ont conduit Loti à écrire ce roman. A ce moment de son existence, qui est Loti ?

Au physique, c'est, selon le témoignage de Goncourt, dans son *Journal* du 10 février 1884, « un petit monsieur fluet, étriqué, maigriot avec le gros nez

24. Avril et Quéméré, ouvrage cité, p. 50-51. Voir le croquis de la goélette, ci-dessous p. 314.
25. *L'Ame bretonne*, p. 198.
26. *Gil Blas*, 6 juillet 1886 (voir ci-dessous p. 317).

sensuel de Carageus, le polichinelle de l'Orient, et une petite voix qui a le *mourant* d'une voix de malade. Garçon taciturne, qui dit être horriblement timide ». Selon le souvenir d'Anna de Noailles, qui avait rencontré Loti dans le salon de la princesse Bibesco, peu après la publication de *Pêcheur d'Islande*, c'était « un homme petit, anxieux de son apparence, haussé sur des talons qui déformaient ses pieds ténus. Un nez épais et arrondi d'ample papillon des nuits, une courte barbe foncée, taillée en pointe, ne parvenaient pas à être rachetés par la saisissante beauté du regard. Le regard était pourtant obsédant [27] ». Mais Loti est surtout un homme qui a franchi le cap de la trentaine, qui a derrière lui, outre une enfance passablement protégée — « On m'a élevé comme une plante de serre [28] » —, entourée de femmes au protestantisme affirmé, et tôt hantée par l'appel de la mer et des *ailleurs* exotiques, une carrière d'officier de marine qui l'a déjà conduit à travers une bonne partie du globe. Ajoutons-y une vie sentimentale agitée, dont les diverses péripéties ont alimenté des livres largement autobiographiques, qu'il s'agisse du *Mariage de Loti* — œuvre dont le sous-titre initial était, significativement, « Idylle polynésienne » —, d'*Aziyadé*, inspiré par une passion turque, ou du *Roman d'un spahi*, où revit un amour malheureux pour la femme d'un haut fonctionnaire colonial au Sénégal. Cet homme est donc aussi

27. *Le Livre de ma vie*, Hachette, 1932, p. 242 (cité par A. Quella-Villéger, *Pierre Loti l'incompris*, p. 101).
28. *Lettres de Pierre Loti à Madame Juliette Adam (1880-1922)*, Plon, 1924, p. 49. Même formule dans *Fleurs d'ennui*, 1882, p. 167. Un peu plus loin, p. 170, Loti se décrit comme un enfant « choyé dans sa cage comme un petit oiseau rare ». Dans *Quelques aspects du vertige mondial* (Calmann-Lévy, 1928, p. 66), il parlera encore de son enfance « trop adulée ».

un écrivain qui, vers 1880, accède à une certaine notoriété.

Cet homme, à qui le destin semble sourire, qui est déjà une valeur littéraire reconnue, a pourtant traversé bien des crises intimes. Inquiétude religieuse, conflit entre une éducation très religieuse et une incroyance postérieure, assumée avec difficultés et hésitations, tout cela ayant même conduit Loti, pour deux courts séjours, dans un monastère trappiste de Bretagne, en 1878 et 1879 [29] ; angoisse permanente de la mort et de la fuite du temps ; profonde insatisfaction de soi, et notamment d'un physique jugé si médiocre que, avoue Loti dans une lettre, « devenu homme, j'ai voulu façonner mes muscles d'après les modèles grecs, par des excès d'exercices physiques ; mais il n'était plus temps pour acquérir toute la force désirée et changer mon visage flétri. Je donnerais tout au monde pour la beauté que je n'ai pas [30] » ; vie amoureuse quelque peu erratique, ballottée entre cynisme et lyrisme, où les grandes passions, toujours déçues ou brisées, se superposent à la débauche ordinaire des marins voués aux amours faciles, voire vénales — sans même parler d'une probable bisexualité dont le degré exact de platonisme reste à ce jour invérifiable, et qui, en tout état de cause, ne dut pas être vécue sans quelques affres [31] ; dégoût, très « fin de siècle », pour une civilisation vieillie et portant les stigmates infamants de la médiocrité ou de l'ennui, et désir corrélatif d'évasion, fût-ce sous la simple forme du « dépay-

29. Voir M.-J. Hublard, *L'Attitude religieuse de Pierre Loti*, Fribourg, Imprimerie Saint-Paul, 1945.
30. Lettre de 1884 à Juliette Adam (p. 49-50).
31. Voir K. Millward, *L'Œuvre de Pierre Loti* [...], p. 156 et suiv. ; A. Quella-Villéger, *Pierre Loti l'incompris*, p. 359.

sement [32] » ; autant d'éléments venant nourrir une
« difficulté d'être » dont l'acte d'écrire devenait
le témoignage, massivement narcissique et autobiographique, l'exutoire ou le remède.

Il convient de garder tout cela à l'esprit, pour saisir
ce que signifiait pour Loti l'expérience bretonne d'où
sortira *Pêcheur d'Islande.* Sa découverte de la Bretagne,
Mon frère Yves en était déjà une conséquence. Il faut en
effet remonter quelques années plus tôt. Certes, Loti
avait déjà rencontré la Bretagne, dès son arrivée, en
1867, sur le *Borda,* un bateau-école en rade de Brest,
mais il avait surtout ressenti une « oppression, une
tristesse extrêmes », nous dit-il au chapitre XLIII du
Roman d'un enfant. L'année suivante, à bord du *Bougainville,* il avait profité d'un mouillage à Loguivy pour
se rendre justement à Paimpol, sans émotion particulière. Il a fallu un intercesseur pour que la Bretagne
entre dans son cœur : Loti se lie avec Pierre Le Cor,
un quartier-maître, probablement sur le *Tonnerre,* basé
à Lorient, vers 1878. Ils se retrouvent encore sur la
Moselle en 1878-1879 (ce sera la *Sèvre* dans *Mon frère
Yves*), et se rendent ensemble dans cette Bretagne
côtière, notamment à Plounez ou à Rosporden (le
Toulven de *Mon frère Yves*) — et à Paimpol. Pierre Le
Cor deviendra Yves Kermadec dans le roman qui
paraît en 1883. Et la Bretagne y apparaît sous un jour
moins lugubre, Loti lui trouvant maintenant un
charme que ses précédentes expériences ne lui avaient
guère fait pressentir — charme auquel, de l'aveu
même de Loti dans le chapitre précité du *Roman d'un
enfant,* n'a pas été non plus étrangère « l'influence
qu'une jeune fille du pays de Tréguier exerça sur mon

32. Millward, ouvrage cité, p. 33.

imagination, très tard, vers mes vingt-sept ans », qui
« décida tout à fait mon amour pour cette patrie
adoptée ».

Mais ces rencontres n'auraient sans doute point
suffi à orienter l'intérêt de Loti particulièrement
vers la région de Paimpol. Interviennent d'autres
relations, paimpolaises celles-là, vers 1882-1883 [33] :
Loti rencontre Guillaume Floury, de Pors-Even (le
futur Yann du roman), son cousin Sylvestre Floury,
de Ploubazlanec, et Pierre Le Scoarnec, de Pleuda-
niel. Ce trio paraît, à des titres divers, impliqué dans
la genèse lointaine de *Pêcheur d'Islande*. A cela vient
s'ajouter une affaire amoureuse, sur laquelle le *Journal
intime* de Loti nous informe. Loti remarque, en octobre
1882, la sœur d'un matelot : « C'était une fille de
pêcheur, brunie à la mer, de cette race des Côtes-du-
Nord qu'on appelle les " Islandais ". Elle était remarquablement belle, d'une beauté antique, sculpturale,
avec de grands yeux dédaigneux qui m'avaient
charmé. » Une tentative de séduction, puis une
demande en mariage se heurtent, après quelques
péripéties et déplacements de Loti dans la région de
Paimpol, à une fin de non-recevoir, en décembre 1884,
la belle demeurant fidèle à son fiancé, un « Islandais ».

L'échec de cette curieuse entreprise matrimoniale
de Loti a dû passablement contribuer à lui faire
admettre d'autres projets de mariage échafaudés dans
son entourage rochefortois, auxquels il fait allusion
dans son *Journal* du 24 décembre — quoiqu'il y voie
encore ce jour-là un « parti redoutable à prendre » ;

33. Nous résumons ici les précises informations réunies par
J. Kerlevéo, *Paimpol et son terroir*, p. 323 et suiv.

ils finiront par aboutir en 1886, avec Blanche Franc de Ferrière, d'une vieille et respectable famille protestante. Loti faisait ainsi son deuil d'une entreprise « insensée », selon ses propres termes. En même temps, il tranchait un problème qu'il agitait au moins depuis 1884, et certainement avant, en songeant à la stabilité conjugale de son ami, l'écrivain Émile Pouvillon [34], ou à celle, plus relative, de Pierre Le Cor, dont le fils Pierre était son filleul. Loti parle de « finir ainsi » dans son *Journal* de juillet 1884, et le mois précédent, le 2 juin, à l'île d'Oléron, observant de « belles filles brunes, d'une beauté chaste et vigoureuse », il s'était pris à ébaucher un rêve substitutif après un premier échec, fin 1882, avec l' « Islandaise » : « [...] je finirais bien ma vie là, marié à l'une de ces belles filles ; elle me donnerait des enfants robustes qui sentiraient le goémon. » Remarquons au passage ceci : Loti formulait alors, outre le désir de se marier, cette curieuse obsession de l'union régénératrice avec une femme du peuple qui le conduira, plus tard, à partir de 1894, à entretenir un ménage parallèle avec une Bretonne de remplacement, cette belle Basquaise, couturière et danseuse, nommée Crucita Gainza, qui lui donnera trois enfants illégitimes.

Mais Loti devait en finir d'une autre manière avec l'affaire « islandaise ». Outre son mariage, il y aura la rédaction et l'achèvement de *Pêcheur d'Islande*. Loti déclarait, dans son discours de réception à l'Académie : « [...] je n'ai jamais écrit que quand j'avais l'esprit hanté d'une chose, le cœur serré d'une souf-

---

34. Sur Pouvillon (1840-1906), voir R. Lefèvre, *En marge de Loti*, Éditions Jean Renard, 1944, p. 111 et suiv.

france. » C'est, à n'en point douter, le cas pour le roman qui nous occupe. On saisit sans doute mieux, dès lors, de quel intense investissement affectif naîtra *Pêcheur d'Islande*.

Loti y travaille dès octobre 1884, à Rochefort. Ce texte, qui semble n'avoir été à l'origine qu'une « courte nouvelle » (*Journal intime*, 30 juin 1885), s'intitulait alors *Au large*. Dans une lettre à Juliette Adam, probablement de novembre 1884 [35], il déclare ne pas pouvoir être « prêt pour mars » [1885], et ajoute : « Je voudrais que mon histoire : *Au large*, fût tout à fait bien. Pour cela il est essentiel que je ne l'invente pas trop, que je ne la fabrique pas trop, que je revive en compagnie de mes personnages qui sont des êtres réels. Un de ces jours, je puis vous envoyer le premier chapitre, qui est comme un prélude, en sourdine et en mineur. » Dans son *Journal* du 4 janvier 1885, Loti, en partance pour le Tonkin, note qu'il a « un manuscrit à terminer pour la *Nouvelle Revue* », qu'il « veille le soir, au coin du feu », et que « les souvenirs de Bretagne [le] font encore bien souffrir, la nuit surtout... » Le 15 février 1885, selon le *Journal*, le livre semble en bonne voie d'achèvement : « Chaque soir, je veille tard, je me presse aux derniers chapitres sombres de cet *Au large*, que je voudrais finir avant de quitter la France. » Mais le 3 mars, le *Journal* se lamente sur ce livre qui lui donne « assez de peine... ». Une lettre de Daudet, du même mois [36], fait allusion aux noces de Yann et de Gaud, à la « chapelle des Gaos », et lui donne ce conseil : « Finis ton livre en

35. Lettre incorrectement datée de 1887 dans l'édition faite par Juliette Adam (p. 99).
36. Reproduit dans le *Journal intime*, p. 194-195.

route. » Entre-temps, Loti avait envisagé de se faire
affecter sur un bateau de la Marine nationale croisant
en mer d'Islande, et Juliette Adam devait faire une
démarche auprès d'un amiral. Mais Loti y renonce,
de peur de paraître se soustraire aux risques de la
campagne de Chine. Il écrit en mars 1885 à Juliette
Adam : « C'est surtout pour faire un beau livre que je
désirais aller là-bas ; mais j'espère beaucoup réussir
sans cela. Je laisserais plutôt l'Islande à l'état de
vision lointaine et étrange pour m'appesantir plus sur
la mer et les pays bretons », et il ajoute, ce qui
recoupe la lettre précitée de Daudet, qu'il a déjà « fait
le mariage, le dîner de noce ». Il semble bien que là se
soit produit un tournant dans la genèse de l'œuvre,
désormais privée d'un troisième élément qui s'avère
inaccessible à Loti : l'Islande [37], en même temps que
se développent probablement les passages qui oppo-
sent la vie « au large » et le petit monde paimpolais.

Loti quitte la France le 20 mars, et continue à
travailler, selon cette loi de contraste, maintenant
inversée, qui lui avait fait évoquer la Turquie, la
Polynésie ou le Sénégal dans les grisailles occiden-
tales. Quarante-cinq jours de traversée sur le *Mytho*,
jusqu'à Saigon, sont mis à profit, et ensuite, allant
jusqu'à Formose, Loti embarque le 5 mai sur la
Triomphante. Dans une lettre du 30 juin 1885 à Juliette

37. Deux détails trahissent cette absence de connaissance directe
des lieux : selon le témoignage autorisé de Mme Finnbogatottir,
présidente de la République islandaise, la lumière islandaise « n'est
pas rose dans la nuit, mais bleue » (*Revue Pierre Loti*, n° 4, octobre-
décembre 1980, p. 92) ; par ailleurs, vu le goût prononcé de Loti
pour les cimetières (cf. l'ouvrage précité de Millward, p. 248 à 253),
celui de Sudurgata, près de Reykjavik, où est évoquée la mémoire
de bien des « Islandais » de Paimpol, aurait certainement été
décrit davantage.

Adam, Loti se plaint de difficultés à travailler en Extrême-Orient : « J'ai un moyen qui me réussit, c'est de me remettre à penser fixement à elle, à *elle* que j'aime toujours, qui est du pays de Gaud ; alors je retrouve assez bien la falaise grise, les vieux arbres tordus, les toits de mousse et mes pêcheurs, mais c'est aussi un moyen de s'user et de souffrir. » Souffrance, sans doute, mais qui n'interdit pas le repos du guerrier, puisque c'est entre le 8 juillet et le 12 août que Loti, dont le bateau est venu pour des réparations à Nagasaki, aura cet étrange « mariage » temporaire avec une Japonaise de dix-huit ans, raconté en 1887, sans grande transposition, dans *Madame Chrysanthème*. Un peu plus tard, de Tchéfou, Loti écrit à Juliette Adam, le 15 septembre, à propos du mauvais temps essuyé là-bas : « Il y a du bon dans cette tempête-là. Elle me met dans les yeux du vent et de la grosse mer, comme il en faut dans le livre que j'écris pour vous. » Un accident météorologique devient peut-être alors l'occasion d'écrire ce morceau de bravoure qu'est la tempête, au début de ce qui est maintenant la deuxième partie. En effet, une autre lettre de Kobé à Juliette Adam, le 26 septembre, parle d'un « roman en trois parties ». Et Loti indique une autre étape décisive de la genèse : « J'y ai fait un retripotage énorme. » Il déclare, en particulier, avoir « chang[é] beaucoup la jeune femme, qui était, vous le savez, un portrait. J'ai supprimé, du même coup, des scènes qui m'avaient fait mal à écrire et où j'étais en cause. Cela me semble mieux ainsi, avec plus d'unité. Et puis à cause d'Elle je me sens la conscience tranquille ».

Comme on voit, l'action conjuguée du temps et de la distance a probablement aidé Loti à se dégager un peu de la perspective étroitement autobiographique qui semble avoir été la sienne jusqu'à ce moment, au moins quant au statut du narrateur et pour ce qui touche le personnage de Gaud. En même temps, ce souci affirmé d' « unité » ne se peut guère comprendre que comme la volonté de censurer les possibles excroissances par lesquelles le diariste, l'autobiographe envahissaient et parasitaient la trame narrative, et par un désir, nouveau chez Loti, de relative « objectivité », atteinte par le jeu des transpositions, mais aussi par l'efficace souterraine des silences ou des réticences. Cette esthétique plus « classique » apparaît aussi dans une autre lettre à Juliette Adam (Yokohama, 15 octobre 1885), où Loti déclare de son livre : « [...] il me donne beaucoup de mal ; je voudrais que tout cela fût si simple, si simple, si loin de l'école affadie et du charabia qui nous envahissent. Je voudrais arriver à l'extrême poésie dans l'extrême simplicité. J'espère vous envoyer la première partie à la fin de ce mois. » Mais en même temps, par un balancement caractéristique, Loti écrit le même jour : « Je crains que *Au large* ne soit une série d'impressions quelconques, comme les *Propos d'exil,* et non un roman », marquant ainsi qu'il n'avait pas oublié un conseil de Brunetière, à propos de *Mon frère Yves :* « dépenser sur la composition de l'ensemble un peu de l'effort qu'il avait dépensé sur la perfection du détail [38] ». On voit également, dans une telle remarque, le rapport tendu et pour le moins difficultueux qu'entretient Loti avec un genre romanesque dont les règles et conventions lui sont, au fond, assez peu congéniales.

---

38. « Les romans de Pierre Loti », *La Revue des Deux Mondes,* 1er novembre 1883.

C'est toutefois un Loti moins enclin au doute qui écrit à sa correspondante, toujours de Yokohama, le 23 octobre 1885 : « Le roman est tout bâti, tout écrit. Il n'y a plus que des descriptions à arranger, à mettre au point, et puis un recopiage général à faire. » Rentré en France, Loti travaille encore en février 1886, à Toulon. La mise au point se fait aussi par le changement de titre : le titre définitif apparaît dans le *Journal* le 19 février. Et en mars 1886, Loti travaillant à Rochefort (*Journal* des 16-17 mars), on voit apparaître le découpage en cinq parties, probablement suggéré par Juliette Adam pour la publication préoriginale dans la *Nouvelle Revue,* comme le montre cette lettre de mars : « [...] vous recevrez bien ponctuellement les cinq parties de mon histoire aux cinq étapes par vous fixées. Je pense qu'il doit y avoir un certain art dans la façon de couper ces parties. Est-ce que vous ne tenez pas à ce qu'elles soient égales comme volume ? » Ici encore, et non sans surprise, on voit un Loti soucieux de symétrie et de proportions équilibrées, et transformant les contingences d'une publication en feuilleton et les exigences de « calibrage » que cela implique en autant d'occasions de « couper » avec « art », véritable exercice classique jouant avec les contraintes. Mais le roman ne sera achevé que pendant la publication, puisqu'une lettre de mai à Juliette Adam indique : « Voici la fin de ma petite histoire. Veuillez couper ce qui vous déplaira. J'ai peur que ce soit si mauvais ! A présent, vite, je fais le dernier vernissage de Yann et de Gaud. » Ainsi, dans une certaine urgence, sinon précipitation, se terminait la lente et difficile gestation d'une œuvre commencée deux ans plus tôt.

Lenteur certes due aux interférences diverses d'un

métier qui ne laissait pas toujours le loisir nécessaire, mais surtout imputable aux modifications successives du projet et à sa maturation, comparable par bien des aspects à ce travail du deuil dont parle la psychanalyse, sans oublier la façon de travailler de Loti, plus rigoureuse et exigeante qu'on ne semble parfois le croire. Selon le témoignage, certes tardif, puisque noté en 1903, de Claude Farrère, Loti aurait d'abord essayé, avec *Le Roman d'un spahi*, et sous l'influence de Daudet, de « faire un vrai livre, machiné, fabriqué... Et il s'est rendu compte que c'était la pire méthode, et qu'il ne devait accepter l'influence de personne [39] ». Loti, dont on voit encore ici la révérence étrange envers l'idée du « vrai » livre, a donc trouvé difficilement sa voie, et *Pêcheur d'Islande* est sans doute celle de ses œuvres où il a le plus composé avec un certain classicisme, composé « classique », et tenté avec le plus d'énergie et d'obstination de dépasser le stade, esthétiquement moins concerté, des notes prises par un diariste et maquillées en roman, ou en « histoire » (Loti emploie souvent ce terme moins ambitieux). Lors de la même conversation dont Farrère nous a laissé le compte rendu, Loti lui avait expliqué « sa façon de travailler. Il écrit des notes sans y songer, d'un jet, au jour le jour... Puis il les retouche avec peine et gêne [40] ». Travail méticuleux de styliste [41], mais aussi processus second, voire « secondaire » au

---

39. *Loti*, Excelsior, 1929, p. 49.
40. *Ibid.*, p. 48. Témoignage complété et confirmé par celui de Frédéric Chassériau, *Mes souvenirs sur Pierre Loti et Francis Jammes*, Plon, 1937, p. 16.
41. Reginald Garon a étudié en détail cet aspect dans sa thèse : *Pierre Loti et le style d'après les romans du cycle breton : « Mon frère Yves », « Pêcheur d'Islande », « Matelot », et « Un vieux » dans « Propos d'exil »*, Institut Catholique de Paris, 1973.

sens psychanalytique, où Loti intériorise les
contraintes extérieures, et notamment l'existence d'un
public et de normes esthétiques, et tente de transfor-
mer le continu et la routine des notes prises au jour le
jour, sans autre principe fondateur que le flux perma-
nent du temps, les accidents de l'affectivité et les
retentissements intimes, en cette continuité œuvrée
qui procède des lents et imprévus cheminements de la
création littéraire.

Il s'agit donc forcément d'un compromis entre
l'autobiographique et le romanesque, qui ne se
ramène exactement ni à l'autobiographie romancée,
ni au roman autobiographique, mais à un dosage
instable, ambigu, très particulier à Loti, du réel et de
l'imaginaire. C'est ce qui nous ramène, vue sous un
autre angle, et formulée différemment, à cette question du « réalisme » de Loti que nous discutions plus
haut. Si l'œuvre n'est que partiellement, voire tangen-
tiellement, « réaliste », il ne s'ensuit pas qu'elle n'ait
rien à voir avec la « réalité », même si sa signification
est loin de s'y résumer. Mais cette « réalité » est
plutôt une vérité, même travestie ou transposée —
vérité du sentiment et de l'émotion, dont l'exactitude
parfois repérable et vérifiable des détails dans la
fiction n'est que le chiffre ou le signe résiduel, l'indice
objectivé. C'est pourquoi on peut faire un travail
analogue à celui qui permettait de contrôler et de
jauger la véracité « objective » de Loti, en considérant
non plus les conditions de vie des pêcheurs ou la
plausibilité géographique de la fiction, mais en interrogeant les possibles « clés » des personnages, pour
réenraciner les *dramatis personae* du roman dans le
sérieux et la densité supposés de personnes de la
« vraie vie », — en faisant le trajet inverse de Loti

qu'on voyait, on s'en souvient, à un moment de la
rédaction, définir l' « Islandaise » réelle par rapport
au personnage fictif de Gaud, puisque l'Islandaise
était « du pays de Gaud ».

Loti lui-même a prêté quelque fondement à une
telle démarche, puisque, avec cette fascination ambi-
valente pour le réel « authentique » et authentifiable
qui lui faisait, par ailleurs, multiplier les dessins et
surtout les photographies [42], il déclarait en 1887 :
« Yann, Gaud, Sylvestre, tous fidèlement, servilement
copiés d'après nature. Tous vivent encore. » Mais il
ajoutait immédiatement, et significativement : « Inutile me semble de dire cela au public ; ce serait enlever
de l'intérêt à mes livres, ne pensez-vous pas [43] ? » Jeu
du caché/montré, de l'exhibition et du secret, ou
plutôt de la réserve, si l'on se souvient que ce beau
mot désigne aussi la partie laissée volontairement
blanche par un aquarelliste ou un graveur : marge de
réticence, autant que silence parlant. Les exigences
sociales de discrétion envers les modèles putatifs de
ses personnages rencontraient un impératif esthétique
qui visait à dépasser l'étroitesse singulière de l'anecdote. Mais en même temps, cette dernière n'est pas
sans expliquer bien des particularités de l'œuvre qui
la surplombe et l'excède.

Il faut en effet manier avec précaution les acquis
patiemment récoltés sur place par Jean Kerlevéo [44]. Si

42. Voir par exemple *Cent dessins de Pierre Loti au Musée de la
Marine,* catalogue de l'exposition tenue en 1982 à Paris ; *Pierre Loti
photographe (1850-1923),* catalogue de l'exposition tenue à Poitiers en
1985.
43. Cité dans L. Barthou, *Pêcheur d'Islande de Pierre Loti : étude et
analyse,* p. 88.
44. *Paimpol et son terroir,* p. 403 et suiv.

le personnage de Sylvestre Moan semble, pour le moins, composite, et devoir quelques traits tant à Sylvestre Floury qu'à Pierre Le Scoarnec, voire à Pierre Le Cor, le personnage de Yann a bien été inspiré par la personne de Guillaume Floury. Il existe d'ailleurs de Guillaume Floury cinq portraits au crayon de Loti [45], avec une légende de Loti qui juge le second portrait « d'une exactitude absolue. Cette tête n° 2 pourrait servir, posée ainsi, pour le dessin de la demande de mariage qui est une des scènes capitales du roman ». Mais les modifications que Loti fait subir à la vie de Guillaume Floury ne sont pas moins dignes d'attention que les similitudes entre Guillaume et Yann, puisque Guillaume demeurera célibataire, continuera à pêcher en mer d'Islande entre 1883 et 1896, et — ultime ironie du sort, autant que troublante prémonition de Loti? — mourra bien noyé, mais en baie de Paimpol, lors d'une banale manœuvre sur un bateau, en 1899.

Il est en tout cas frappant de voir comment le personnage de Yann (car c'est ainsi qu'il est nommé dans le *Journal intime* de Loti) est associé aux événements du 12 décembre 1884, lendemain de cette « journée terrible, où tout s'est brisé ». Le *Journal* de Loti retient, à cette date, bien des éléments qui seront redistribués dans le roman : « J'ai loué une voiture à Paimpol. De bonne heure encore, j'arrive à Pors-Even, en Ploubazlanec, chez mon ami Yann [...]. / Il faut déjeuner chez ces braves gens, " Islandais " de père en fils, Yann a un vieux père à cheveux blancs, tout pareil à lui, même stature de géant, même regard.

---

45. Reproduits pour la première fois dans *La Petite Illustration* du 26 mai 1923, et aussi dans *Paimpol et son terroir*.

Et puis une quantité de frères et de sœurs. Leur maison, perchée sur la falaise, regarde les lointains gris de la mer. » Outre le milieu familial de Yann, cette journée fixe une partie du futur cadre romanesque : « Après déjeuner, j'emmène Yann avec moi, dans ma voiture qui va vite. Il m'arrête à la chapelle des naufragés de Pors-Even, perchée aussi sur la falaise, toute rongée de lichen, avec de vieux arbres qui lui font de loin comme des cheveux jetés de travers. Dans cette chapelle, il y a les noms de tous les parents disparus dans les naufrages d'Islande. / Nous tournons le dos à la mer, nous enfonçant dans les petits chemins tristes, bordés d'ajoncs, où des calvaires marquent les carrefours. » Il est clair que c'est cette journée, dans ces lieux remplis d'une absence désespérante, que Loti s'imprègne du cadre où il placera, en inversant le sexe de l'être manquant, l'attente et la désespérance de Gaud. Le hasard qui a fait se télescoper un refus de l' « Islandaise » et une visite chez des « Islandais » débouche sur une recomposition fictive associant étroitement, nécessairement, ce qui n'était au départ qu'une contingence de l'existence. Ce cadre, associé électivement à une souffrance de Loti et à l'impossibilité d'un amour partagé, deviendra, pour Gaud, le lieu d'une célébration *in absentia* de l'amour.

Le personnage de Gaud gardera sans doute à jamais ses secrets, Loti ayant soigneusement brouillé les pistes. Mais un peu comme Flaubert disait d'Emma Bovary : « C'est moi », il n'est pas interdit de retrouver, projetés dans Gaud, certains aspects de Loti lui-même, se disant peut-être plus librement sous ce masque. Si, dans le roman, la donnée de la vie est inversée, puisque c'est l'homme qui repousse d'abord

la femme, alors que c'est Loti qui avait été refusé, et
définitivement, Gaud se trouve socialement, face à
Yann, à peu près dans la même situation que Loti
face à l'« Islandaise », et il faudra un coup de force
narratif — la ruine du père, puis sa mort — pour que
cette disparité cesse (situation qui se retrouve d'ailleurs à nouveau inversée — ou rétablie — dans la
fiction de *Matelot*). Loti semble s'être glissé dans le
personnage de Gaud, en lui prêtant certaines de ses
propres réactions. Les symptômes éprouvés par Gaud
rappellent ceux éprouvés par Loti recevant une lettre
négative de l'« Islandaise » : « En la lisant, il me
semblait qu'on m'étreignait la tête, la poitrine dans
des étaux de fer... » (*Journal intime*, 9 décembre 1884).

L'exemple le plus intéressant, car il impliquait une
technique narrative plus subtile, est celui de ces
lambeaux de discours intérieur de Gaud, au début du
roman. Intégrés à des chapitres dont la fonction
d'analepse [46] est évidente, qui fournissent au lecteur,
comme dans une scène d'exposition au théâtre, des
informations utiles sur le passé des personnages, ils
recourent au discours indirect libre. Apparaît alors le
jeu d'une « logique toute subjective, qui veut qu'un
psychisme sorte régulièrement de lui-même puis y
revienne aussi régulièrement pour poursuivre une
réflexion plus ou moins obsédante », le texte rendant
le « cours vivant du bouillonnement intérieur [47] ».

46. Au sens défini par G. Genette, dans son « Discours du
récit », *Figures III*, Le Seuil, 1972, p. 90 et suiv.
47. J. Dubois, *Romanciers français de l'instantané au XIXᵉ siècle*, p. 77-
78. Signalons que Loti « psychologue » avait retenu l'attention de
Nietzsche, qui le citait à côté de ces « psychologues si curieux et en
même temps si délicats » qu'étaient Paul Bourget, Anatole France
et Jules Lemaitre (*Ecce Homo*, [1888], Gallimard, « Idées », 1978,
p. 45).

L'ambiguïté qui naît de cette intermittente et relative confusion des voix narratives — Flaubert était un des rares écrivains que fréquentait Loti, qui a pu y trouver d'intéressants exemples de ce procédé —, de cette indistinction momentanée entre la voix du narrateur et du personnage, permet en même temps à Loti narrateur de prêter ailleurs à Gaud, avec plus de vraisemblance, des réflexions dont la tonalité ou la substance sont évidemment imputables à Loti auteur : sentiment d' « oppression » ressenti par Gaud (Loti emploie le même terme, on s'en souvient, pour désigner sa première impression de la Bretagne) revenant au pays natal ; mouvement dépressif de Loti autant que de Gaud, clairement reconnaissable dans bien des passages du *Journal intime,* avec cette impression de « voir crouler le monde, avec les choses présentes et les choses à venir, au fond d'un vide noir, effroyable » ; sensation, fréquente chez Loti, de « plonger tout à coup dans ce qu'on appelle, à la campagne : *les temps,* — les temps lointains du passé » ; surgissement imprévu d'un souvenir réveillé dans l'église de Guingamp ou dans la brise tiède et les ajoncs de Paimpol [48], et plus généralement propension à cet état de passivité glissante et vagabonde que Loti nomme lui-même ici « rêverie de souvenir » ; même tendance enfin à prêter attention aux pressentiments et aux « présignes [49] ».

48. G. Poulet observait, dans le premier volume de ses *Études sur le temps humain* (Plon, 1950, p. 374), que les romans de Loti « ne sont qu'un journal de ces rencontres émotives, le relevé de ces puits mystérieux par où l'âme pourrait pénétrer au fond d'elle-même, mais où elle se contente le plus souvent de jeter un regard ».

49. Voir par exemple le témoignage d'E. Roustan, « Souvenirs de Rochefort. Notes de voyage », *Nouvelle Revue,* 15 mars 1886, qui nous montre un Loti intéressé par les « présignes » et autres

Là ne se résume pas, pour autant, la signification d'un personnage dans lequel Loti a inventé une version idéale de la féminité du XIXe siècle : épouse honnête et parfaite, et à ce point digne de respect que Yann, le soir de ses noces, est bien près de se mettre à genoux « comme devant la Vierge sainte », Gaud est aussi sensuelle (songeons à ce curieux passage où un vêtement, qui a gardé la forme du corps de Yann, semble la fasciner, par une véritable métonymie du désir), et possède une réalité charnelle que Loti considère et présente avec une concupiscence à peine voilée, et une sensualité qui doit sans doute une bonne part de son intensité à la frustration imposée par l' « Islandaise ». Les chapitres déjà évoqués, pendant lesquels Gaud rumine ses souvenirs et son obsession, sont aussi ceux où Loti, d'une façon qui eût pu appeler davantage les prudes ciseaux de l'éditeur que la nuit de noces édulcorée pour la jeunesse [50], s'arroge, comme narrateur, les privilèges d'un voyeur surprenant Gaud à son coucher, et y trouvant l'équivalent symbolique d'une possession. L'érotisme savamment dosé de cette scène culminera dans la libération un peu sauvage d'une chevelure dénouée, dont Gaud est « couverte jusqu'aux reins », « voile » cachant retorsement ce que Loti suggère sans le montrer brutale-

---

« intersignes », les « divinations mystérieuses », celui de Claude Farrère (*Loti*, p. 45 à 47), et une lettre à Juliette Adam que cite Millward, p. 184.

50. Sur ce dernier point, voir la notice, p. 305. On songera peut-être à ce qu'E. de Goncourt devait appeler le « côté chauffe-la-couche » du talent de Loti, les « érections sentimentalo-platoniques » de ses livres (*Journal*, 3 novembre 1892). Pour le jugement, passablement réservé, de la critique catholique, voir par exemple l'abbé Bethléem, *Romans à lire et romans à proscrire*, Éd. de la Revue des Lectures, 1928, p. 139.

ment. Et, dernier détail qui fait dériver le texte vers
une autre direction essentielle de la rêverie de Loti,
voici que Gaud passe au rang de « quelque druidesse
de forêt ». Le « religieux » de cette « vierge » se
déplace en émoi du « sacré » et du primitif — ce
primitif dont Julien Viaud avait eu la première
révélation, en Saintonge, dans les bois de la
Limoise [51]. Nous retrouvons cette passion volontiers
érotisée pour les êtres « primitifs » qui se manifeste
par exemple dans *Pasquala Ivanovitch* et les amours
avec cette paysanne *(Fleurs d'ennui)*, mais qui fait
aussi, on l'a vu, le charme de la race basque ou bretonne. Observons au passage que ce « primitivisme »
est aussi un fait d'époque, sensible par exemple chez
un Gauguin qui se rend justement en Bretagne en
1886, sans même parler, au tournant du siècle, de la
découverte de l'art africain, ou de la formidable percus-
sion esthétique provoquée par le *Sacre du printemps* [52].

C'est la même vertu primitive que Loti prête à
Yann. Cette figure idéalisée est l'exemple achevé du
« rêve viril de Loti [53] ». Si sa carrure hyperbolique le

---

51. Cf. A. Quella-Villéger, *Pierre Loti l'incompris*, p. 40.
52. Voir l'ouvrage précité de Millward, p. 31-32. Sur la possible
influence, grâce à Van Gogh, du *Mariage de Loti* sur le Gauguin
« tahitien » des années 1891 et suivantes, voir Françoise Cachin,
Gauguin, Le Livre de poche, 1968, p. 123. De son côté, M. G. Lerner
insiste (*Pierre Loti*, p. 50, 76) sur ce fait que *Pêcheur d'Islande* fut
rédigé en partie en Extrême-Orient ; le séjour japonais ne pouvait,
par contraste avec la Bretagne, qu'attirer l'attention de Loti sur la
décadence (réelle ou supposée) d'un pays qui semblait avoir perdu
sa vigueur et sa simplicité natives : il est donc compréhensible que,
par un jeu de bascule, et indépendamment des motivations
financières que Loti reconnaissait sans ambages, le livre suivant,
Madame Chrysanthème, ait eu pour but essentiel d'analyser la
sophistication et les maniérismes japonais.
53. D. Decoin, préface à *Pêcheur d'Islande*, p. 10. Cf. aussi l'ouvrage de Millward, p. 156 et suiv., qui compare Yann et le Spahi.

destine à son sort épique de lutteur face à la mer et aux vents, il est, surtout, à la fois ce que Loti est, à sa manière, c'est-à-dire musclé — un article d'A. Dayot [54] ne décrit-il pas Loti à Paimpol « faisant saillir ses muscles d'athlète avec une coquetterie évidente » ? — et ce que Loti n'est pas, et ne pourra jamais être, puisque Yann est « presque un géant ». Yann incarne, avec son « expression sauvage et superbe », la perfection non encore adultérée du primitif. Et cette sauvagerie, qui peut aller jusqu'à la violence, et qui se marque par une véritable insoumission face à l'ordre et aux normes impliqués par le monde terrien (refus du mariage, indifférence à l'argent, voire par ce nihilisme qu'implique une incroyance affichée), s'accompagne d'une simplicité, d'une pureté, et en quelque sorte d'une virginité — celle de son cœur, « région vierge » et en consonance avec cet air, lui aussi « vierge » qu'on respire au large, qui est son vrai domaine —, en dépit des aventures et liaisons diverses que Loti prête à son personnage avant le mariage. Il n'est pas douteux que Loti a donné à Yann un peu de son propre fond de simplicité [55] — mais la « simplicité » de Loti pourrait bien être l'ultime, paradoxal et improbable avatar d'une sensibilité toute de complication et de sophistication. Quoi qu'il en soit, ce « lion », ce « taureau » de Yann présentait pour la rêverie de Loti bien des aspects

54. *Le Figaro*, 6 août 1932, cité par Millward, p. 165, n. 4.
55. Voir, dans le *Journal intime*, p. 219, une lettre sans date [1881 ?] à E. Pouvillon, et une autre lettre à Plumkett [Jousselin] du 28 juillet 1880, p. 175-176 ; dans *Fleurs d'ennui*, une remarque du même Plumkett sur le « sauvage » enfoui en Loti (cité par Lerner, *Pierre Loti*, p. 50).

satisfaisants, voire inavouables. Cette idéalisation présente au demeurant sa face d'ombre, et il n'est pas invraisemblable qu'en ce personnage, Loti ait aussi placé la haine qu'il pouvait éprouver pour son rival « Islandais » — songeons à cette curieuse dénégation de la « haine » que Gaud aurait pu éprouver envers un Yann qui la dédaignait. La mort tragique réservée à Yann — au même titre que la mort lente de l'attente réservée à Gaud, et étirée non sans quelque savant sadisme par le narrateur — pourrait trouver là une secrète et sombre explication, le récit se lisant alors comme un véritable scénario imaginaire, élaboré pour satisfaire des fantasmes agressifs, punitifs et destructeurs [56], et soigneusement organisé pour jouer sur la séparation presque permanente des protagonistes et la non-coïncidence, puis la disjonction catastrophique de leurs destins [57].

C'est dans cette perspective que Sylvestre peut sembler une autre figure symbolique de Loti. Outre une jeunesse et une pureté passées, et désormais inaccessibles sinon comme idéal problématique, Sylvestre incarnerait, en dépit de l'absurdité d'une

56. Yves Le Hir remarque, dans un commentaire du dernier chapitre, que « Yann est supprimé : symboliquement même son nom cesse d'être prononcé » (*Analyses stylistiques*, Armand Colin, 1965, p. 295). Yann est aussi comparé, dans le *Journal intime* du 10 décembre 1884, à Mâtho, le héros de *Salammbô*, ce livre de chevet de Loti (N. Serban, *Pierre Loti, sa vie, son œuvre*, p. 234). Le destin de Yann, dévoré par ce Minotaure nordique qu'est la mer d'Islande, a pu s'inspirer de celui, non moins tragique, de Mâtho. Pour une autre référence, plus tardive, à Mâtho, voir Millward, p. 130.

57. En se tenant à l'examen de la technique romanesque, J. Dubois a souligné la « juxtaposition des deux univers, la mer et la terre bretonne », ainsi que la « juxtaposition de destins », et a noté l'importance des parties « où les personnages vivent leur vie séparément » (*Romanciers français de l'instantané au XIXᵉ siècle*, p. 61).

guerre coloniale décidée par des politiciens médiocres, un héroïsme militaire propre à magnifier la mort — cette mort même que Loti semble avoir cherchée sur le front, pendant la Première Guerre mondiale. Mais, à cette face triomphante de sa mort, que salue l'apothéose solaire, romantique en diable, qu'imagine Loti pour son héros, sans même parler de ce bel enterrement, quasi mythique, dans les jardins « enchantés » d'Indra, il faut confronter la complaisance un peu morbide d'une agonie, dont le récit traîne en longueur. On rapprochera l'angoisse d'un Loti se croyant mourant, à la suite d'une insolation (*Journal intime*, juillet 1883), et celle, plus vague et insidieuse, de la « tombe jaune qui [le] guette » en Indochine, notée dans son *Journal intime*, le 24 décembre 1884. Tout se passe comme si Loti avait exorcisé, en créant ce personnage, un certain type d'angoisse devant une forme de mort encore plus absurde que la mort « banale », mort dont il avait constaté l'horreur sur les blessés et les malades de la *Corrèze*, à son retour du Tonkin, en décembre 1883. Cette mort qui, significativement, fait faire à Loti une sorte d'embardée narrative, et parler quasiment en son nom personnel dans le récit de l'enterrement, faisait de Sylvestre — comme d'ailleurs de sa grand-mère — la victime par excellence, la victime innocente, propre à parachever, par le scandale que représente l'apparente gratuité de ses souffrances et de sa mort, un scénario intensément dévastateur.

C'est que, au-delà ou en deçà du drame des personnages, ce roman est bien hanté par la mort, qui apparaît comme le terme premier et ultime de la

rêverie. Loti « tue tous ses héros [58] » certes, mais aussi
il voit la mort partout — une mort généralisée, dont
les signes sont partout lisibles et déchiffrables. Dans
son œuvre — Mauriac disait de Loti qu'il n'a jamais
cessé de « hurler à la mort » —, c'est toujours la mort
qui gagne, et qui rend bien illusoires les consolations
de la religion. C'est sensible dans *Pêcheur d'Islande,*
avec cette insistance mise sur la protection vaine
demandée à la Vierge et sur la douteuse efficacité des
prières [59]. La souffrance et la mort sont d'ailleurs
inscrites dans le paysage breton : les calvaires et les
chapelles, dans le roman, ont surtout cette fonction de
mémorial, de rappel insistant. Le climat aussi est
volontiers funèbre, et le vent semble « rapport[er] au
pays breton la plainte des jeunes hommes morts ».
Cette Bretagne côtière, soumise à ce perpétuel « avertissement noir » qu'est la présence des veuves de
naufragés, est aussi à la lisière d'un autre monde, celui
des trépassés.

Et ce royaume de la mort, c'est avant tout la mer,
qualifiée d' « *ailleurs* », cet ailleurs absolu d'un « autre
monde ». C'est pourquoi Loti, qui s'intéressait alors,
semble-t-il, à Poe [60], a introduit dans son récit l'épisode de la *Reine Berthe* [61]. Ce fantastique est en parfaite
consonance avec une rêverie qui fait de la mer une
porteuse de mort — et donc, à l'occasion, une
porteuse de morts, sur un vaisseau fantôme. La mer

58. L. Duplessy, « Pierre Loti a-t-il fait des romans ? », p. 226.
59. Loti infléchira la version théâtrale dans un sens plus
conformiste : cf. M. G. Lerner, « Pierre Loti as dramatist », p. 485
et suiv.
60. Cf. le témoignage précité d'E. Roustan, p. 374.
61. Dans *Pêcheur d'Islande [...]*, p. 139, Barthou se demandait
assez sottement « ce qu'elle vient inopinément faire ici ».

n'apparaît que secondairement comme cette puissance féconde, génitrice et nourricière, « matricielle », que Loti, ailleurs, sait reconnaître [62]. A peu près seule, la belle description d'un banc de morues suggère ce potentiel de vie. La mer est surtout présentée dans le roman comme la « grande Tueuse » dont Loti parlera plus tard, dans une préface à *La Mer* de Michelet (*Reflets sur la sombre route*). L'ombre portée de cette mer-mort est sensible partout dans une œuvre qui insiste inlassablement sur ce « gouffre lointain », « les infinis de cette chose toujours attirante et qui dévore », la « grande dévorante » et l' « universelle menace de mourir » qu'elle représente et fait planer, sur le pays breton comme sur ses habitants. Il s'ensuit que la mer est le protagoniste essentiel du roman, du drame qu'il abrite, ou plutôt de cette tragédie : ce personnage, qui est toujours présent, dont l'influence se marque même à terre, qui s'invite aux noces de Yann et de Gaud, dont la voix se mêle à celles des amants, en attendant d'emplir d'eau la bouche de Yann au dernier chapitre, fait office de *fatum* [63], rappelle l'inexorable et perverse cruauté des dieux grecs jouant avec leurs victimes, se jouant ironiquement de leurs espoirs et de leurs luttes. Plus qu'une épopée romantique — et l'on aurait tort de voir dans *Pêcheur d'Islande* une paraphrase romanesque d'*Oceano Nox* (1840) ou une variante tardive des *Travailleurs de la mer* (1866) —, cette œuvre est une de nos authentiques tragédies du XIXᵉ siècle.

62. Cf. H. Queffélec, « Loti et la mer », p. 25-26.
63. Perspective méconnue par Fr. Chappe, qui, dans « Réalité sociale et humaine de Paimpol [...] », p. 59, reproche à Loti, on s'en souvient, de masquer, par un recours vague à la « fatalité », la responsabilité des armateurs dans bien des naufrages.

Tragédie sans doute dégradée par rapport à la puissance et à la pureté sacrificielles des grands modèles grecs, tragédie sans doute trop livrée à ce sous-produit émotionnel fâcheusement complaisant qu'est le *pathos,* souvent présent, comme le remarque Northrop Frye dans son *Anatomie de la critique,* dans la « tragédie mineure », et qui « tourne aisément à l'apitoiement [...] ou à la jérémiade [64] » : tragédie tout de même, dans laquelle jouent les vieux ressorts aristotéliciens de la terreur et de la pitié, tragédie fondée sur une sorte de *némésis* marine, où « le temps dévore la vie », un temps placé « devant nous comme la gueule grande ouverte de l'enfer ». Ce temps fatal, dans lequel les « pressentiments ou les présages ironiques [...] se fondent sur la conscience d'un mouvement cyclique inévitable [65] », est ici la succession des saisons et des campagnes de pêche, roue fatale, à laquelle personne, pas même Gaud, ne peut soustraire un Yann à la fois innocent — l'innocence de la jeunesse — et suspect d'*hybris,* de désir transgressif, dans sa promesse de noces avec la mer. Cette prédestination tragique de Yann était d'ailleurs soulignée dans la version théâtrale de 1893, puisque à sa première entrée en scène un nuage noir devait apparaître dans le ciel.

Cette insistance nous rappelle le rôle prémonitoire et symbolique joué par la météorologie dans le roman. Tantôt dissonante, tantôt consonante à la situation du moment, la météorologie accompagne en contrepoint le cours du roman, soit par contraste ironique (le beau

---

64. Gallimard, 1969, p. 54-55. Cf. la pathétique mise à mort du chat de la grand-mère Moan.

65. N. Frye, ouvrage cité, p. 260.

soleil sous lequel la grand-mère se rend à Paimpol
pour apprendre la mort de son petit-fils, la tranquillité
sournoisement indifférente de la mer pendant que
Gaud attend, au pied de la croix), soit par une
connivence entre le climat extérieur et le climat
affectif (caractère lugubre souvent prêté au climat
breton, vents et pluies de cet extrême automne où
Gaud se consume dans l'attente), mais surtout elle a
valeur prédictive ou annonciatrice, comme on le voit
pour la célèbre tempête. Il suffit de la comparer avec
celle de *Mon frère Yves*, qui mettait en valeur l'énergie
des marins face aux éléments déchaînés, ou avec celle,
superbe mais strictement pittoresque, qu'on verra
dans *La Troisième Jeunesse de Madame Prune* (1905), pour
comprendre qu'il ne s'agit pas d'un hors-d'œuvre
descriptif, et que l'incontestable virtuosité qui s'y
déploie, en mettant en valeur un déchaînement
aveugle des forces matérielles de la mer qui, pas plus
que les dieux, ne prend souci de l'homme, prélude à ce
qui ne sera pas vraiment montré au dernier chapitre
de l'œuvre, mais raconté (un peu comme dans la
tragédie classique, où la mort a lieu en coulisses).

A la chronologie « réaliste » du récit que nous
analysions précédemment vient donc se superposer un
temps tragique, et comme une préséance et une
précellence de la mort annoncée et prévisible sur les
diverses péripéties plus ou moins dramatiques du
récit. L'intrigue est surplombée par un destin soigneusement préparé, et dont la redoutable efficacité est
constamment rappelée. Il n'y a pas d'incertitude sur
l'essentiel, tout le roman repose sur l'attente d'une
mort inéluctable, dont le narrateur multiplie les signes
avant-coureurs (l'échouage de la *Marie*) et les pressentiments chez ses personnages, quand il ne l'annonce

pas explicitement lui-même. Le seul élément de relative interrogation porte sur les relations de Yann et de Gaud, où, pour ménager quelque peu l'intérêt du lecteur, Loti narrateur affecte de ne pas savoir ce qui se passe dans le cœur de Yann, en attendant la divine surprise de la demande en mariage. Cette restriction momentanée de l'information permet ce minimum de relief dramatique — relief renforcé, voire forcé et grossi, dans la version théâtrale — sans lequel l'intrigue frôlerait la nullité, selon la tendance que Loti devait reconnaître lucidement : « Il n'y a pas d'intrigues dans mes livres [66]. »

Aussi bien, cette présence essentielle, obsédante, de la mer-mort, ne se limite pas au climat tragique qu'elle fait naître. Elle prend aussi la forme, non moins insistante, d'une « vision », d'un « rêve » — cette qualité quasiment onirique que Loti reconnaissait dans son *Journal intime,* dès le 21 décembre 1882 : « [...] il m'en restera, comme d'un rêve, des impressions mélancoliques et bizarres ». Tout se passe en effet comme si ce livre, un des plus oniriques que Loti ait écrits [67], et pour lequel la comparaison avec *En Rade,* que Huysmans publie la même année, serait plus pertinente qu'avec un *Germinal* que Loti n'avait, semble-t-il, point lu [68], tendait parfois à s'organiser selon les règles, et dans la couleur propres aux rêves, ou plus exactement à partir d'une rêverie qui emprunte au rêve certains de ses aspects.

66. Propos tenus à Ph. Gille, *Le Figaro,* 10 décembre 1887 (cités par A. Quella-Villéger, *Pierre Loti l'incompris,* p. 363).
67. Sur l'attention prêtée aux rêves par Loti, voir l'ouvrage de Millward, p. 175 et suiv., et O. Valence, « Le surréalisme de Pierre Loti », *Synthèses,* août 1951, p. 412 à 418.
68. Voir l'article précité d'E. Roustan, p. 380.

Clive Wake [69] a, le premier, attiré l'attention sur un passage du *Journal intime*, daté du 13 janvier 1884, qui semble avoir fourni au roman une part de ses éléments thématiques : « Je rêvais que je passais dans je ne sais quelle mer où l'on ne s'attendait à rien voir, quand brusquement, là tout près, on aperçut des choses appelées balise ou signal, et qui marquent sur la mer les écueils invisibles. / Étaient-elles symboliques, ces balises de rêve ? Étaient-elles un présage, un avertissement pour ma vie ? Est-ce que, dans cette année nouvelle qui commence pour moi, je rencontrerai le sombre écueil final ? » A cette tonalité angoissée, à la fois présente de façon diffuse dans le roman et exorcisée par l'écriture, ajoutons cette qualité mysté-rieuse, « énigmatique », que Loti prête avec insis-tance à l'univers dans lequel se trouve le bateau de Yann, qualité due peut-être à « cette langue incer-taine qui se parle dans les rêves, et dont on ne retient au réveil que d'énigmatiques fragments n'ayant plus de sens ». De là sans doute cette affinité entre une conscience embrumée et un environnement nébuleux, cette « trame de rêves aussi peu serrée qu'un brouil-lard », les descriptions venant ronger, suspendre, distendre jusqu'à la vacance et au vide la trame narrative. De là, encore, cette couleur crépusculaire, cette « lumière latente », cette « pâleur », cette « livi-dité », cette « lueur vague et étrange comme celle des rêves ». De là ce climat de somnolence, de « tor-peur », cette « lenteur de sommeil » du bateau, qui oscille au début du roman comme à la fin, quand Gaud imagine une épave « bercée lentement, sans

<hr>

69. *The Novels of Pierre Loti*, p. 116 et suiv. Ce rêve est repris, presque textuellement, dans « Un vieux » (*Propos d'exil*, cha-pitre XI).

bruit », cette « respiration de sommeil » prêtée à la
mer. De là, enfin, cette parenté entre les changements
à vue du décor et la « rapidité qui est particulière aux
rêves » (*Journal intime*, 15 janvier 1879), le rôle essentiel d'une météorologie capricieuse, se prêtant à toutes
les « fantasmagories », qui sont « vagues et troubles
comme des visions », paysage mental et paysage
extérieur se répondant et se relayant idéalement,
s'entre-signifiant.

C'est tout cela qui donne à ces descriptions justement célèbres leur charge impalpable de rêve, et qui
les fait différer d'autres passages, dans *Mon frère Yves*
par exemple, qui évoquaient les brumes de la
Manche. Même s'il est vrai que Loti, outre ses
souvenirs récents de navigation sur la *Moselle*, s'est
aussi inspiré d'impressions notées en 1870 sur les
côtes de Norvège, quand il naviguait sur le *Decrès*, le
souvenir s'est ici transmué en « vision », en objets
« chimérique[s] », « diaphane[s] » et vaporeux, en
« voiles » et « mousselines »; à la limite, on va des
charmes de l'incertitude et de l'ambiguïté, des formes
les plus douteuses et les plus incertaines, à une sorte
de vide ou de vacance indéterminés [70], où le réel se
défait dans un « rêve blanc » ou gris, la description
s'exténuant alors à montrer ce qu'on voit quand on ne
voit plus rien, quand toutes les différences se sont
résorbées dans une mystérieuse unité, celle d'un
« fond » ou d'un « vide », autant dire ce pays de la
mort rêvée, à la fois celle que l'on rêve et celle dont on
rêve, quand on s'appelle Loti. Renonçant alors à ce

70. Cf. G. Poulet, *La Pensée indéterminée*, P.U.F., 1987, t. II, p. 199
à 202; A. Buisine, « Le décoloriste : voyage et écriture chez Pierre
Loti », p. 81 à 85; H. Scepi, « Rhétorique de l'incertain dans
Pêcheur d'Islande », p. 66-67.

qu'il appelle quelque part son « habituelle avidité de
voir », Loti explore magistralement un territoire imaginaire bien peu fréquenté, sauf peut-être, à sa
manière, par le Michaux de *L'Espace aux ombres*, et
nous propose mieux qu'un roman parmi tant d'autres : la vérité d'une fiction qui aurait frôlé, dans la
rêverie dont elle procède, la lisière de cet espace
innommable et inconnaissable, angoissant et désirable, neutre parce que neutralisant, où se figure la
solution finale, rejoignant ce temps zéro où enfin se
profile la mort de la conscience derrière l'inertie des
choses.

                                        Jacques Dupont

Pêcheur d'Islande

PREMIÈRE PARTIE

I

Ils étaient cinq, aux carrures terribles, accoudés à boire, dans une sorte de logis sombre qui sentait la saumure et la mer. Le gîte, trop bas pour leurs tailles, s'effilait par un bout, comme l'intérieur d'une grande mouette vidée; il oscillait faiblement, en rendant une plainte monotone, avec une lenteur de sommeil.

Dehors, ce devait être la mer et la nuit, mais on n'en savait trop rien : une seule ouverture coupée dans le plafond était fermée par un couvercle en bois, et c'était une vieille lampe suspendue qui les éclairait en vacillant.

Il y avait du feu dans un fourneau; leurs vêtements mouillés séchaient, en répandant de la vapeur qui se mêlait aux fumées de leurs pipes de terre.

Leur table massive occupait toute leur demeure; elle en prenait très exactement la forme, et il restait juste de quoi se couler autour pour s'asseoir sur des caissons étroits scellés aux murailles de chêne. De grosses poutres passaient au-dessus d'eux, presque à toucher leurs têtes; et, derrière leurs dos, des couchettes qui semblaient creusées dans l'épaisseur de la charpente s'ouvraient comme les niches d'un caveau pour mettre les morts. Toutes ces boiseries étaient

grossières et frustes, imprégnées d'humidité et de sel ;
usées, polies par les frottements de leurs mains.

Ils avaient bu, dans leurs écuelles, du vin et du
cidre, aussi la joie de vivre éclairait leurs figures, qui
étaient franches et braves. Maintenant ils restaient
attablés et devisaient, en breton, sur des questions de
femmes et de mariages.

Contre un panneau du fond, une sainte Vierge en
faïence était fixée sur une planchette, à une place
d'honneur. Elle était un peu ancienne, la patronne de
ces marins, et peinte avec un art encore naïf. Mais les
personnages en faïence se conservent beaucoup plus
longtemps que les vrais hommes ; aussi sa robe rouge
et bleue faisait encore l'effet d'une petite chose très
fraîche au milieu de tous les gris sombres de cette
pauvre maison de bois. Elle avait dû écouter plus
d'une ardente prière, à des heures d'angoisses ; on
avait cloué à ses pieds deux bouquets de fleurs
artificielles et un chapelet.

Ces cinq hommes étaient vêtus pareillement, un
épais tricot de laine bleue serrant le torse et s'enfonçant dans la ceinture du pantalon ; sur la tête, l'espèce
de casque en toile goudronnée qu'on appelle *suroît* (du
nom de ce vent de sud-ouest qui dans notre hémisphère amène les pluies).

Ils étaient d'âges divers. Le *capitaine* pouvait avoir
quarante ans ; trois autres, de vingt-cinq à trente. Le
dernier, qu'ils appelaient Sylvestre ou Lurlu, n'en
avait que dix-sept. Il était déjà un homme, pour la
taille et la force ; une barbe noire, très fine et très
frisée, couvrait ses joues ; seulement il avait gardé ses
yeux d'enfant, d'un gris bleu, qui étaient extrêmement
doux et tout naïfs.

Très près les uns des autres, faute d'espace, ils

paraissaient éprouver un vrai bien-être, ainsi tapis dans leur gîte obscur.

... Dehors, ce devait être la mer et la nuit, l'infinie désolation des eaux noires et profondes. Une montre de cuivre, accrochée au mur, marquait onze heures, onze heures du soir sans doute ; et, contre le plafond de bois, on entendait le bruit de la pluie.

Ils traitaient très gaîment entre eux ces questions de mariage, — mais sans rien dire qui fût déshonnête. Non, c'étaient des projets pour ceux qui étaient encore garçons, ou bien des histoires drôles arrivées dans *le pays,* pendant des fêtes de noces. Quelquefois ils lançaient bien, avec un bon rire, une allusion un peu trop franche au plaisir d'aimer. Mais l'amour, comme l'entendent les hommes ainsi trempés, est toujours une chose saine, et dans sa crudité même il demeure presque chaste.

Cependant, Sylvestre s'ennuyait, à cause d'un autre appelé Jean (un nom que les Bretons prononcent Yann), qui ne venait pas.

En effet, où était-il donc ce Yann ; toujours à l'ouvrage là-haut ? Pourquoi ne descendait-il pas prendre un peu de sa part de la fête ?

— Tantôt minuit, pourtant, dit le capitaine.

Et, en se redressant debout, il souleva avec sa tête le couvercle de bois, afin d'appeler par là ce Yann. Alors une lueur très étrange tomba d'en haut :

— Yann ! Yann !... Eh ! l'*homme !*

L'*homme* répondit rudement du dehors.

Et, par ce couvercle un instant entr'ouvert, cette lueur si pâle qui était entrée ressemblait bien à celle du jour. — « Bientôt minuit... » Cependant c'était bien comme une lueur de soleil, comme une lueur crépusculaire renvoyée de très loin par des miroirs mystérieux.

Le trou refermé, la nuit revint, la petite lampe pendue se remit à briller jaune, et on entendit l'*homme* descendre avec de gros sabots par une échelle de bois.

Il entra, obligé de se courber en deux comme un gros ours, car il était presque un géant. Et d'abord il fit une grimace, en se pinçant le bout du nez à cause de l'odeur âcre de la saumure.

Il dépassait un peu trop les proportions ordinaires des hommes, surtout par sa carrure qui était droite comme une barre ; quand il se présentait de face, les muscles de ses épaules, dessinés sous son tricot bleu, formaient comme deux boules en haut de ses bras. Il avait de grands yeux bruns très mobiles, à l'expression sauvage et superbe.

Sylvestre, passant ses bras autour de ce Yann, l'attira contre lui par tendresse, à la façon des enfants ; il était fiancé à sa sœur et le traitait comme un grand frère. L'autre se laissait caresser avec un air de lion câlin, en répondant par un bon sourire à dents blanches.

Ses dents, qui avaient eu chez lui plus de place pour s'arranger que chez les autres hommes, étaient un peu espacées et semblaient toutes petites. Ses moustaches blondes étaient assez courtes, bien que jamais coupées ; elles étaient frisées très serré en deux petits rouleaux symétriques au-dessus de ses lèvres qui avaient des contours fins et exquis ; et puis elles s'ébouriffaient aux deux bouts, de chaque côté des coins profonds de sa bouche. Le reste de sa barbe était tondu ras, et ses joues colorées avaient gardé un velouté frais, comme celui des fruits que personne n'a touchés.

On remplit de nouveau les verres, quand Yann fut assis, et on appela le mousse pour rebourrer les pipes et les allumer.

Cet allumage était une manière pour lui de fumer un peu. C'était un petit garçon robuste, à la figure ronde, un peu le cousin de tous ces marins qui étaient plus ou moins parents entre eux ; en dehors de son travail assez dur, il était l'enfant gâté du bord[1]. Yann le fit boire dans son verre, et puis on l'envoya se coucher.

Après, on reprit la grande conversation des mariages :

— Et toi, Yann, demanda Sylvestre, quand est-ce ferons-nous tes noces ?

— Tu n'as pas honte, dit le capitaine, un homme si grand comme tu es, à vingt-sept ans, pas marié encore ! Les filles, qu'est-ce qu'elles doivent penser quand elles te voient !

Lui répondit, en secouant d'un geste très dédaigneux pour les femmes ses épaules effrayantes :

— Mes noces à moi, je les fais à la nuit ; d'autres fois, je les fais à l'heure ; c'est suivant.

Il venait de finir ses cinq années de service à l'État[2], ce Yann. Et c'est là, comme matelot canonnier de la flotte, qu'il avait appris à parler le français[3] et à tenir des propos sceptiques. — Alors il commença de raconter ses noces dernières qui, paraît-il, avaient duré quinze jours.

C'était à Nantes, avec une chanteuse. Un soir, revenant de la mer, il était entré un peu gris dans un Alcazar[4]. Il y avait à la porte une femme qui vendait des bouquets énormes au prix d'un louis de vingt francs. Il en avait acheté un, sans trop savoir qu'en faire, et puis tout de suite en arrivant, il l'avait lancé à

tour de bras, *en plein par la figure,* à celle qui chantait
sur la scène, — moitié déclaration brusque, moitié
ironie pour cette poupée peinte qu'il trouvait par trop
rose. La femme était tombée du coup ; après, elle
l'avait adoré pendant près de trois semaines.

— Même, dit-il, quand je suis parti, elle m'a fait
cadeau de cette montre en or.

Et, pour la leur faire voir, il la jetait sur la table
comme un méprisable joujou.

C'était conté avec des mots rudes et des images à
lui. Cependant cette banalité de la vie civilisée
détonnait beaucoup au milieu de ces hommes primitifs, avec ces grands silences de la mer qu'on devinait
autour d'eux ; avec cette lueur de minuit, entrevue par
en haut, qui avait apporté la notion des étés mourants
du pôle.

Et puis ces manières de Yann faisaient de la peine à
Sylvestre et le surprenaient. Lui était un enfant vierge,
élevé dans le respect des sacrements par une vieille
grand'mère, veuve d'un pêcheur du village de Ploubazlanec[5]. Tout petit, il allait chaque jour avec elle
réciter un chapelet, à genoux sur la tombe de sa mère.
De ce cimetière, situé sur la falaise, on voyait au loin
les eaux grises de la Manche où son père avait disparu
autrefois dans un naufrage. — Comme ils étaient
pauvres, sa grand'mère et lui, il avait dû de très bonne
heure naviguer à la pêche, et son enfance s'était
passée au large. Chaque soir il disait encore ses
prières et ses yeux avaient gardé une candeur religieuse. Il était beau, lui aussi, et, après Yann, le
mieux planté du bord. Sa voix très douce et ses
intonations de petit enfant contrastaient un peu avec
sa haute taille et sa barbe noire ; comme sa croissance
s'était faite très vite, il se sentait presque embarrassé

d'être devenu tout d'un coup si large et si grand. Il comptait se marier bientôt avec la sœur de Yann, mais jamais il n'avait répondu aux avances d'aucune fille.

A bord, ils ne possédaient en tout que trois couchettes, — une pour deux, — et ils y dormaient à tour de rôle, en se partageant la nuit.

Quand ils eurent fini leur fête, — célébrée en l'honneur de l'Assomption de la Vierge leur patronne, — il était un peu plus de minuit. Trois d'entre eux se coulèrent pour dormir dans les petites niches noires qui ressemblaient à des sépulcres, et les trois autres remontèrent sur le pont reprendre le grand travail interrompu de la pêche ; c'était Yann, Sylvestre, et un de leur pays appelé Guillaume.

Dehors il faisait jour, éternellement jour.

Mais c'était une lumière pâle, pâle, qui ne ressemblait à rien ; elle traînait sur les choses comme des reflets de soleil mort. Autour d'eux, tout de suite commençait un vide immense qui n'était d'aucune couleur, et en dehors des planches de leur navire, tout semblait diaphane, impalpable, chimérique.

L'œil saisissait à peine ce qui devait être la mer : d'abord cela prenait l'aspect d'une sorte de miroir tremblant qui n'aurait aucune image à refléter ; en se prolongeant, cela paraissait devenir une plaine de vapeur, — et puis, plus rien : cela n'avait ni horizon ni contours.

La fraîcheur humide de l'air était plus intense, plus pénétrante que du vrai froid, et, en respirant, on sentait très fort le goût de sel. Tout était calme et il ne pleuvait plus ; en haut, des nuages informes et incolores semblaient contenir cette lumière latente qui ne s'expliquait pas ; on voyait clair, en ayant cependant conscience de la nuit, et toutes ces pâleurs des choses n'étaient d'aucune nuance pouvant être nommée.

Ces trois hommes qui se tenaient là vivaient depuis leur enfance sur ces mers froides, au milieu de leurs fantasmagories qui sont vagues et troubles comme des visions. Tout cet infini changeant, ils avaient coutume de le voir jouer autour de leur étroite maison de planches, et leurs yeux y étaient habitués autant que ceux des grands oiseaux du large.

Le navire se balançait lentement sur place, en rendant toujours sa même plainte, monotone comme une chanson de Bretagne répétée en rêve par un homme endormi. Yann et Sylvestre avaient préparé très vite leurs hameçons et leurs lignes, tandis que l'autre ouvrait un baril de sel et, aiguisant son grand couteau, s'asseyait derrière eux pour attendre.

Ce ne fut pas long. A peine avaient-ils jeté leurs lignes dans cette eau tranquille et froide, ils les relevèrent avec des poissons lourds, d'un gris luisant d'acier.

Et toujours, et toujours, les morues vives se faisaient prendre ; c'était rapide et incessant, cette pêche silencieuse. L'autre éventrait, avec son grand couteau, aplatissait, salait, comptait, et la saumure qui devait faire leur fortune au retour s'empilait derrière eux, toute ruisselante et fraîche.

Les heures passaient monotones, et, dans les grandes régions vides du dehors, lentement la lumière changeait ; elle semblait maintenant plus réelle. Ce qui avait été un crépuscule blême, une espèce de soir d'été hyperborée[6], devenait à présent, sans intermède de nuit, quelque chose comme une aurore, que tous les miroirs de la mer reflétaient en vagues traînées roses...

— C'est sûr que tu devrais te marier, Yann, dit tout à coup Sylvestre, avec beaucoup de sérieux cette fois, en regardant dans l'eau. (Il avait l'air de bien en connaître quelqu'une en Bretagne qui s'était laissé prendre aux yeux bruns de son grand frère, mais il se sentait timide en touchant à ce sujet grave.)

— Moi !... Un de ces jours, oui, je ferai mes noces — et il souriait, ce Yann, toujours dédaigneux, roulant ses yeux vifs — mais avec aucune des filles du pays ; non, moi, ce sera avec la mer, et je vous invite tous, ici tant que vous êtes, au bal que je donnerai...

Ils continuèrent de pêcher, car il ne fallait pas perdre son temps en causeries : on était au milieu d'une immense peuplade de poissons, d'un *banc* voyageur, qui, depuis deux jours, ne finissait pas de passer.

Ils avaient tous veillé la nuit d'avant et attrapé, en trente heures, plus de mille morues très grosses ; aussi leurs bras forts étaient las, et ils s'endormaient. Leur corps veillait seul, et continuait de lui-même sa manœuvre de pêche, tandis que, par instants, leur esprit flottait en plein sommeil. Mais cet air du large qu'ils respiraient était vierge comme aux premiers jours du monde, et si vivifiant que, malgré leur fatigue, ils se sentaient la poitrine dilatée et les joues fraîches.

La lumière matinale, la lumière vraie, avait fini par venir ; comme au temps de la Genèse elle s'était *séparée d'avec les ténèbres*[7] qui semblaient s'être tassées sur l'horizon, et restaient là en masses très lourdes ; en y voyant si clair, on s'apercevait bien à présent qu'on sortait de la nuit, — que cette lueur d'avant avait été vague et étrange comme celle des rêves.

Dans ce ciel très couvert, très épais, il y avait çà et

là des déchirures, comme des percées dans un dôme,
par où arrivaient de grands rayons couleur d'argent
rose.

Les nuages inférieurs étaient disposés en une bande
d'ombre intense, faisant tout le tour des eaux, emplissant les lointains d'indécision et d'obscurité. Ils
donnaient l'illusion d'un espace fermé, d'une limite ;
ils étaient comme des rideaux tirés sur l'infini, comme
des voiles tendus pour cacher de trop gigantesques
mystères qui eussent troublé l'imagination des
hommes. Ce matin-là, autour du petit assemblage de
planches qui portait Yann et Sylvestre, le monde
changeant du dehors avait pris un aspect de recueille-
ment immense ; il s'était arrangé en sanctuaire, et les
gerbes de rayons, qui entraient par les traînées de
cette voûte de temple, s'allongeaient en reflets sur
l'eau immobile comme sur un parvis de marbre. Et
puis, peu à peu, on vit s'éclairer très loin une autre
chimère : une sorte de découpure rosée très haute, qui
était un promontoire de la sombre Islande...

Les noces de Yann avec la mer !... Sylvestre y
repensait, tout en continuant de pêcher sans plus oser
rien dire. Il s'était senti triste en entendant le
sacrement du mariage ainsi tourné en moquerie par
son grand frère ; et puis surtout, cela lui avait fait
peur, car il était superstitieux.

Depuis si longtemps il y songeait, à ces noces de
Yann ! Il avait rêvé qu'elles se feraient avec Gaud
Mével[8], — une blonde de Paimpol, — et que, lui,
aurait la joie de voir cette fête avant de partir pour le
service, avant cet exil de cinq années, au retour
incertain, dont l'approche inévitable commençait à lui
serrer le cœur...

Quatre heures du matin. Les autres, qui étaient

restés couchés en bas, arrivèrent tous trois pour les relever. Encore un peu endormis, humant à pleine poitrine le grand air froid, ils montaient en achevant de mettre leurs longues bottes, et ils fermaient les yeux, éblouis d'abord par tous ces reflets de lumière pâle.

Alors Yann et Sylvestre firent rapidement leur premier déjeuner du matin avec des biscuits ; après les avoir cassés à coups de maillet, ils se mirent à les croquer d'une manière très bruyante, en riant de les trouver si durs. Ils étaient redevenus tout à fait gais à l'idée de descendre dormir, d'avoir bien chaud dans leurs couchettes, et, se tenant l'un l'autre par la taille, ils s'en allèrent jusqu'à l'écoutille, en se dandinant sur un air de vieille chanson.

Avant de disparaître par ce trou, ils s'arrêtèrent à jouer avec un certain Turc, le chien du bord, un terre-neuvien tout jeune, qui avait d'énormes pattes encore gauches et enfantines. Ils l'agaçaient de la main ; l'autre les mordillait comme un loup, et finit par leur faire du mal. Alors Yann, avec un froncement de colère dans ses yeux changeants, le repoussa d'un coup très fort qui le fit s'aplatir et hurler.

Il avait le cœur bon, ce Yann, mais sa nature était restée un peu sauvage, et quand son être physique était seul en jeu, une caresse douce était souvent chez lui très près d'une violence brutale.

II

Leur navire s'appelait la *Marie*, capitaine Guermeur[1]. Il allait chaque année faire la grande pêche
dangereuse dans ces régions froides où les étés n'ont
plus de nuits.

Il était très ancien, comme la Vierge de faïence sa
patronne. Ses flancs épais, à vertèbres de chêne,
étaient éraillés, rugueux, imprégnés d'humidité et de
saumure ; mais sains encore et robustes, exhalant les
senteurs vivifiantes du goudron. Au repos il avait un
air lourd, avec sa membrure massive, mais quand les
grandes brises d'ouest soufflaient, il retrouvait sa
vigueur légère, comme les mouettes que le vent
réveille. Alors il avait sa façon à lui de *s'élever à la lame*
et de rebondir, plus lestement que bien des jeunes,
taillés avec les finesses modernes.

Quant à eux, les six hommes et le mousse, ils
étaient des *Islandais* (une race vaillante de marins qui
est répandue surtout au pays de Paimpol et de
Tréguier[2], et qui s'est vouée de père en fils à cette
pêche-là).

Ils n'avaient presque jamais vu l'été de France.

A la fin de chaque hiver, ils recevaient avec les
autres pêcheurs, dans le port de Paimpol, la bénédic-

tion des départs[3]. Pour ce jour de fête, un reposoir, toujours le même, était construit sur le quai ; il imitait une grotte en rochers et, au milieu, parmi des trophées d'ancres, d'avirons et de filets, trônait, douce et impassible, la Vierge, patronne des marins, sortie pour eux de son église, regardant toujours, de génération en génération, avec ses mêmes yeux sans vie, les heureux pour qui la saison allait être bonne, — et les autres, ceux qui ne devaient pas revenir.

Le saint-sacrement, suivi d'une procession lente de femmes et de mères, de fiancées et de sœurs, faisait le tour du port, où tous les navires islandais, qui s'étaient pavoisés, saluaient du pavillon[4] au passage. Le prêtre, s'arrêtant devant chacun d'eux, disait les paroles et faisait les gestes qui bénissent.

Ensuite ils partaient tous, comme une flotte, laissant le pays presque vide d'époux, d'amants et de fils. En s'éloignant, les équipages chantaient ensemble, à pleines voix vibrantes, les cantiques de Marie Étoile-de-la-Mer[5].

Et chaque année, c'était le même cérémonial de départ, les mêmes adieux.

Après, recommençait la vie du large, l'isolement à trois ou quatre compagnons rudes, sur des planches mouvantes, au milieu des eaux froides de la mer hyperborée.

Jusqu'ici, on était revenu ; — la Vierge Étoile-de-la-Mer avait protégé ce navire qui portait son nom.

La fin d'août était l'époque de ces retours. Mais la *Marie* suivait l'usage de beaucoup d'Islandais, qui est de toucher seulement à Paimpol, et puis de descendre dans le golfe de Gascogne où l'on vend bien sa pêche, et dans les îles de sable à marais salants[6] où l'on achète le sel pour la campagne prochaine.

Dans ces ports du Midi, que le soleil chauffe encore,
se répandent pour quelques jours les équipages
robustes, avides de plaisir, grisés par ce lambeau
d'été, par cet air plus tiède ; — par la terre et par les
femmes.

Et puis, avec les premières brumes de l'automne, on
rentre au foyer, à Paimpol ou dans les chaumières
éparses du pays de Goëlo [7], s'occuper pour un temps
de famille et d'amour, de mariages et de naissances.
Presque toujours on trouve là des petits nouveau-nés,
conçus l'hiver d'avant, et qui attendent des parrains
pour recevoir le sacrement du baptême : — il faut
beaucoup d'enfants à ces races de pêcheurs que
l'Islande dévore.

III

A Paimpol, un beau soir de cette année-là, un dimanche de juin, il y avait deux femmes très occupées à écrire une lettre.

Cela se passait devant une large fenêtre qui était ouverte et dont l'appui, en granit ancien et massif, portait une rangée de pots de fleurs.

Penchées sur leur table, toutes deux semblaient jeunes ; l'une avait une coiffe extrêmement grande, à la mode d'autrefois ; l'autre, une coiffe toute petite, de la forme nouvelle qu'ont adoptée les Paimpolaises [1] : — deux amoureuses, eût-on dit, rédigeant ensemble un message tendre pour quelque bel *Islandais*.

Celle qui dictait — la grande coiffe — releva la tête, cherchant ses idées. Tiens ! elle était vieille, très vieille, malgré sa tournure jeunette, ainsi vue de dos sous son petit châle brun. Mais tout à fait vieille : une bonne grand'mère d'au moins soixante-dix ans. Encore jolie par exemple, et encore fraîche, avec les pommettes bien roses, comme certains vieillards ont le don de les conserver. Sa coiffe, très basse sur le front et sur le sommet de la tête, était composée de deux ou trois larges cornets en mousseline qui semblaient s'échapper les uns des autres et retombaient sur la

nuque. Sa figure vénérable s'encadrait bien dans toute
cette blancheur et dans ces plis qui avaient un air
religieux. Ses yeux, très doux, étaient pleins d'une
bonne honnêteté. Elle n'avait plus trace de dents, plus
rien, et, quand elle riait, on voyait à la place ses
gencives rondes qui avaient un petit air de jeunesse.
Malgré son menton, qui était devenu « en pointe de
sabot » (comme elle avait coutume de dire), son profil
n'était pas trop gâté par les années ; on devinait
encore qu'il avait dû être régulier et pur comme celui
des saintes d'église.

Elle regardait par la fenêtre, cherchant ce qu'elle
pourrait bien raconter de plus pour amuser son petit-
fils.

Vraiment il n'existait pas ailleurs, dans tout le pays
de Paimpol, une autre bonne vieille comme elle, pour
trouver des choses aussi drôles à dire sur les uns ou les
autres, ou même sur rien du tout. Dans cette lettre, il
y avait déjà trois ou quatre histoires impayables, —
mais sans la moindre malice, car elle n'avait rien de
mauvais dans l'âme.

L'autre, voyant que les idées ne venaient plus,
s'était mise à écrire soigneusement l'adresse :

A monsieur Moan, Sylvestre, à bord de la MARIE, *capitaine
Guermeur, — dans la mer d'Islande par Reickawick.*

Après, elle aussi releva la tête pour demander.

— C'est-il fini, grand'mère Moan ?

Elle était bien jeune, celle-ci, adorablement jeune,
une figure de vingt ans. Très blonde, — couleur rare
en ce coin de Bretagne où la race est brune ; très
blonde, avec des yeux d'un gris de lin à cils presque
noirs. Ses sourcils, blonds autant que ses cheveux,
étaient comme repeints au milieu d'une ligne plus
rousse, plus foncée, qui donnait une expression de

vigueur et de volonté. Son profil, un peu court, était très noble, le nez prolongeant la ligne du front avec une rectitude absolue, comme dans les visages grecs. Une fossette profonde, creusée sous la lèvre inférieure, en accentuait délicieusement le rebord ; — et de temps en temps, quand une pensée la préoccupait beaucoup, elle la mordait, cette lèvre, avec ses dents blanches d'en haut, ce qui faisait courir sous la peau fine des petites traînées plus rouges. Dans toute sa personne svelte, il y avait quelque chose de fier, de grave aussi un peu, qui lui venait des hardis marins d'Islande ses ancêtres. Elle avait une expression d'yeux à la fois obstinée et douce.

Sa coiffe était en forme de coquille, descendait bas sur le front, s'y appliquant presque comme un bandeau, puis se relevant beaucoup des deux côtés, laissant voir d'épaisses nattes de cheveux roulées en colimaçon au-dessus des oreilles — coiffure conservée des temps très anciens et qui donne encore un air d'autrefois aux femmes paimpolaises.

On sentait qu'elle avait été élevée autrement que cette pauvre vieille à qui elle prêtait le nom de grand'mère, mais qui, de fait, n'était qu'une grand'tante éloignée, ayant eu des malheurs.

Elle était la fille de M. Mével, un ancien Islandais, un peu forban, enrichi par des entreprises audacieuses sur mer.

Cette belle chambre où la lettre venait de s'écrire était la sienne : un lit tout neuf à la mode des villes [2] avec des rideaux en mousseline, une dentelle au bord ; et, sur les épaisses murailles, un papier de couleur claire atténuant les irrégularités du granit. Au plafond, une couche de chaux blanche recouvrait des solives énormes qui révélaient l'ancienneté du logis ;

— c'était une vraie maison de bourgeois aisés, et les fenêtres donnaient sur cette vieille place grise de Paimpol où se tiennent les marchés et les pardons [3].

— C'est fini, grand'mère Yvonne ? Vous n'avez plus rien à lui dire ?

— Non, ma fille, ajoute seulement, je te prie, le bonjour de ma part au fils Gaos.

Le fils Gaos !... autrement dit Yann... Elle était devenue très rouge, la belle jeune fille fière, en écrivant ce nom-là.

Dès que ce fut ajouté au bas de la page d'une écriture courue, elle se leva en détournant la tête, comme pour regarder dehors quelque chose de très intéressant sur la place.

Debout elle était un peu grande ; sa taille était moulée comme celle d'une élégante dans un corsage ajusté ne faisant pas de plis. Malgré sa coiffe, elle avait un air de demoiselle. Même ses mains, sans avoir cette excessive petitesse étiolée qui est devenue une beauté par convention, étaient fines et blanches, n'ayant jamais travaillé à de grossiers ouvrages.

Il est vrai, elle avait bien commencé par être une petite Gaud courant pieds nus dans l'eau, n'ayant plus de mère, allant presque à l'abandon pendant ces saisons de pêche que son père passait en Islande ; jolie, rose, dépeignée, volontaire, têtue, poussant vigoureuse au grand souffle âpre de la Manche. En ce temps-là, elle était recueillie par cette pauvre grand'mère Moan, qui lui donnait Sylvestre à garder pendant ses dures journées de travail chez les gens de Paimpol.

Et elle avait une adoration de petite mère pour cet autre tout petit qui lui était confié, dont elle était l'aînée d'à peine dix-huit mois ; aussi brun qu'elle était blonde, aussi soumis et câlin qu'elle était vive et capricieuse.

Elle se rappelait ce commencement de sa vie, en fille que la richesse ni les villes n'avaient grisée; il lui revenait à l'esprit comme un rêve lointain de liberté sauvage, comme un ressouvenir d'une époque vague et mystérieuse où les grèves avaient plus d'espace, où certainement les falaises étaient plus gigantesques...

Vers cinq ou six ans, encore de très bonne heure pour elle, l'argent étant venu à son père qui s'était mis à acheter et à revendre des cargaisons de navire, elle avait été emmenée par lui à Saint-Brieuc, et plus tard à Paris. — Alors, de petite Gaud, elle était devenue une *mademoiselle Marguerite*, grande, sérieuse, au regard grave. Toujours un peu livrée à elle-même dans un autre genre d'abandon que celui de la grève bretonne, elle avait conservé sa nature obstinée d'enfant. Ce qu'elle savait des choses de la vie lui avait été révélé bien au hasard, sans discernement aucun; mais une dignité innée, excessive, lui avait servi de sauvegarde. De temps en temps elle prenait des allures de hardiesse, disant aux gens, bien en face, des choses trop franches qui surprenaient, et son beau regard clair ne s'abaissait pas toujours devant celui des jeunes hommes; mais il était si honnête et si indifférent que ceux-ci ne pouvaient guère s'y méprendre, ils voyaient bien tout de suite qu'ils avaient affaire à une fille sage, fraîche de cœur autant que de figure.

Dans ces grandes villes, son costume s'était modifié beaucoup plus qu'elle-même. Bien qu'elle eût gardé sa coiffe, que les Bretonnes quittent difficilement, elle avait vite appris à s'habiller d'une autre façon. Et sa taille autrefois libre de petite pêcheuse, en se formant, en prenant la plénitude de ses beaux contours germés au vent de la mer, s'était amincie par le bas dans de longs corsets de demoiselle.

Tous les ans, avec son père, elle revenait en Bretagne, — l'été seulement comme les baigneuses, — retrouvant pour quelques jours ses souvenirs d'autrefois et son nom de Gaud (qui en breton veut dire Marguerite); un peu curieuse peut-être de voir ces Islandais dont on parlait tant, qui n'étaient jamais là, et dont chaque année quelques-uns de plus manquaient à l'appel; entendant partout causer de cette Islande qui lui apparaissait comme un gouffre lointain — et où était à présent celui qu'elle aimait...

Et puis un beau jour elle avait été ramenée pour tout à fait au pays de ces pêcheurs, par un caprice de son père, qui avait voulu finir là son existence et habiter comme un bourgeois sur cette place de Paimpol.

La bonne vieille grand'mère, pauvre et proprette, s'en alla en remerciant, dès que la lettre fut relue et l'enveloppe fermée. Elle demeurait assez loin, à l'entrée du pays de Ploubazlanec, dans un hameau de la côte, encore dans cette même chaumière où elle était née, où elle avait eu ses fils et ses petits-fils.

En traversant la ville, elle répondait à beaucoup de monde qui lui disait bonsoir : elle était une des anciennes du pays, débris d'une famille vaillante et estimée.

Par des miracles d'ordre et de soins, elle arrivait à paraître à peu près bien mise, avec de pauvres robes raccommodées, qui ne tenaient plus. Toujours ce petit châle brun de Paimpolaise, qui était sa tenue d'habillé et sur lequel retombaient depuis une soixantaine d'années les cornets de mousseline de ses grandes coiffes : son propre châle de mariage, jadis bleu, reteint pour les noces de son fils Pierre, et depuis ce temps-là ménagé pour les dimanches, encore bien présentable.

Elle avait continué de se tenir droite dans sa marche, pas du tout comme les vieilles ; et vraiment malgré ce menton un peu trop remonté, avec ces yeux si bons et ce profil si fin, on ne pouvait s'empêcher de la trouver bien jolie.

Elle était très respectée, et cela se voyait, rien que dans les bonsoirs que les gens lui donnaient.

En route elle passa devant chez son *galant,* un vieux soupirant d'autrefois, menuisier de son état ; octogé-naire, qui maintenant se tenait toujours assis devant sa porte tandis que les jeunes, ses fils, rabotaient aux établis. — Jamais il ne s'était consolé, disait-on, de ce qu'elle n'avait voulu de lui ni en premières ni en secondes noces ; mais avec l'âge, cela avait tourné en une espèce de rancune comique, moitié maligne[4], et il l'interpellait toujours :

— Eh bien ! la belle, quand ça donc qu'il faudra aller vous *prendre mesure ?...*

Elle remercia, disant que non, qu'elle n'était pas encore décidée à se faire faire ce costume-là. Le fait est que ce vieux, dans sa plaisanterie un peu lourde, parlait de certain costume en planches de sapin par lequel finissent tous les habillements terrestres...

— Allons, quand vous voudrez, alors ; mais ne vous gênez pas, la belle, vous savez...

Il lui avait déjà fait cette même facétie plusieurs fois. Et aujourd'hui elle avait peine à en rire : c'est qu'elle se sentait plus fatiguée, plus cassée par sa vie de labeur incessant, — et elle songeait à son cher petit-fils, son dernier, qui, à son retour d'Islande,

allait partir pour le service. — Cinq années !... S'en
aller en Chine [5] peut-être, à la guerre !... Serait-elle
bien là, quand il reviendrait ? — Une angoisse la
prenait à cette pensée... Non, décidément, elle n'était
pas si gaie qu'elle en avait l'air, cette pauvre vieille, et
voici que sa figure se contractait horriblement comme
pour pleurer.

C'était donc possible cela, c'était donc vrai, qu'on
allait bientôt le lui enlever, ce dernier petit-fils...
Hélas ! mourir peut-être toute seule, sans l'avoir
revu... On avait bien fait quelques démarches (des
messieurs de la ville qu'elle connaissait) pour l'empêcher de partir, comme soutien d'une grand'mère
presque indigente qui ne pourrait bientôt plus travailler. Cela n'avait pas réussi, — à cause de l'autre, Jean
Moan le déserteur, un frère aîné de Sylvestre dont on
ne parlait plus dans la famille, mais qui existait tout
de même quelque part en Amérique, enlevant à son
cadet le bénéfice de l'exemption militaire. Et puis on
avait objecté sa petite pension de veuve de marin [6] ; on
ne l'avait pas trouvée assez pauvre.

Quand elle fut rentrée, elle dit longuement ses
prières, pour tous ses défunts, fils et petits-fils ; ensuite
elle pria aussi, avec une confiance ardente, pour son
petit Sylvestre, et essaya de s'endormir, songeant au
costume en planches, le cœur affreusement serré de se
sentir si vieille au moment de ce départ...

L'autre, la jeune fille, était restée assise près de sa
fenêtre, regardant sur le granit des murs les reflets
jaunes du couchant, et, dans le ciel, les hirondelles
noires qui tournoyaient. Paimpol était toujours très
mort, même le dimanche, par ces longues soirées de
mai ; des jeunes filles, qui n'avaient seulement per-

sonne pour leur faire un peu la cour, se promenaient deux par deux, trois par trois, rêvant aux galants d'Islande...

« ... Le bonjour de ma part au fils Gaos... » Cela l'avait beaucoup troublée d'écrire cette phrase, et ce nom qui, à présent, ne voulait plus la quitter.

Elle passait souvent ses soirées à cette fenêtre, comme une demoiselle. Son père n'aimait pas beaucoup qu'elle se promenât avec les autres filles de son âge et qui, autrefois, avaient été de sa condition. Et puis, en sortant du café, quand il faisait les cent pas en fumant sa pipe avec d'autres anciens marins comme lui, il était content d'apercevoir là-haut, à sa fenêtre encadrée de granit, entre les pots de fleurs, sa fille installée dans cette maison de riches.

Le fils Gaos !... Elle regardait malgré elle du côté de la mer, qu'on ne voyait pas, mais qu'on sentait là tout près, au bout de ces petites ruelles par où remontaient des bateliers. Et sa pensée s'en allait dans les infinis de cette chose toujours attirante, qui fascine et qui dévore ; sa pensée s'en allait là-bas, très loin dans les mers polaires, où naviguait la *Marie, capitaine Guermeur.*

Quel étrange garçon que ce fils Gaos !... fuyant, insaisissable maintenant, après s'être avancé d'une manière à la fois si osée et si douce.

Ensuite, dans sa longue rêverie, elle repassait les souvenirs de son retour en Bretagne, qui était de l'année dernière.

Un matin de décembre, après une nuit de voyage, le train venant de Paris les avait déposés, son père et elle, à Guingamp [7], au petit jour brumeux et blanchâ-

tre, très froid, frisant encore l'obscurité. Alors elle
avait été saisie par une impression inconnue : cette
vieille petite ville, qu'elle n'avait jamais traversée
qu'en été, elle ne la reconnaissait plus ; elle y éprouvait comme la sensation de plonger tout à coup dans
ce qu'on appelle, à la campagne : *les temps,* — les
temps lointains du passé. Ce silence, après Paris ! Ce
train de vie tranquille de gens d'un autre monde,
allant dans la brume à leurs toutes petites affaires !
Ces vieilles maisons en granit sombre, noires d'humidité et d'un reste de nuit ; toutes ces choses bretonnes
— qui la charmaient à présent qu'elle aimait Yann —
lui avaient paru ce matin-là d'une tristesse bien
désolée. Des ménagères matineuses ouvraient déjà
leurs portes, et, en passant, elle regardait dans ces
intérieurs anciens, à grande cheminée, où se tenaient
assises, avec des poses de quiétude, des aïeules en
coiffe qui venaient de se lever. Dès qu'il avait fait un
peu plus jour, elle était entrée dans l'église[8] pour dire
ses prières. Et comme elle lui avait semblé immense et
ténébreuse, cette nef magnifique, — et différente des
églises parisiennes, avec ses piliers rudes usés à la base
par les siècles, sa senteur de caveau, de vétusté, de
salpêtre ! Dans un recul profond, derrière des
colonnes, un cierge brûlait, et une femme se tenait
agenouillée devant, sans doute pour faire un vœu ; la
lueur de cette flammèche grêle se perdait dans le vide
incertain des voûtes... Elle avait retrouvé là tout à
coup, en elle-même, la trace d'un sentiment bien
oublié : cette sorte de tristesse et d'effroi qu'elle
éprouvait jadis, étant toute petite, quand on la menait
à la première messe des matins d'hiver, dans l'église
de Paimpol.

Ce Paris, elle ne le regrettait pourtant pas, bien sûr,

quoiqu'il y eût là beaucoup de choses belles et amusantes. D'abord, elle s'y trouvait presque à l'étroit, ayant dans les veines ce sang des coureurs de mer. Et puis, elle s'y sentait une étrangère, une déplacée : les Parisiennes, c'étaient ces femmes dont la taille mince avait aux reins une cambrure artificielle, qui connaissaient une manière à part de marcher, de se trémousser dans des gaines baleinées ; et elle était trop intelligente pour avoir jamais essayé de copier de plus près ces choses. Avec ses coiffes, commandées chaque année à la faiseuse de Paimpol, elle se trouvait mal à l'aise dans les rues de Paris, ne se rendant pas compte que, si on se retournait tant pour la voir, c'est qu'elle était très charmante à regarder.

Il y en avait, de ces Parisiennes, dont les allures avaient une distinction qui l'attirait, mais elle les savait inaccessibles, celles-là. Et les autres, celles de plus bas, qui auraient consenti à lier connaissance, elle les tenait dédaigneusement à l'écart, ne les jugeant pas dignes. Elle avait donc vécu sans amies, presque sans autre société que celle de son père, souvent affairé, absent. Elle ne regrettait pas cette vie de dépaysement et de solitude.

Mais c'est égal, ce jour d'arrivée, elle avait été surprise d'une façon pénible par l'âpreté de cette Bretagne, revue en plein hiver. Et la pensée qu'il faudrait faire encore quatre ou cinq heures de voiture, s'enfuir beaucoup plus avant dans ce pays morne pour arriver à Paimpol, l'avait inquiétée comme une oppression.

Tout l'après-midi de ce même jour gris, ils avaient en effet voyagé, son père et elle, dans une vieille petite diligence crevassée, ouverte à tous les vents ; passant à la nuit tombante dans des villages tristes, sous des

fantômes d'arbres suant la brume en gouttelettes
fines. Bientôt il avait fallu allumer les lanternes, alors
on n'avait plus rien vu — que deux traînées d'une
nuance bien verte de feu de Bengale qui semblaient
courir de chaque côté en avant des chevaux, et qui
étaient les lueurs de ces deux lanternes jetées sur les
interminables haies du chemin. — Comment tout à
coup cette verdure si verte, en décembre?... D'abord
étonnée, elle se pencha pour mieux voir, puis il lui
sembla reconnaître et se rappeler : les ajoncs, les
éternels ajoncs marins des sentiers et des falaises, qui
ne jaunissent jamais dans le pays de Paimpol. En
même temps commençait à souffler une brise plus
tiède, qu'elle croyait reconnaître aussi, et qui sentait
la mer...

Vers la fin de la route, elle avait été tout à fait
réveillée et amusée par cette réflexion qui lui était
venue :

— Tiens, puisque nous sommes en hiver, je vais les
voir, cette fois, les beaux pêcheurs d'Islande.

En décembre, ils devaient être là, revenus tous, les
frères, les fiancés, les amants, les cousins, dont ses
amies, grandes et petites, l'entretenaient tant, à
chacun de ses voyages d'été, pendant les promenades
du soir. Et cette idée l'avait tenue occupée, pendant
que ses pieds se glaçaient dans l'immobilité de la
carriole...

En effet, elle les avait vus... et maintenant son cœur
lui avait été pris par l'un d'eux...

IV

La première fois qu'elle l'avait aperçu, lui, ce Yann, c'était le lendemain de son arrivée, au *pardon des Islandais,* qui est le 8 décembre, jour de la Notre-Dame de Bonne-Nouvelle, patronne des pêcheurs [1], — un peu après la procession, les rues sombres encore tendues de draps blancs sur lesquels étaient piqués du lierre et du houx, des feuillages et des fleurs d'hiver.

A ce pardon, la joie était lourde et un peu sauvage, sous un ciel triste. Joie sans gaîté, qui était faite surtout d'insouciance et de défi ; de vigueur physique et d'alcool ; sur laquelle pesait, moins déguisée qu'ailleurs, l'universelle menace de mourir.

Grand bruit dans Paimpol ; sons de cloches et chants de prêtres. Chansons rudes et monotones dans les cabarets ; vieux airs à bercer les matelots : vieilles complaintes venues de la mer, venues je ne sais d'où, de la profonde nuit des temps. Groupes de marins se donnant le bras, zigzaguant dans les rues, par habitude de rouler et par commencement d'ivresse, jetant aux femmes des regards plus vifs après les longues continences du large. Groupes de filles en coiffes blanches de nonnain, aux belles poitrines serrées et frémissantes, aux beaux yeux remplis des désirs de

tout un été. Vieilles maisons de granit enfermant ce
grouillement de monde ; vieux toits racontant leurs
luttes de plusieurs siècles contre les vents d'ouest,
contre les embruns, les pluies, contre tout ce que lance
la mer ; racontant aussi des histoires chaudes qu'ils
ont abritées, des aventures anciennes d'audace et
d'amour.

Et un sentiment religieux, une impression de passé,
planant sur tout cela, avec un respect du culte
antique, des symboles qui protègent, de la Vierge
blanche et immaculée. A côté des cabarets, l'église au
perron semé de feuillages, tout ouverte en grande baie
sombre, avec son odeur d'encens, avec ses cierges
dans son obscurité, et ses ex-voto de marins partout
accrochés à la sainte voûte. A côté des filles amoureuses, les fiancées de matelots disparus, les veuves de
naufragés, sortant des chapelles des morts, avec leurs
longs châles de deuil et leurs petites coiffes lisses ; les
yeux à terre, silencieuses, passant au milieu de ce
bruit de vie, comme un avertissement noir. Et là tout
près, la mer toujours, la grande nourrice et la grande
dévorante de ces générations vigoureuses, s'agitant
elle aussi, faisant son bruit, prenant sa part de la
fête...

De toutes ces choses ensemble, Gaud recevait
l'impression confuse. Excitée et rieuse, avec le cœur
serré dans le fond, elle sentait une espèce d'angoisse la
prendre, à l'idée que ce pays maintenant était redevenu le sien pour toujours. Sur la place, où il y avait
des jeux et des saltimbanques, elle se promenait avec
ses amies qui lui nommaient, de droite et de gauche,
les jeunes hommes de Paimpol ou de Ploubazlanec.
Devant des chanteurs de complaintes, un groupe de
ces « Islandais » était arrêté, tournant le dos. Et

d'abord, frappée par l'un d'eux qui avait une taille de géant et des épaules presque trop larges, elle avait simplement dit, même avec une nuance de moquerie :

— En voilà un qui est grand !

Il y avait à peu près ceci de sous-entendu dans sa phrase :

— Pour celle qui l'épousera quel encombrement dans son ménage, un mari de cette carrure !

Lui s'était retourné comme s'il l'eût entendue et, de la tête aux pieds, il l'avait enveloppée d'un regard rapide qui semblait dire :

— Quelle est celle-ci qui porte la coiffe de Paimpol, et qui est si élégante et que je n'ai jamais vue ?

Et puis, ses yeux s'étaient abaissés vite, par politesse, et il avait de nouveau paru très occupé des chanteurs, ne laissant plus voir de sa tête que les cheveux noirs, qui étaient assez longs et très bouclés derrière, sur le cou.

Ayant demandé sans gêne le nom d'une quantité d'autres, elle n'avait pas osé pour celui-là. Ce beau profil à peine aperçu ; ce regard superbe et un peu farouche ; ces prunelles brunes légèrement fauves, courant très vite sur l'opale bleuâtre de ses yeux, tout cela l'avait impressionnée et intimidée aussi.

Justement c'était ce « fils Gaos » dont elle avait entendu parler chez les Moan comme d'un grand ami de Sylvestre ; le soir de ce même pardon, Sylvestre et lui, marchant bras dessus bras dessous, les avaient croisés, son père et elle, et s'étaient arrêtés pour dire bonjour...

... Ce petit Sylvestre, il était tout de suite redevenu pour elle une espèce de frère. Comme des cousins qu'ils étaient, ils avaient continué de se tutoyer ; — il est vrai, elle avait hésité d'abord, devant ce grand

garçon de dix-sept ans ayant déjà une barbe noire ;
mais, comme ses bons yeux d'enfant si doux n'avaient
guère changé, elle l'avait bientôt assez reconnu pour
s'imaginer ne l'avoir jamais perdu de vue. Quand il
venait à Paimpol, elle le retenait à dîner le soir ; c'était
sans conséquence, et il mangeait de très bon appétit,
étant un peu privé chez lui...

... A vrai dire, ce Yann n'avait pas été très galant
pour elle, pendant cette première présentation, — au
détour d'une petite rue grise toute jonchée de
rameaux verts. Il s'était borné à lui ôter son chapeau,
d'un geste presque timide bien que très noble ; puis
l'ayant parcourue de son même regard rapide, il avait
détourné les yeux d'un autre côté, paraissant être
mécontent de cette rencontre et avoir hâte de passer
son chemin. Une grande brise d'ouest, qui s'était
levée pendant la procession, avait semé par terre des
rameaux de buis et jeté sur le ciel des tentures gris-
noir... Gaud, dans sa rêverie de souvenir, revoyait très
bien tout cela : cette tombée triste de la nuit sur cette
fin de pardon ; ces draps blancs piqués de fleurs qui se
tordaient au vent le long des murailles ; ces groupes
tapageurs d'« Islandais », gens de vent et de tempête,
qui entraient en chantant dans les auberges, se garant
contre la pluie prochaine ; surtout ce grand garçon,
planté debout devant elle, détournant la tête, avec un
air ennuyé et troublé de l'avoir rencontrée... Quel
changement profond s'était fait en elle depuis cette
époque !...

Et quelle différence entre le bruit de cette fin de fête
et la tranquillité d'à présent ! Comme ce même
Paimpol était silencieux et vide ce soir, pendant le
long crépuscule tiède de mai qui la retenait à sa
fenêtre, seule, songeuse et enamourée !...

V

La seconde fois qu'ils s'étaient vus, c'était à des noces. Ce fils Gaos avait été désigné pour lui donner le bras. D'abord elle s'était imaginé en être contrariée : défiler dans la rue avec ce garçon, que tout le monde regarderait à cause de sa haute taille, et qui du reste ne saurait probablement rien lui dire en route !... Et puis, il l'intimidait, celui-là, décidément, avec son grand air sauvage.

A l'heure dite, tout le monde étant déjà réuni pour le cortège, ce Yann n'avait point paru. Le temps passait, il ne venait pas, et déjà on parlait de ne point l'attendre. Alors elle s'était aperçue que, pour lui seul, elle avait fait toilette ; avec n'importe quel autre de ces jeunes hommes, la fête, le bal, seraient pour elle manqués et sans plaisir...

A la fin il était arrivé, en belle tenue lui aussi, s'excusant sans embarras auprès des parents de la mariée. Voilà : de grands bancs de poissons, qu'on n'attendait pas du tout, avaient été signalés d'Angleterre comme devant passer le soir, un peu au large d'Aurigny [1] ; alors tout ce qu'il y avait de bateaux dans Ploubazlanec avait appareillé en hâte. Un émoi dans les villages, les femmes cherchant leurs maris dans les cabarets, les poussant pour les faire courir ; se

démenant elles-mêmes pour hisser les voiles, aider à la
manœuvre, enfin un vrai *branle-bas* dans le pays...

Au milieu de tout ce monde qui l'entourait, il
racontait avec une extrême aisance ; avec des gestes à
lui, des roulements d'yeux, et un beau sourire qui
découvrait ses dents brillantes. Pour exprimer mieux
la précipitation des appareillages, il jetait de temps en
temps au milieu de ses phrases un certain petit *hou!*
prolongé, très drôle, — qui est un cri de matelot
donnant une idée de vitesse et ressemblant au son
flûté du vent. Lui qui parlait avait été obligé de se
chercher un remplaçant bien vite et de le faire
accepter par le patron de la barque auquel il s'était
loué pour la saison d'hiver. De là venait son retard, et,
pour n'avoir pas voulu manquer les noces, il allait
perdre toute sa part de pêche.

Ces motifs avaient été parfaitement compris par les
pêcheurs qui l'écoutaient et personne n'avait songé à
lui en vouloir ; — on sait bien, n'est-ce pas, que, dans
la vie, tout est plus ou moins dépendant des choses
imprévues de la mer, plus ou moins soumis aux
changements du temps et aux migrations mystérieuses des poissons. Les autres Islandais qui étaient
là regrettaient seulement de n'avoir pas été avertis
assez tôt pour profiter, comme ceux de Ploubazlanec,
de cette fortune qui allait passer au large.

Trop tard à présent, tant pis, il n'y avait plus qu'à
offrir son bras aux filles. Les violons commençaient
dehors leur musique, et gaîment on s'était mis en
route.

D'abord il ne lui avait dit que de ces galanteries
sans portée, comme on en conte pendant les fêtes de
mariage aux jeunes filles que l'on connaît peu. Parmi

ces couples de la noce, eux seuls étaient des étrangers l'un pour l'autre; ailleurs dans le cortège, ce n'était que cousins et cousines, fiancés et fiancées. Des amants, il y en avait bien quelques paires aussi; car, dans ce pays de Paimpol, on va très loin en amour, à l'époque de la rentrée d'Islande. (Seulement on a le cœur honnête, et l'on s'épouse après.)

Mais le soir, pendant qu'on dansait, la causerie étant revenue entre eux deux sur ce grand passage de poissons, il lui avait dit brusquement, la regardant dans les yeux en plein, cette chose inattendue :

— Il n'y a que vous dans Paimpol, — et même dans le monde, — pour m'avoir fait manquer cet appareillage; non, sûr que pour aucune autre, je ne me serais dérangé de ma pêche, mademoiselle Gaud...

Étonnée d'abord que ce pêcheur osât lui parler ainsi, à elle qui était venue à ce bal un peu comme une reine, et puis charmée délicieusement, elle avait fini par répondre :

— Je vous remercie, monsieur Yann; et moi-même je préfère être avec vous qu'avec aucun autre.

Ç'avait été tout. Mais, à partir de ce moment jusqu'à la fin des danses, ils s'étaient mis à se parler d'une façon différente, à voix plus basse et plus douce...

On dansait à la vielle, au violon, les mêmes couples presque toujours ensemble. Quand lui venait la reprendre, après avoir par convenance dansé avec quelque autre, ils échangeaient un sourire d'amis qui se retrouvent et continuaient leur conversation d'avant qui était très intime. Naïvement, Yann racontait sa vie de pêcheur, ses fatigues, ses salaires, les difficultés d'autrefois chez ses parents, quand il avait fallu élever les quatorze petits Gaos dont il était le

frère aîné. — A présent, ils étaient tirés de la peine,
surtout à cause d'une épave que leur père avait
rencontrée en Manche, et dont la vente leur avait
rapporté dix mille francs, part faite à l'État[2] ; cela
avait permis de construire un premier étage au-dessus
de leur maison, — laquelle était à la pointe du pays de
Ploubazlanec, tout au bout des terres, au hameau de
Pors-Even, dominant la Manche, avec une vue très
belle.

— C'était dur, disait-il, ce métier d'Islande : partir
comme ça dès le mois de février, pour un tel pays, où il
fait si froid et si sombre, avec une mer si mauvaise...

... Toute leur conversation du bal, Gaud, qui se la
rappelait comme chose d'hier, la repassait lentement
dans sa mémoire, en regardant la nuit de mai tomber
sur Paimpol. S'il n'avait pas eu des idées de mariage,
pourquoi lui aurait-il appris tous ces détails d'existence, qu'elle avait écoutés un peu comme fiancée ; il
n'avait pourtant pas l'air d'un garçon banal aimant à
communiquer ses affaires à tout le monde...

— ... Le métier est assez bon tout de même, avait-il
dit, et pour moi je n'en changerais toujours pas. Des
années, c'est huit cents francs ; d'autres fois douze
cents, que l'on me donne au retour et que je porte à
notre mère.

— Que vous portez à votre mère, monsieur Yann ?

— Mais oui, toujours tout. Chez nous, les Islandais, c'est l'habitude comme ça, mademoiselle Gaud.
(Il disait cela comme une chose bien due et toute
naturelle.) Ainsi, moi, vous ne croiriez pas, je n'ai
presque jamais d'argent. Le dimanche, c'est notre
mère qui m'en donne un peu quand je viens à
Paimpol. Pour tout c'est la même chose. Ainsi cette
année notre père m'a fait faire ces habits neufs que je

porte, sans quoi je n'aurais jamais voulu venir aux noces; oh! non, sûr, je ne serais pas venu vous donner le bras avec mes habits de l'an dernier...

Pour elle, accoutumée à voir des Parisiens, ils n'étaient peut-être pas très élégants, ces habits neufs d'Yann, cette veste très courte, ouverte sur un gilet d'une forme un peu ancienne; mais le torse qui se moulait dessous était irréprochablement beau, et alors le danseur avait grand air tout de même.

En souriant, il la regardait bien dans les yeux, chaque fois qu'il avait dit quelque chose, pour voir ce qu'elle en pensait. Et comme son regard restait bon et honnête, tandis qu'il racontait tout cela pour qu'elle fût bien prévenue qu'il n'était pas riche!

Elle aussi lui souriait, en le regardant toujours bien en face; répondant très peu de chose, mais écoutant avec toute son âme, toujours plus étonnée et attirée vers lui. Quel mélange il était, de rudesse sauvage et d'enfantillage câlin! Sa voix grave, qui avec d'autres était brusque et décidée, devenait, quand il lui parlait, de plus en plus fraîche et caressante; pour elle seule, il savait la faire vibrer avec une extrême douceur, comme une musique voilée d'instruments à cordes.

Et quelle chose singulière et inattendue, ce grand garçon avec ses allures désinvoltes, son aspect terrible, toujours traité chez lui en petit enfant et trouvant cela naturel; ayant couru le monde, toutes les aventures, tous les dangers, et conservant pour ses parents cette soumission respectueuse, absolue.

Elle le comparait avec d'autres, avec trois ou quatre freluquets de Paris, commis, écrivassiers ou je ne sais quoi, qui l'avaient poursuivie de leurs adorations, pour son argent. Et celui-ci lui semblait être ce qu'elle

avait connu de meilleur, en même temps qu'il était le
plus beau.

Pour se mettre davantage à sa portée, elle avait
raconté que, chez elle aussi, on ne s'était pas toujours
trouvé à l'aise comme à présent ; que son père avait
commencé par être pêcheur d'Islande, et gardait
beaucoup d'estime pour les Islandais ; qu'elle-même
se rappelait avoir couru pieds nus, étant toute petite,
— sur la grève, — après la mort de sa pauvre mère...

... Oh ! cette nuit de bal, la nuit délicieuse, décisive
et unique dans sa vie, — elle était déjà presque
lointaine, puisqu'elle datait de décembre et qu'on
était en mai. Tous les beaux danseurs d'alors
pêchaient à présent là-bas, épars sur la mer d'Islande
— y voyant clair, au pâle soleil, dans leur solitude
immense, tandis que l'obscurité se faisait tranquillement sur la terre bretonne.

Gaud restait à sa fenêtre. La place de Paimpol,
presque fermée de tous côtés par des maisons antiques, devenait de plus en plus triste avec la nuit ; on
n'entendait guère de bruit nulle part. Au-dessus des
maisons, le vide encore lumineux du ciel semblait se
creuser, s'élever, se séparer davantage des choses
terrestres, — qui maintenant, à cette heure crépusculaire, se tenaient toutes en une seule découpure noire
de pignons et de vieux toits. De temps en temps une
porte se fermait, ou une fenêtre ; quelque ancien
marin, à la démarche roulante, sortait d'un cabaret,
s'en allait par les petites rues sombres ; ou bien
quelques filles attardées rentraient de la promenade
avec des bouquets de fleurs de mai. Une, qui connaissait Gaud, en lui disant bonsoir, leva bien haut vers
elle au bout de son bras une gerbe d'aubépine comme
pour la lui faire sentir ; on voyait encore un peu dans

l'obscurité transparente ces légères touffes de fleurettes blanches. Il y avait du reste une autre odeur
douce qui était montée des jardins et des cours, celle
des chèvrefeuilles fleuris sur le granit des murs, — et
aussi une vague senteur de goémon, venue du port.
Les dernières chauves-souris glissaient dans l'air,
d'un vol silencieux, comme les bêtes des rêves.

Gaud avait passé bien des soirées à cette fenêtre,
regardant cette place mélancolique, songeant aux
Islandais qui étaient partis, et toujours à ce même
bal...

... Il faisait très chaud sur la fin de ces noces, et
beaucoup de têtes de valseurs commençaient à tourner. Elle se le rappelait, lui, dansant avec d'autres, des
filles ou des femmes dont il avait dû être plus ou moins
l'amant; elle se rappelait sa condescendance dédai-
gneuse pour répondre à leurs appels... Comme il était
différent avec celles-là!...

Il était un charmant danseur, droit comme un
chêne de futaie, et tournant avec une grâce à la fois
légère et noble, la tête rejetée en arrière. Ses cheveux
bruns, qui étaient en boucles, retombaient un peu sur
son front et remuaient au vent des danses; Gaud, qui
était assez grande, en sentait le frôlement sur sa coiffe,
quand il se penchait vers elle pour mieux la tenir
pendant les valses rapides.

De temps en temps, il lui montrait d'un signe sa
petite sœur Marie et Sylvestre, les deux fiancés, qui
dansaient ensemble. Il riait, d'un air très bon, en les
voyant tous deux si jeunes, si réservés l'un près de
l'autre, se faisant des révérences, prenant des figures
timides pour se dire bien bas des choses sans doute
très aimables. Il n'aurait pas permis qu'il en fût
autrement, bien sûr; mais c'est égal, il s'amusait, lui,

coureur et entreprenant qu'il était devenu, de les
trouver si naïfs ; il échangeait alors avec Gaud des
sourires d'intelligence intime qui disaient : « Comme
ils sont gentils et drôles à regarder, *nos* deux petits
frères !... »

On s'embrassait beaucoup à la fin de la nuit :
baisers de cousins, baisers de fiancés, baisers
d'amants, qui conservaient malgré tout un bon air
franc et honnête, là, à pleine bouche, et devant tout le
monde. Lui ne l'avait pas embrassée, bien entendu ;
on ne se permettait pas cela avec la fille de monsieur
Mével ; peut-être seulement la serrait-il un peu plus
contre sa poitrine, pendant ces valses de la fin, et elle,
confiante, ne résistait pas, s'appuyait au contraire,
s'étant donnée de toute son âme. Dans ce vertige
subit, profond, délicieux, qui l'entraînait tout entière
vers lui, ses sens de vingt ans étaient bien pour
quelque chose, mais c'était son cœur qui avait
commencé le mouvement.

— Avez-vous vu cette effrontée, comme elle le
regarde ? disaient deux ou trois belles filles, aux yeux
chastement baissés sous des cils blonds ou noirs, et
qui avaient parmi les danseurs un amant pour le
moins ou bien deux. En effet elle le regardait beaucoup, mais elle avait cette excuse, c'est qu'il était le
premier, l'unique des jeunes hommes à qui elle eût
jamais fait attention dans sa vie.

En se quittant le matin, quand tout le monde était
parti à la débandade, au petit jour glacé, ils s'étaient
dit adieu d'une façon à part, comme deux promis qui
vont se retrouver le lendemain. Et alors, pour rentrer,
elle avait traversé cette même place avec son père,
nullement fatiguée, se sentant alerte et joyeuse, ravie

de respirer, aimant cette brume gelée du dehors et cette aube triste, trouvant tout exquis et tout suave.

... La nuit de mai était tombée depuis longtemps; les fenêtres s'étaient toutes peu à peu fermées, avec de petits grincements de leurs ferrures. Gaud restait toujours là, laissant la sienne ouverte. Les rares derniers passants, qui distinguaient dans le noir la forme blanche de sa coiffe, devaient dire : « Voilà une fille, qui, pour sûr, rêve à son galant. » Et c'était vrai, qu'elle y rêvait, — avec une envie de pleurer par exemple; ses petites dents blanches mordaient ses lèvres, défaisaient constamment ce pli qui soulignait en bas le contour de sa bouche fraîche. Et ses yeux restaient fixes dans l'obscurité, ne regardant rien des choses réelles...

... Mais, après ce bal, pourquoi n'était-il pas revenu? Quel changement en lui? Rencontré par hasard, il avait l'air de la fuir, en détournant ses yeux dont les mouvements étaient toujours si rapides.

Souvent elle en avait causé avec Sylvestre, qui ne comprenait pas non plus :

— C'est pourtant bien avec celui-là que tu devrais te marier, Gaud, disait-il, si ton père le permettait, car tu n'en trouverais pas dans le pays un autre qui le vaille. D'abord je te dirai qu'il est très sage, sans en avoir l'air; c'est fort rare quand il se grise. Il fait bien un peu son têtu quelquefois, mais dans le fond il est tout à fait doux. Non, tu ne peux pas savoir comme il est bon. Et un marin! à chaque saison de pêche les capitaines se disputent pour l'avoir...

La permission de son père, elle était bien sûre de l'obtenir, car jamais elle n'avait été contrariée dans ses volontés. Cela lui était donc bien égal qu'il ne fût pas riche. D'abord, un marin comme ça, il suffirait d'un peu d'argent d'avance pour lui faire suivre six mois les cours de cabotage, et il deviendrait un capitaine à qui tous les armateurs voudraient confier des navires.

Cela lui était égal aussi qu'il fût un peu un géant; être trop fort, ça peut devenir un défaut chez une femme, mais pour un homme cela ne nuit pas du tout à la beauté.

Par ailleurs elle s'était informée, sans en avoir l'air, auprès des filles du pays qui savaient toutes les histoires d'amour : on ne lui connaissait point d'engagements; sans paraître tenir à l'une plus qu'à l'autre, il allait de droite à gauche, à Lézardrieux aussi bien qu'à Paimpol, auprès des belles qui avaient envie de lui.

Un soir de dimanche, très tard, elle l'avait vu passer sous ses fenêtres, reconduisant et serrant de près une certaine Jeannie Caroff, qui était jolie assurément, mais dont la réputation était fort mauvaise. Cela, par exemple, lui avait fait un mal cruel.

On lui avait assuré aussi qu'il était très emporté; qu'étant gris un soir, dans un certain café de Paimpol où les Islandais font leurs fêtes, il avait lancé une grosse table en marbre au travers d'une porte qu'on ne voulait pas lui ouvrir...

Tout cela, elle le lui pardonnait : on sait bien comment sont les marins, quelquefois, quand ça les prend... Mais, s'il avait le cœur bon, pourquoi était-il venu la chercher, elle qui ne songeait à rien, pour la quitter après; quel besoin avait-il eu de la regarder toute une nuit, avec ce beau sourire qui semblait si franc, et de prendre cette voix douce pour lui faire des confidences comme à une fiancée? A présent elle était incapable de s'attacher à un autre et de changer. Dans ce même pays, autrefois, quand elle était tout à fait une enfant, on avait coutume de lui dire pour la gronder qu'elle était une mauvaise petite, entêtée dans ses idées comme aucune autre ; cela lui était resté. Belle demoiselle à présent, un peu sérieuse et hautaine d'allures, que personne n'avait façonnée, elle demeurait dans le fond toute pareille.

Après ce bal, l'hiver dernier s'était passé dans cette attente de le revoir, et il n'était même pas venu lui dire adieu avant le départ d'Islande. Maintenant qu'il n'était plus là, rien n'existait pour elle ; le temps ralenti semblait se traîner — jusqu'à ce retour d'automne pour lequel elle avait formé ses projets d'en avoir le cœur net et d'en finir...

... Onze heures à l'horloge de la mairie, — avec cette sonorité particulière que les cloches prennent pendant les nuits tranquilles des printemps.

A Paimpol, onze heures, c'est très tard ; alors Gaud ferma sa fenêtre et alluma sa lampe pour se coucher...

Chez ce Yann, peut-être bien était-ce seulement de la sauvagerie ; ou, comme lui aussi était fier, était-ce la peur d'être refusé, la croyant trop riche ?... Elle avait déjà voulu le lui demander elle-même tout simplement ; mais c'était Sylvestre qui avait trouvé que ça ne pouvait pas se faire, que ce ne serait pas très bien pour une jeune fille de paraître si hardie. Dans Paimpol, on critiquait déjà son air et sa toilette...

... Elle enlevait ses vêtements avec la lenteur distraite d'une fille qui rêve : d'abord sa coiffe de mousseline, puis sa robe élégante, ajustée à la mode des villes, qu'elle jeta au hasard sur une chaise.

Ensuite son long corset de demoiselle, qui faisait causer les gens, par sa tournure parisienne. Alors sa taille, une fois libre, devint plus parfaite ; n'étant plus

comprimée, ni trop amincie par le bas, elle reprit ces
lignes naturelles, qui étaient pleines et douces comme
celles des statues en marbre; ses mouvements en
changeaient les aspects, et chacune de ses poses était
exquise à regarder.

La petite lampe, qui brûlait seule à cette heure
avancée, éclairait avec un peu de mystère ses épaules
et sa poitrine, sa forme admirable qu'aucun œil
n'avait jamais regardée et qui allait sans doute être
perdue pour tous, se dessécher sans être jamais vue,
puisque ce Yann ne la voulait pas pour lui...

Elle se savait jolie de figure, mais elle était bien
inconsciente de la beauté de son corps. Du reste, dans
cette région de la Bretagne, chez les filles des pêcheurs
islandais, c'est presque de race, cette beauté-là; on ne
la remarque plus guère, et même les moins sages
d'entre elles, au lieu d'en faire parade, auraient une
pudeur à la laisser voir. Non, ce sont les raffinés des
villes qui attachent tant d'importance à ces choses
pour les mouler ou les peindre...

Elle se mit à défaire les espèces de colimaçons en
cheveux qui étaient enroulés au-dessus de ses oreilles
et les deux nattes tombèrent sur son dos comme deux
serpents très lourds. Elle les retroussa en couronne sur
le haut de sa tête, — ce qui était commode pour
dormir; — alors, avec son profil droit, elle ressemblait
à une vierge romaine.

Cependant ses bras restaient relevés, et, en mor-
dant toujours sa lèvre, elle continuait de remuer dans
ses doigts les tresses blondes, — comme un enfant qui
tourmente un jouet quelconque en pensant à autre
chose; après, les laissant encore retomber, elle se mit
très vite à les défaire pour s'amuser, pour les étendre;

bientôt elle en fut couverte jusqu'aux reins, ayant l'air de quelque druidesse de forêt.

Et puis, le sommeil étant venu tout de même, malgré l'amour et malgré l'envie de pleurer, elle se jeta brusquement dans son lit, en se cachant la figure dans cette masse soyeuse de ses cheveux, qui était déployée à présent comme un voile...

Dans sa chaumière de Ploubazlanec, la grand'mère Moan, qui était, elle, sur l'autre versant plus noir de la vie, avait fini aussi par s'endormir, du sommeil glacé des vieillards, en songeant à son petit-fils et à la mort.

Et, à cette même heure, à bord de la *Marie*, — sur la mer Boréale qui était ce soir-là très remuante — Yann et Sylvestre, les deux désirés, se chantaient des chansons, tout en faisant gaîment leur pêche à la lumière sans fin du jour...

VI

. . . .

Environ un mois plus tard. — En juin.

Autour de l'Islande, il fait cette sorte de temps rare que les matelots appellent le *calme blanc ;* c'est-à-dire que rien ne bougeait dans l'air, comme si toutes les brises étaient épuisées, finies.

Le ciel s'était couvert d'un grand voile blanchâtre, qui s'assombrissait par le bas, vers l'horizon, passait aux gris plombés, aux nuances ternes de l'étain. Et là-dessous, les eaux inertes jetaient un éclat pâle, qui fatiguait les yeux et qui donnait froid.

Cette fois-là, c'étaient des moires, rien que des moires changeantes qui jouaient sur la mer ; des cernes très légers, comme on en ferait en soufflant contre un miroir. Toute l'étendue luisante semblait couverte d'un réseau de dessins vagues qui s'enla-çaient et se déformaient ; très vite effacés, très fugitifs.

Éternel soir ou éternel matin, il était impossible de dire : un soleil qui n'indiquait plus aucune heure, restait là toujours, pour présider à ce resplendisse-ment de choses mortes, il n'était lui-même qu'un autre cerne, presque sans contours, agrandi jusqu'à l'immense par un halo trouble.

Yann et Sylvestre, en pêchant à côté l'un de l'autre, chantaient : *Jean-François de Nantes* [1], la chanson qui ne finit plus, — s'amusant de sa monotonie même et se regardant du coin de l'œil pour rire de l'espèce de drôlerie enfantine avec laquelle ils reprenaient perpétuellement les couplets, en tâchant d'y mettre un entrain nouveau à chaque fois. Leurs joues étaient roses sous la grande fraîcheur salée ; cet air qu'ils respiraient était vivifiant et vierge ; ils en prenaient plein leur poitrine, à la source même de toute vigueur et de toute existence.

Et pourtant, autour d'eux, c'étaient des aspects de non-vie, de monde fini ou pas encore créé ; la lumière n'avait aucune chaleur ; les choses se tenaient immobiles et comme refroidies à jamais, sous le regard de cette espèce de grand œil spectral qui était le soleil.

La *Marie* projetait sur l'étendue une ombre qui était très longue comme le soir, et qui paraissait verte, au milieu de ces surfaces polies reflétant les blancheurs du ciel ; alors, dans toute cette partie ombrée qui ne miroitait pas, on pouvait distinguer par transparence ce qui se passait sous l'eau : des poissons innombrables, des myriades et des myriades, tous pareils, glissant doucement dans la même direction, comme ayant un but dans leur perpétuel voyage. C'étaient les morues qui exécutaient leurs évolutions d'ensemble, toutes en long dans le même sens, bien parallèles, faisant un effet de hachures grises, et sans cesse agitées d'un tremblement rapide, qui donnait un air de fluidité à cet amas de vies silencieuses. Quelquefois, avec un coup de queue brusque, toutes se retournaient en même temps, montrant le brillant de leur ventre argenté ; et puis le même coup de queue, le même retournement, se propageait dans le banc tout entier par ondulations lentes, comme si des milliers de lames de métal eussent jeté, entre deux eaux, chacune un petit éclair.

Le soleil, déjà très bas, s'abaissait encore, donc c'était le soir décidément. A mesure qu'il descendait dans les zones couleur de plomb qui avoisinaient la mer, il devenait jaune, et son cercle se dessinait plus net, plus réel. On pouvait le fixer avec les yeux, comme on fait pour la lune.

Il éclairait pourtant ; mais on eût dit qu'il n'était pas du tout loin dans l'espace ; il semblait qu'en allant, avec un navire, seulement jusqu'au bout de l'horizon, on eût rencontré là ce gros ballon triste, flottant dans l'air à quelques mètres au-dessus des eaux.

La pêche allait assez vite ; en regardant dans l'eau reposée, on voyait très bien la chose se faire : les morues venir mordre, d'un mouvement glouton ; ensuite se secouer un peu, se sentant piquées, comme pour mieux se faire accrocher le museau. Et, de minute en minute, vite, à deux mains, les pêcheurs rentraient leur ligne, — rejetant la bête à qui devait l'éventrer et l'aplatir.

La flottille des Paimpolais était éparse sur ce miroir tranquille, animant ce désert. Çà et là, paraissaient les petites voiles lointaines, déployées pour la forme puisque rien ne soufflait, et très blanches, se découpant en clair sur les grisailles des horizons.

Ce jour-là, ç'avait l'air d'un métier si calme, si facile, celui de pêcheur d'Islande : — un métier de demoiselle...

> Jean-François de Nantes :
> Jean-François,
> Jean-François !

Ils chantaient, les deux grands enfants.

Et Yann s'occupait bien peu d'être si beau et d'avoir la mine si noble. D'ailleurs, enfant seulement avec Sylvestre, ne chantant et ne jouant jamais qu'avec celui-là ; renfermé au contraire avec les autres, et plutôt fier et sombre ; — très doux pourtant quand on avait besoin de lui ; toujours bon et serviable quand on ne l'irritait pas.

Eux chantaient cette chanson-là ; les deux autres, à quelques pas plus loin, chantaient autre chose, une autre mélopée faite aussi de somnolence, de santé et de vague mélancolie.

On ne s'ennuyait pas et le temps passait.

En bas, dans la cabine, il y avait toujours du feu, couvant au fond du fourneau de fer, et le couvercle de l'écoutille était maintenu fermé pour procurer des illusions de nuit à ceux qui avaient besoin de sommeil. Il leur fallait très peu d'air pour dormir, et les gens moins robustes, élevés dans les villes, en eussent désiré davantage. Mais, quand la poitrine profonde s'est gonflée tout le jour à même l'atmosphère infinie, elle s'endort elle aussi, après, et ne remue presque plus ; alors on peut se tapir dans n'importe quel petit trou comme font les bêtes.

On se couchait après le quart, par fantaisie, à des moments quelconques, les heures n'important plus dans cette clarté continuelle. Et c'étaient toujours de bons sommes, sans agitations, sans rêves, qui reposaient de tout.

Quand par hasard l'idée était aux femmes, cela par exemple agitait les dormeurs : en se disant que dans six semaines la pêche allait finir, et qu'ils en posséderaient bientôt des nouvelles, ou des anciennes déjà aimées, ils rouvraient tout grands leurs yeux.

Mais cela venait rarement ; ou bien alors on y songeait plutôt à la manière honnête ; on se rappelait les épouses, les fiancées, les sœurs, les parentes... Avec l'habitude de la continence, les sens aussi s'endorment — pendant des périodes bien longues...

> Jean-François de Nantes :
> Jean-François,
> Jean-François !

... Ils regardaient à présent, au fond de leur horizon gris, quelque chose d'imperceptible. Une petite fumée, montant des eaux comme une queue microscopique, d'un autre gris, un tout petit peu plus foncé que celui du ciel. Avec leurs yeux exercés à sonder les profondeurs, ils l'avaient vite aperçue :

— Un vapeur, là-bas !

— J'ai idée, dit le capitaine en regardant bien, j'ai idée que c'est un vapeur de l'État, — le croiseur qui vient faire sa ronde...

Cette vague fumée apportait aux pêcheurs des nouvelles de France et, entre autres, certaine lettre de vieille grand'mère, écrite par une main de belle jeune fille.

Il se rapprocha lentement ; bientôt on vit sa coque noire, — c'était bien le croiseur, qui venait faire un tour dans ces fiords de l'ouest.

En même temps, une légère brise qui s'était levée, piquante à respirer, commençait à marbrer par endroits la surface des eaux mortes ; elle traçait sur le luisant miroir des dessins d'un bleu vert, qui s'allongeaient en traînées, s'étendaient comme des éventails, ou se ramifiaient en forme de madrépores ; cela se faisait très vite avec un bruissement, c'était comme un signe de réveil présageant la fin de cette torpeur immense. Et le ciel, débarrassé de son voile, devenait clair ; les vapeurs, retombées sur l'horizon, s'y tassaient en amoncellements de ouates grises, formant comme des murailles molles autour de la mer. Les deux glaces sans fin entre lesquelles les pêcheurs étaient — celle d'en haut et celle d'en bas — reprenaient leur transparence profonde, comme si on eût essuyé les buées qui les avaient ternies. Le temps changeait, mais d'une façon rapide qui n'était pas bonne.

Et, de différents points de la mer, de différents côtés de l'étendue, arrivaient des navires pêcheurs : tous ceux de France qui rôdaient dans ces parages, des Bretons, des Normands, des Boulonnais ou des Dunkerquois. Comme des oiseaux qui rallient à un rappel, ils se rassemblaient à la suite de ce croiseur ; il en sortait même des coins vides de l'horizon, et leurs petites ailes grisâtres apparaissaient partout. Ils peuplaient tout à fait le pâle désert.

Plus de lente dérive, ils avaient tendu leurs voiles à la fraîche brise nouvelle et se donnaient de la vitesse pour s'approcher.

L'Islande, assez lointaine, était apparue aussi, avec un air de vouloir s'approcher comme eux ; elle montrait de plus en plus nettement ses grandes montagnes de pierres nues, — qui n'ont jamais été éclairées que par côté, par en dessous et comme à regret. Elle se continuait même par une autre Islande de couleur

semblable qui s'accentuait peu à peu ; — mais qui
était chimérique, celle-ci, et dont les montagnes plus
gigantesques n'étaient qu'une condensation de
vapeurs. Et le soleil, toujours bas et traînant, incapable de monter au-dessus des choses, se voyait à travers
cette illusion d'île, tellement, qu'il paraissait posé
devant et que c'était pour les yeux un aspect incompréhensible. Il n'avait plus de halo, et son disque rond
ayant repris des contours très accusés, il semblait
plutôt quelque pauvre planète jaune, mourante, qui se
serait arrêtée là indécise, au milieu d'un chaos...

Le croiseur, qui avait stoppé, était entouré maintenant de la pléiade des Islandais. De tous ces navires se
détachaient des barques, en coquille de noix, lui
amenant à bord des hommes rudes aux longues
barbes, dans des accoutrements assez sauvages.

Ils avaient tous quelque chose à demander, un peu
comme les enfants, des remèdes pour des petites
blessures, des réparations, des vivres, des lettres.

D'autres venaient de la part de leurs capitaines se
faire mettre aux fers, pour quelque mutinerie à
expier ; ayant tous été au service de l'État, ils trouvaient la chose bien naturelle. Et quand le faux-pont [2]
étroit du croiseur fut encombré par quatre ou cinq de
ces grands garçons étendus la boucle au pied, le vieux
maître [3] qui les avait cadenassés, leur dit : « Couche-
toi de travers, donc, mes fils, qu'on puisse passer », ce
qu'ils firent docilement, avec un sourire.

Il y avait beaucoup de lettres cette fois, pour ces
Islandais. Entre autres, deux pour la *Marie, capitaine
Guermeur,* l'une à *monsieur Gaos, Yann,* la seconde à

monsieur Moan, Sylvestre (celle-ci arrivée par le Danemark à Reickavick, où le croiseur l'avait prise).

Le vaguemestre, puisant dans son sac en toile à
voile, leur faisait la distribution, ayant quelque peine
souvent à lire les adresses qui n'étaient pas toutes
mises par des mains très habiles.

Et le commandant disait :

— Dépêchez-vous, dépêchez-vous, le baromètre
baisse.

Il s'ennuyait un peu de voir toutes ces petites
coquilles de noix amenées à la mer, et tant de
pêcheurs assemblés dans cette région peu sûre.

Yann et Sylvestre avaient l'habitude de lire leurs
lettres ensemble.

Cette fois, ce fut au soleil de minuit, qui les éclairait
du haut de l'horizon toujours avec son même aspect
d'astre mort.

Assis tous deux à l'écart, dans un coin du pont, les
bras enlacés et se tenant par les épaules, ils lisaient
très lentement, comme pour se mieux pénétrer des
choses du pays qui leur étaient dites.

Dans la lettre d'Yann, Sylvestre trouva des nouvelles de Marie Gaos, sa petite fiancée ; dans celle de
Sylvestre, Yann lut les histoires drôles de la vieille
grand'mère Yvonne, qui n'avait pas sa pareille pour
amuser les absents ; et puis le dernier alinéa qui le
concernait : « Le bonjour de ma part au fils Gaos. »

Et, les lettres finies de lire, Sylvestre timidement
montrait la sienne à son grand ami, pour essayer de
lui faire apprécier la main qui l'avait tracée :

— Regarde, c'est une très belle écriture, n'est-ce
pas, Yann ?

Mais Yann qui savait très bien quelle était cette
main de jeune fille, détourna la tête en secouant ses

épaules, comme pour dire qu'on l'ennuyait à la fin avec cette Gaud.

Alors Sylvestre replia soigneusement le pauvre petit papier dédaigné, le remit dans son enveloppe et le serra dans son tricot contre sa poitrine, se disant tout triste :

« Bien sûr, ils ne se marieront jamais... Mais qu'est-ce qu'il peut avoir comme ça contre elle ?... »

... Minuit sonné à la cloche du croiseur. Et ils restaient toujours là, assis, songeant au pays, aux absents, à mille choses, dans un rêve...

A ce moment, l'éternel soleil, qui avait un peu trempé son bord dans les eaux, recommença à monter lentement.

Et ce fut le matin...

DEUXIÈME PARTIE

I

... Il avait aussi changé d'aspect et de couleur, le soleil d'Islande, et il ouvrait cette nouvelle journée par un matin sinistre. Tout à fait dégagé de son voile, il avait pris de grands rayons, qui traversaient le ciel comme des jets, annonçant le mauvais temps prochain.

Il faisait trop beau depuis quelques jours, cela devait finir. La brise soufflait sur ce conciliabule de bateaux, comme éprouvant le besoin de l'éparpiller, d'en débarrasser la mer ; et ils commençaient à se disperser, à fuir comme une armée en déroute, — rien que devant cette menace écrite en l'air, à laquelle on ne pouvait plus se tromper.

Cela soufflait toujours plus fort, faisant frissonner les hommes et les navires.

Les lames, encore petites, se mettaient à courir les unes après les autres, à se grouper ; elles s'étaient marbrées d'abord d'une écume blanche qui s'étalait dessus en bavures ; ensuite, avec un grésillement, il en sortait des fumées ; on eût dit que ça cuisait, que ça brûlait ; — et le bruit aigre de tout cela augmentait de minute en minute.

On ne pensait plus à la pêche, mais à la manœuvre

seulement. Les lignes étaient depuis longtemps ren-
trées. Ils se hâtaient tous de s'en aller, — les uns, pour
chercher un abri dans les fiords, tenter d'arriver à
temps ; d'autres, préférant dépasser la pointe sud
d'Islande, trouvant plus sûr de prendre le large et
d'avoir devant eux de l'espace libre pour filer vent
arrière. Ils se voyaient encore un peu les uns les
autres ; çà et là, dans les creux de lames, des voiles
surgissaient, pauvres petites choses mouillées, fati-
guées, fuyantes, — mais tenant debout tout de même,
comme ces jouets d'enfant en moelle de sureau que
l'on couche en soufflant dessus, et qui toujours se
redressent.

La grande panne [1] de nuages, qui s'était condensée
à l'horizon de l'ouest avec un aspect d'île, se défaisait
maintenant par le haut, et les lambeaux couraient
dans le ciel. Elle semblait inépuisable, cette panne : le
vent l'étendait, l'allongeait, l'étirait, en faisait sortir
indéfiniment des rideaux obscurs, qu'il déployait dans
le clair ciel jaune, devenu d'une lividité froide et
profonde.

Toujours plus fort, ce grand souffle qui agitait toute
chose.

Le croiseur était parti vers les abris d'Islande ; les
pêcheurs restaient seuls sur cette mer remuée qui
prenait un air mauvais et une teinte affreuse. Ils se
pressaient, pour leurs dispositions de gros temps.
Entre eux les distances augmentaient ; ils allaient se
perdre de vue.

Les lames, frisées en volutes, continuaient de se
courir après, de se réunir, de s'agripper les unes les
autres pour devenir toujours plus hautes, et, entre
elles, les vides se creusaient.

En quelques heures, tout était labouré, bouleversé

dans cette région la veille si calme, et, au lieu du silence d'avant, on était assourdi de bruit. Changement à vue que toute cette agitation d'à présent, inconsciente, inutile, qui s'était faite si vite. Dans quel but tout cela ?... Quel mystère de destruction aveugle !...

Les nuages achevaient de se déplier en l'air, venant toujours de l'ouest, se superposant, empressés, rapides, obscurcissant tout. Quelques déchirures jaunes restaient seules, par lesquelles le soleil envoyait d'en bas ses derniers rayons en gerbes. Et l'eau, verdâtre maintenant, était de plus en plus zébrée de baves blanches.

A midi, la *Marie* avait tout à fait pris son allure de mauvais temps ; ses écoutilles fermées et ses voiles réduites, elle bondissait souple et légère ; — au milieu du désarroi qui commençait, elle avait un air de jouer comme font les gros marsouins que les tempêtes amusent. N'ayant plus que la misaine[2], elle *fuyait devant le temps,* suivant l'expression de marine qui désigne cette allure-là.

En haut, c'était devenu entièrement sombre, une voûte fermée, écrasante, — avec quelques charbonnages plus noirs étendus dessus en taches informes ; cela semblait presque un dôme immobile, et il fallait regarder bien pour comprendre que c'était au contraire en plein vertige de mouvement : grandes nappes grises, se dépêchant de passer, et sans cesse remplacées par d'autres qui venaient du fond de l'horizon ; tentures de ténèbres, se dévidant comme d'un rouleau sans fin...

Elle fuyait devant le temps, la *Marie,* fuyait, toujours plus vite ; — et le temps fuyait aussi — devant je ne sais quoi de mystérieux et de terrible. La brise, la mer, la *Marie*, les nuages, tout était pris d'un même affolement de fuite et de vitesse dans le même sens. Ce qui détalait le plus vite, c'était le vent ; puis les grosses levées de houle, plus lourdes, plus lentes, courant après lui ; puis la *Marie* entraînée dans ce mouvement de tout. Les lames la poursuivaient, avec leurs crêtes blêmes qui se roulaient dans une perpétuelle chute, et elle, — toujours rattrapée, toujours dépassée, — leur échappait tout de même, au moyen d'un sillage habile qu'elle se faisait derrière, d'un remous où leur fureur se brisait.

Et dans cette allure de *fuite*, ce qu'on éprouvait surtout, c'était une illusion de légèreté ; sans aucune peine ni effort, on se sentait bondir. Quand la *Marie* montait sur ces lames, c'était sans secousse comme si le vent l'eût enlevée ; et sa redescente après était comme une glissade, faisant éprouver ce tressaillement du ventre qu'on a dans les chutes simulées des « chars russes [3] » ou dans celles imaginaires des rêves. Elle glissait comme à reculons, la montagne fuyante se dérobant sous elle pour continuer de courir, et alors elle était replongée dans un de ces grands creux qui couraient aussi ; sans se meurtrir, elle en touchait le fond horrible, dans un éclaboussement d'eau qui ne la mouillait même pas, mais qui fuyait comme tout le reste ; qui fuyait et s'évanouissait en avant comme de la fumée, comme rien...

Au fond de ces creux, il faisait plus noir, et après chaque lame passée, on regardait derrière soi arriver l'autre ; l'autre encore plus grande, qui se dressait toute verte par transparence ; qui se dépêchait d'approcher, avec des contournements furieux, des volutes prêtes à se refermer, un air de dire : « Attends que je t'attrape, et je t'engouffre... »

... Mais non : elle vous soulevait seulement, comme d'un haussement d'épaule on enlèverait une plume ; et, presque doucement, on la sentait passer sous soi, avec son écume bruissante, son fracas de cascade.

Et ainsi de suite, continuellement. Mais cela grossissait toujours. Ces lames se succédaient, plus énormes, en longues chaînes de montagnes dont les vallées commençaient à faire peur. Et toute cette folie de mouvement s'accélérait, sous un ciel de plus en plus sombre, au milieu d'un bruit plus immense.

C'était bien du très gros temps, et il fallait veiller. Mais, tant qu'on a devant soi de l'espace libre, de l'espace pour courir ! Et puis, justement la *Marie*, cette année-là, avait passé sa saison dans la partie la plus occidentale des pêcheries d'Islande ; alors toute cette fuite dans l'Est était autant de bonne route faite pour le retour.

Yann et Sylvestre étaient à la barre, attachés par la ceinture. Ils chantaient encore la chanson de *Jean-François de Nantes ;* grisés de mouvement et de vitesse, ils chantaient à pleine voix, riant de ne plus s'entendre au milieu de tout ce déchaînement de bruits, s'amusant à tourner la tête pour chanter contre le vent et perdre haleine.

— Eh ben ! les enfants, ça sent-il le renfermé, là-haut ? leur demandait Guermeur, passant sa figure barbue par l'écoutille entre-bâillée, comme un diable prêt à sortir de sa boîte.

Oh ! non, ça ne sentait pas le renfermé, pour sûr.

Ils n'avaient pas peur, ayant la notion exacte de ce qui est *maniable*[4], ayant confiance dans la solidité de leur bateau, dans la force de leurs bras. Et aussi dans la protection de cette Vierge de faïence qui, depuis quarante années de voyages en Islande, avait dansé

tant de fois cette mauvaise danse-là toujours souriante
entre ses bouquets de fausses fleurs...

Jean-François de Nantes :
Jean-François,
Jean-François !

En général, on ne voyait pas loin autour de soi ; à
quelques centaines de mètres, tout paraissait finir en
espèces d'épouvantes vagues, en crêtes blêmes qui se
hérissaient, fermant la vue. On se croyait toujours au
milieu d'une scène restreinte, bien que perpétuellement changeante ; et, d'ailleurs, les choses étaient
noyées dans cette sorte de fumée d'eau, qui fuyait en
nuage, avec une extrême vitesse, sur toute la surface
de la mer.

Mais, de temps à autre, une éclaircie se faisait vers
le nord-ouest d'où une *saute de vent* pouvait venir :
alors une lueur frisante arrivait de l'horizon ; un reflet
traînant, faisant paraître plus sombre le dôme de ce
ciel, se répandait sur les crêtes blanches agitées. Et
cette éclaircie était triste à regarder ; ces lointains
entrevus, ces échappées serraient le cœur davantage
en donnant trop bien à comprendre que c'était le
même chaos partout, la même fureur — jusque
derrière ces grands horizons vides et infiniment au
delà : l'épouvante n'avait pas de limites, et on était
seul au milieu !

Une clameur géante sortait des choses comme un
prélude d'apocalypse jetant l'effroi des fins de monde.
Et on y distinguait des milliers de voix : d'en haut, il
en venait de sifflantes ou de profondes, qui semblaient
presque lointaines à force d'être immenses : cela
c'était le vent, la grande âme de ce désordre, la
puissance invisible menant tout. Il faisait peur, mais il

y avait d'autres bruits, plus rapprochés, plus maté-
riels, plus menaçants de détruire, que rendait l'eau
tourmentée, grésillant comme sur des braises...

Toujours cela grossissait.

Et, malgré leur allure de fuite, la mer commençait à
les couvrir, à les *manger* comme ils disaient : d'abord
des embruns fouettant de l'arrière, puis de l'eau à
paquets, lancée avec une force à tout briser. Les lames
se faisaient toujours plus hautes, plus follement
hautes, et pourtant elles étaient déchiquetées à
mesure, on en voyait de grands lambeaux verdâtres,
qui étaient de l'eau retombante que le vent jetait
partout. Il en tombait de lourdes masses sur le pont,
avec un bruit claquant, et alors la *Marie* vibrait tout
entière comme de douleur. Maintenant on ne distinguait plus rien, à cause de toute cette bave blanche,
éparpillée ; quand les rafales gémissaient plus fort, on
la voyait courir en tourbillons plus épais — comme,
en été, la poussière des routes. Une grosse pluie, qui
était venue, passait aussi tout en biais, horizontale, et
ces choses ensemble sifflaient, cinglaient, blessaient
comme des lanières.

Ils restaient tous deux à la barre, attachés et se
tenant ferme, vêtus de leurs *cirages*[5], qui étaient durs
et luisants comme des peaux de requins ; ils les
avaient bien serrés au cou, par des ficelles goudron-
nées, bien serrés aux poignets et aux chevilles pour ne
pas laisser d'eau passer, et tout ruisselait sur eux, qui
enflaient le dos quand cela tombait plus dru, en s'arc-
boutant bien pour ne pas être renversés. La peau des
joues leur cuisait et ils avaient la respiration à toute
minute coupée. Après chaque grande masse d'eau
tombée, ils se regardaient — en souriant, à cause de
tout ce sel amassé dans leur barbe.

A la longue pourtant, cela devenait une extrême
fatigue, cette fureur qui ne s'apaisait pas, qui restait
toujours à son même paroxysme exaspéré. Les rages
des hommes, celles des bêtes s'épuisent et tombent
vite ; — il faut subir longtemps, longtemps celles des
choses inertes qui sont sans cause et sans but,
mystérieuses comme la vie et comme la mort.

Jean-François de Nantes :
Jean-François,
Jean-François !

A travers leurs lèvres devenues blanches, le refrain
de la vieille chanson passait encore, mais comme une
chose aphone, reprise de temps à autre inconsciemment. L'excès de mouvement et de bruit les avait
rendus ivres, ils avaient beau être jeunes, leurs
sourires grimaçaient sur leurs dents entre-choquées
par un tremblement de froid ; leurs yeux, à demi
fermés sous les paupières brûlées qui battaient, restaient fixes dans une atonie farouche. Rivés à leur
barre comme deux arcs-boutants de marbre, ils
faisaient, avec leurs mains crispées et bleuies, les
efforts qu'il fallait, presque sans penser, par simple
habitude des muscles. Les cheveux ruisselants, la
bouche contractée, ils étaient devenus étranges, et en
eux reparaissait tout un fond de sauvagerie primitive.

Ils ne se voyaient plus ! ils avaient conscience
seulement d'être encore là, à côté l'un de l'autre. Aux
instants plus dangereux, chaque fois que se dressait,
derrière, la montagne d'eau nouvelle, surplombante,
bruissante, horrible, heurtant leur bateau avec un
grand fracas sourd, une de leurs mains s'agitait pour
un signe de croix involontaire. Ils ne songeaient plus à
rien, ni à Gaud, ni à aucune femme, ni à aucun

mariage. Cela durait depuis trop longtemps, ils n'avaient plus de pensées ; leur ivresse de bruit, de fatigue et de froid, obscurcissait tout dans leur tête. Ils n'étaient plus que deux piliers de chair raidie qui maintenaient cette barre ; que deux bêtes vigoureuses cramponnées là par instinct pour ne pas mourir.

... C'était en Bretagne, après la mi-septembre, par

II

. . . .

... C'était en Bretagne, après la mi-septembre, par une journée déjà fraîche. Gaud cheminait toute seule sur la lande de Ploubazlanec, dans la direction de Pors-Even.

Depuis près d'un mois, les navires islandais étaient rentrés, — moins deux qui avaient disparu dans ce coup de vent de juin. Mais la *Marie* ayant tenu bon, Yann et tous ceux du bord étaient au pays, tranquillement.

Gaud se sentait très troublée, à l'idée qu'elle se rendait chez ce Yann.

Une seule fois elle l'avait vu depuis le retour d'Islande; c'était quand on était allé, tous ensemble, conduire le pauvre petit Sylvestre, à son départ pour le service. (On l'avait accompagné jusqu'à la diligence, lui, pleurant un peu, sa vieille grand'mère pleurant beaucoup, et il était parti pour rejoindre le quartier de Brest.) Yann, qui était venu aussi pour embrasser son petit ami, avait fait mine de détourner les yeux quand elle l'avait regardé, et, comme il y avait beaucoup de monde autour de cette voiture, — d'autres inscrits [1] qui s'en allaient, des parents assemblés pour leur dire adieu, — il n'y avait pas eu moyen de se parler.

Alors elle avait pris à la fin une grande résolution, et, un peu craintive, s'en allait chez les Gaos.

Son père avait eu jadis des intérêts communs avec celui d'Yann (de ces affaires compliquées qui, entre pêcheurs comme entre paysans, n'en finissent plus) et lui redevait une centaine de francs pour la vente d'une barque qui venait de se faire *à la part*.

— Vous devriez, avait-elle dit, me laisser lui porter cet argent, mon père ; d'abord je serais contente de voir Marie Gaos ; puis je ne suis jamais allée si loin en Ploubazlanec, et cela m'amuserait de faire cette grande course.

Au fond, elle avait une curiosité anxieuse de cette famille d'Yann, où elle entrerait peut-être un jour, de cette maison, de ce village.

Dans une dernière causerie, Sylvestre, avant de partir, lui avait expliqué à sa manière la sauvagerie de son ami :

— Vois-tu, Gaud, c'est parce qu'il est comme cela ; il ne veut se marier avec personne, par idée à lui ; il n'aime bien que la mer, et même, un jour, par plaisanterie, il nous a dit lui avoir promis le mariage.

Elle lui pardonnait donc ses manières d'être, et, retrouvant toujours dans sa mémoire son beau sourire franc de la nuit du bal, elle se reprenait à espérer.

Si elle le rencontrait là, au logis, elle ne lui dirait rien, bien sûr ; son intention n'était point de se montrer si osée. Mais lui, la revoyant de près, parlerait peut-être...

III

Elle marchait depuis une heure, alerte, agitée, respirant la brise saine du large.

Il y avait de grands calvaires[1] plantés aux carrefours des chemins.

De loin en loin, elle traversait de ces petits hameaux de marins qui sont toute l'année battus par le vent, et dont la couleur est celle des rochers. Dans l'un, où le sentier se rétrécissait tout à coup entre des murs sombres, entre de hauts toits en chaume pointus comme des huttes celtiques, une enseigne de cabaret la fit sourire : « Au cidre chinois[2] », et on avait peint deux magots en robe vert et rose, avec des queues, buvant du cidre. Sans doute une fantaisie de quelque ancien matelot revenu de là-bas... En passant, elle regardait tout ; les gens qui sont très préoccupés par le but de leur voyage s'amusent toujours plus que les autres aux mille détails de la route.

Le petit village était loin derrière elle maintenant, et, à mesure qu'elle s'avançait sur ce dernier promontoire de la terre bretonne, les arbres se faisaient plus rares autour d'elle, la campagne plus triste.

Le terrain était ondulé, rocheux, et, de toutes les hauteurs, on voyait la grande mer. Plus d'arbres du tout à présent; rien que la lande rase, aux ajoncs verts, et, çà et là, les divins crucifiés découpant sur le ciel leurs grands bras en croix, donnant à tout ce pays l'air d'un immense lieu de justice.

A un carrefour, gardé par un de ces christs énormes, elle hésita entre deux chemins qui fuyaient entre des talus d'épines.

Une petite fille qui arrivait se trouva à point pour la tirer d'embarras :

— Bonjour, mademoiselle Gaud !

C'était une petite Gaos, une petite sœur d'Yann. Après l'avoir embrassée, elle lui demanda si ses parents étaient à la maison.

— Papa et maman, oui. Il n'y a que mon frère Yann, dit la petite sans aucune malice, qui est allé à Loguivy; mais je pense qu'il ne sera pas tard dehors.

Il n'était pas là, lui ! Encore ce mauvais sort qui l'éloignait d'elle partout et toujours. Remettre sa visite à une autre fois, elle y pensa bien. Mais cette petite qui l'avait vue en route, qui pourrait parler... Que penserait-on de cela à Pors-Even ? Alors elle décida de poursuivre, en musant le plus possible afin de lui donner le temps de rentrer.

A mesure qu'elle approchait de ce village d'Yann, de cette pointe perdue, les choses devenaient toujours plus rudes et plus désolées. Ce grand air de mer qui faisait les hommes plus forts, faisait aussi les plantes plus basses, courtes, trapues, aplaties sur le sol dur. Dans le sentier, il y avait des goémons qui traînaient par terre, feuillages d'*ailleurs,* indiquant qu'un autre monde était voisin. Ils répandaient dans l'air leur odeur saline.

Gaud rencontrait quelquefois des passants, gens de mer, qu'on voyait à longue distance dans ce pays nu, se dessinant, comme agrandis, sur la ligne haute et lointaine des eaux. Pilotes ou pêcheurs, ils avaient toujours l'air de guetter au loin, de veiller sur le large ; en la croisant, ils lui disaient bonjour. Des figures brunies, très mâles et décidées, sous un bonnet de marin.

L'heure ne passait pas, et vraiment elle ne savait que faire pour allonger sa route ; ces gens s'étonnaient de la voir marcher si lentement.

Ce Yann, que faisait-il à Loguivy ? Il courtisait les filles peut-être...

Ah ! si elle avait su comme il s'en souciait peu, des belles. De temps en temps, si l'envie lui en prenait de quelqu'une, il n'avait en général qu'à se présenter. Les *fillettes de Paimpol*[3], comme dit la vieille chanson islandaise, sont un peu folles de leur corps, et ne résistent guère à un garçon aussi beau. Non, tout simplement, il était allé faire une commande à certain vannier de ce village, qui avait seul dans le pays la bonne manière pour tresser les *casiers* à prendre les homards. Sa tête était très libre d'amour en ce moment.

Elle arriva à une chapelle, qu'on apercevait de loin sur une hauteur. C'était une chapelle toute grise, très petite et très vieille [4] ; au milieu de l'aridité d'alentour, un bouquet d'arbres, gris aussi et déjà sans feuilles, lui faisait des cheveux, des cheveux jetés tous du même côté, comme par une main qu'on y aurait passée.

Et cette main était celle aussi qui fait sombrer les barques des pêcheurs, main éternelle des vents d'ouest qui couche, dans le sens des lames et de la houle, les branches tordues des rivages. Ils avaient poussé de travers et échevelés, les vieux arbres, courbant le dos sous l'effort séculaire de cette main-là.

Gaud se trouvait presque au bout de sa course,

puisque c'était la chapelle de Pors-Even ; alors elle s'y arrêta, pour gagner encore du temps.

Un petit mur croulant dessinait autour un enclos enfermant des croix[5]. Et tout était de la même couleur, la chapelle, les arbres et les tombes ; le lieu tout entier semblait uniformément hâlé, rongé par le vent de la mer ; un même lichen grisâtre, avec ses taches d'un jaune pâle de soufre, couvrait les pierres, les branches noueuses, et les saints en granit qui se tenaient dans les niches du mur.

Sur une de ces croix de bois, un nom était écrit en grosses lettres : *Gaos.* — *Gaos, Joël, quatre-vingts ans.*

Ah ! oui, le grand-père ; elle savait cela. La mer n'en avait pas voulu, de ce vieux marin. Du reste, plusieurs des parents d'Yann devaient dormir dans cet enclos, c'était naturel, et elle aurait dû s'y attendre ; pourtant ce nom lu sur cette tombe lui faisait une impression pénible.

Afin de perdre un moment de plus, elle entra dire une prière sous ce porche antique, tout petit, usé, badigeonné de chaux blanche. Mais là elle s'arrêta, avec un plus fort serrement de cœur.

Gaos ! encore ce nom, gravé sur une des plaques funéraires comme on en met pour garder le souvenir de ceux qui meurent au large.

Elle se mit à lire cette inscription[6] :

En mémoire de
GAOS, JEAN-LOUIS,
âgé de 24 ans, matelot à bord de la *Marguerite*,
disparu en Islande, le 3 août 1877,
Qu'il repose en paix !

L'Islande, — toujours l'Islande ! — Partout, à cette entrée de chapelle, étaient clouées d'autres plaques de

bois, avec des noms de marins morts. C'était le coin
des naufragés de Pors-Even, et elle regretta d'y être
venue, prise d'un pressentiment noir. A Paimpol,
dans l'église, elle avait vu des inscriptions pareilles ;
mais ici, dans ce village, il était plus petit, plus fruste,
plus sauvage, le tombeau vide des pêcheurs islandais.
Il y avait de chaque côté un banc de granit, pour les
veuves, pour les mères : et ce lieu bas, irrégulier
comme une grotte, était gardé par une bonne Vierge
très ancienne, repeinte en rose, avec de gros yeux
méchants, qui ressemblait à Cybèle, déesse primitive
de la terre.

Gaos ! encore !

En mémoire de
GAOS, FRANÇOIS
époux de Anne-Marie LE GOASTER,
capitaine à bord du *Paimpolais,*
perdu en Islande du 1er au 3 avril 1877,
avec vingt-trois hommes composant son équipage.
Qu'ils reposent en paix !

Et, en bas, deux os de mort en croix, sous un crâne
noir avec des yeux verts, peinture naïve et macabre,
sentant encore la barbarie d'un autre âge.

Gaos ! partout ce nom !

Un autre Gaos s'appelait Yves, *enlevé du bord de son
navire et disparu aux environs de Norden-Fiord, en Islande,
à l'âge de vingt-deux ans.* La plaque semblait être là
depuis de longues années ; il devait être bien oublié,
celui-là...

En lisant, il lui venait pour ce Yann des élans de
tendresse douce, et un peu désespérée aussi. Jamais,
non, jamais il ne serait à elle ! Comment le disputer à
la mer, quand tant d'autres Gaos y avaient sombré,

des ancêtres, des frères, qui devaient avoir avec lui des ressemblances profondes.

Elle entra dans la chapelle, déjà obscure, à peine éclairée par ses fenêtres basses aux parois épaisses. Et là, le cœur plein de larmes qui voulaient tomber, elle s'agenouilla pour prier devant des saints et des saintes énormes, entourés de fleurs grossières, et qui touchaient la voûte avec leur tête. Dehors, le vent qui se levait commençait à gémir, comme rapportant au pays breton la plainte des jeunes hommes morts.

Le soir approchait ; il fallait pourtant bien se décider à faire sa visite et s'acquitter de sa commission.

Elle reprit sa route et, après s'être informée dans le village, elle trouva la maison des Gaos, qui était adossée à une haute falaise ; on y montait par une douzaine de marches en granit. Tremblant un peu à l'idée que Yann pouvait être revenu, elle traversa le jardinet où poussaient des chrysanthèmes et des véroniques.

En entrant, elle dit qu'elle apportait l'argent de cette barque vendue, et on la fit asseoir très poliment pour attendre le retour du père, qui lui signerait son reçu. Parmi tout ce monde qui était là, ses yeux cherchèrent Yann, mais elle ne le vit point.

On était fort occupé dans la maison. Sur une grande table bien blanche, on taillait déjà à la pièce, dans du coton neuf, des costumes appelés *cirages*, pour la prochaine saison d'Islande.

— C'est que, voyez-vous, mademoiselle Gaud, il leur en faut à chacun deux rechanges complets pour là-bas.

On lui expliqua comment on s'y prenait après pour les peindre et les cirer, ces tenues de misère. Et, pendant qu'on lui détaillait la chose, ses yeux parcouraient attentivement ce logis des Gaos.

Il était aménagé à la manière traditionnelle des chaumières bretonnes ; une immense cheminée en occupait le fond, et des lits en armoire [7] s'étageaient sur les côtés. Mais cela n'avait pas l'obscurité ni la mélancolie de ces gîtes des laboureurs, qui sont toujours à demi enfouis au bord des chemins ; c'était clair et propre, comme en général chez les gens de mer.

Plusieurs petits Gaos étaient là, garçons ou filles, tous frères d'Yann, — sans compter deux grands qui naviguaient. Et, en plus, une bien petite blonde, triste et proprette, qui ne ressemblait pas aux autres.

— Une que nous avons adoptée [8] l'an dernier, expliqua la mère ; nous en avions déjà beaucoup pourtant ; mais, que voulez-vous, mademoiselle Gaud ! son père était de la *Maria-Dieu-t'aime,* qui s'est perdue en Islande à la saison dernière, comme vous savez, — alors, entre voisins, on s'est partagé les cinq enfants qui restaient et celle-ci nous est échue.

Entendant qu'on parlait d'elle, la petite adoptée baissait la tête et souriait en se cachant contre le petit Laumec [9] Gaos qui était son préféré.

Il y avait un air d'aisance partout dans la maison, et la fraîche santé se voyait épanouie sur toutes ces joues roses d'enfants.

On mettait beaucoup d'empressement à recevoir Gaud — comme une belle demoiselle dont la visite était un honneur pour la famille. Par un escalier de bois blanc tout neuf, on la fit monter dans la chambre d'en haut qui était la gloire du logis. Elle se rappelait bien l'histoire de la construction de cet étage ; c'était à la suite d'une trouvaille de bateau abandonné faite en

Manche par le père Gaos et son cousin le pilote ; la nuit du bal, Yann lui avait raconté cela.

Cette chambre de l'épave était jolie et gaie dans sa blancheur toute neuve ; il y avait deux lits à la mode des villes, avec des rideaux en perse rose ; une grande table au milieu. Par la fenêtre, on voyait tout Paimpol, toute la rade, avec les *Islandais* là-bas, au mouillage, — et la passe par où ils s'en vont.

Elle n'osait pas questionner, mais elle aurait bien voulu savoir où dormait Yann ; évidemment, tout enfant, il avait dû habiter en bas, dans quelqu'un de ces antiques lits en armoire. Mais, à présent, c'était peut-être ici, entre ces beaux rideaux roses. Elle aurait aimé être au courant des détails de sa vie, savoir surtout à quoi se passaient ses longues soirées d'hiver...

... Un pas un peu lourd dans l'escalier la fit tressaillir.

Non, ce n'était pas Yann, mais un homme qui lui ressemblait malgré ses cheveux déjà blancs, qui avait presque sa haute stature et qui était droit comme lui : le père Gaos rentrant de la pêche.

Après l'avoir saluée et s'être enquis des motifs de sa visite, il lui signa son reçu, ce qui fut un peu long, car sa main n'était plus, disait-il, très assurée. Cependant il n'acceptait pas ces cent francs comme un payement définitif, le désintéressant de cette vente de barque ; non, mais comme un acompte seulement ; il en recauserait avec M. Mével. Et Gaud, à qui l'argent importait peu, fit un petit sourire imperceptible : allons, bon, cette histoire n'était pas encore finie, elle s'en était bien doutée ; d'ailleurs, cela l'arrangeait d'avoir encore des affaires mêlées avec les Gaos.

On s'excusait presque, dans la maison, de l'absence

d'Yann, comme si on eût trouvé plus honnête que
toute la famille fût là assemblée pour la recevoir. Le
père avait peut-être même deviné, avec sa finesse de
vieux matelot, que son fils n'était pas indifférent à
cette belle héritière ; car il mettait un peu d'insistance
à toujours reparler de lui :

— C'est bien étonnant, disait-il, il n'est jamais si
tard dehors. Il est allé à Loguivy, mademoiselle Gaud,
acheter des casiers pour prendre les homards ; comme
vous savez, c'est notre grande pêche de l'hiver.

Elle, distraite, prolongeait sa visite, ayant cependant conscience que c'était trop, et sentant un serrement de cœur lui venir à l'idée qu'elle ne le verrait
pas.

— Un homme sage comme lui, qu'est-ce qu'il peut
bien faire ? Au cabaret, il n'y est pas, bien sûr ; nous
n'avons pas cela à craindre avec notre fils. — Je ne dis
pas, une fois de temps en temps, le dimanche, avec des
camarades... Vous savez, mademoiselle Gaud, les
marins... Eh ! mon Dieu, quand on est jeune homme,
n'est-ce pas, pourquoi s'en priver tout à fait ?... Mais
la chose est bien rare avec lui, c'est un homme sage,
nous pouvons le dire.

Cependant la nuit venait ; on avait replié les *cirages*
commencés, suspendu le travail. Les petits Gaos et la
petite adoptée, assis sur des bancs, se serraient les uns
aux autres, attristés par l'heure grise du soir, et
regardaient Gaud, ayant l'air de se demander :

« A présent, pourquoi ne s'en va-t-elle pas ? »

Et, dans la cheminée, la flamme commençait à
éclairer rouge, au milieu du crépuscule qui tombait.

— Vous devriez rester manger la soupe avec nous,
mademoiselle Gaud.

Oh ! non, elle ne le pouvait pas ; le sang lui monta

tout à coup au visage à la pensée d'être restée si tard. Elle se leva et prit congé.

Le père d'Yann s'était levé lui aussi pour l'accompagner un bout de chemin, jusqu'au delà de certain bas-fond isolé où de vieux arbres font un passage noir.

Pendant qu'ils marchaient près l'un de l'autre, elle se sentait prise pour lui de respect et de tendresse ; elle avait envie de lui parler comme à un père, dans des élans qui lui venaient ; puis les mots s'arrêtaient dans sa gorge, et elle ne disait rien.

Ils s'en allaient, au vent froid du soir qui avait l'odeur de la mer, rencontrant çà et là, sur la rase lande, des chaumières déjà fermées, bien sombres, sous leur toiture bossue, pauvres nids où des pêcheurs étaient blottis ; rencontrant les croix, les ajoncs et les pierres.

Comme c'était loin, ce Pors-Even, et comme elle s'y était attardée !

Quelquefois ils croisaient des gens qui revenaient de Paimpol ou de Loguivy ; en regardant approcher ces silhouettes d'hommes, elle pensait chaque fois à lui, à Yann ; mais c'était aisé de le reconnaître à distance et vite elle était déçue. Ses pieds s'embarrassaient dans de longues plantes brunes, emmêlées comme des chevelures, qui étaient les goémons traînant à terre.

A la croix de Plouëzoc'h [10], elle salua le vieillard, le priant de retourner. Les lumières de Paimpol se voyaient déjà, et il n'y avait plus aucune raison d'avoir peur.

Allons, c'était fini pour cette fois... Et qui sait à présent quand elle verrait Yann...

Pour retourner à Pors-Even, les prétextes ne lui auraient pas manqué, mais elle aurait eu trop mau-

vais air en recommençant cette visite. Il fallait être
plus courageuse et plus fière. Si seulement Sylvestre,
son petit confident, eût été là encore, elle l'aurait
chargé peut-être d'aller trouver Yann de sa part, afin
de le faire s'expliquer. Mais il était parti et pour
combien d'années ?...

IV

— Me marier? disait Yann à ses parents le soir, —
me marier? Eh! donc, mon Dieu, pour quoi faire? —
Est-ce que je serai jamais si heureux qu'ici avec vous;
pas de soucis, pas de contestations avec personne et la
bonne soupe toute chaude chaque soir, quand je
rentre de la mer... Oh! je comprends bien, allez, qu'il
s'agit de celle qui est venue à la maison aujourd'hui.
D'abord, une fille si riche, en vouloir à de pauvres
gens comme nous, ça n'est pas assez clair à mon gré.
Et puis ni celle-là ni une autre, non, c'est tout réfléchi,
je ne me marie pas, ça n'est pas mon idée.

Ils se regardèrent en silence, les deux vieux Gaos,
désappointés profondément; car, après en avoir causé
ensemble, ils croyaient être bien sûrs que cette jeune
fille ne refuserait pas leur beau Yann. Mais ils ne
tentèrent point d'insister, sachant combien ce serait
inutile. Sa mère surtout baissa la tête et ne dit plus
mot; elle respectait les volontés de ce fils, de cet aîné
qui avait presque rang de chef de famille; bien qu'il
fût toujours très doux et très tendre avec elle, soumis
plus qu'un enfant pour les petites choses de la vie, il
était depuis longtemps son maître absolu pour les

grandes, échappant à toute pression avec une indépendance tranquillement farouche.

Il ne veillait jamais tard, ayant l'habitude, comme
les autres pêcheurs, de se lever avant le jour. Et après
souper, dès huit heures, ayant jeté un dernier coup
d'œil de satisfaction à ses casiers de Loguivy, à ses
filets neufs, il commença de se déshabiller, l'esprit en
apparence fort calme; puis il monta se coucher, dans
le lit à rideaux de perse rose qu'il partageait avec
Laumec son petit frère.

V

... Depuis quinze jours, Sylvestre, le petit confident de Gaud, était au quartier de Brest ; — très dépaysé, mais très sage ; portant crânement son col bleu ouvert et son bonnet à pompon rouge ; superbe en matelot, avec son allure roulante et sa haute taille ; dans le fond, regrettant toujours sa bonne vieille grand'mère et resté l'enfant innocent d'autrefois.

Un seul soir il s'était grisé, avec des *pays,* parce que c'est l'usage : ils étaient rentrés au quartier, toute une bande se donnant le bras, en chantant à tue-tête.

Un dimanche aussi, il était allé au théâtre dans les galeries hautes. On jouait un de ces grands drames où les matelots, s'exaspérant contre le traître, l'accueillent avec un *hou !* qu'ils poussent tous ensemble et qui fait un bruit profond comme le vent d'ouest. Il avait surtout trouvé qu'il y faisait très chaud, qu'on y manquait d'air et de place ; une tentative pour enlever son paletot lui avait valu une réprimande de l'officier de service. Et il s'était endormi sur la fin.

En rentrant à la caserne, passé minuit, il avait rencontré des dames d'un âge assez mûr, coiffées en cheveux [1], qui faisaient les cent pas sur leur trottoir.

— Écoute ici, joli garçon, disaient-elles avec des grosses voix rauques.

Il avait bien compris tout de suite ce qu'elles voulaient, n'étant point si naïf qu'on aurait pu le croire. Mais le souvenir, évoqué tout à coup, de sa vieille grand'mère et de Marie Gaos, l'avait fait passer devant elles très dédaigneux, les toisant du haut de sa beauté et de sa jeunesse avec un sourire de moquerie enfantine. Elles avaient même été fort étonnées, les belles, de la réserve de ce matelot :

— As-tu vu celui-là !... Prends garde, sauve-toi, mon fils ; sauve-toi vite, l'on va te manger.

Et le bruit de choses fort vilaines qu'elles lui criaient s'était perdu dans la rumeur vague qui emplissait les rues, par cette nuit de dimanche.

Il se conduisait à Brest comme en Islande, comme au large, il restait vierge. — Mais les autres ne se moquaient pas de lui, parce qu'il était très fort, ce qui inspire le respect aux marins.

VI

Un jour on l'appela au bureau de sa compagnie ; on
avait à lui annoncer qu'il était désigné pour la Chine,
pour l'escadre de Formose [1] !...

Il se doutait depuis longtemps que ça arriverait,
ayant entendu dire à ceux qui lisaient les journaux
que, par là-bas, la guerre n'en finissait plus. A cause
de l'urgence du départ, on le prévenait en même
temps qu'on ne pourrait pas lui donner la permission
accordée d'ordinaire, pour les adieux, à ceux qui vont
en campagne [2] : dans cinq jours, il faudrait faire son
sac et s'en aller.

Il lui vint un trouble extrême : c'était le charme des
grands voyages, de l'inconnu, de la guerre : aussi
l'angoisse de tout quitter, avec l'inquiétude vague de
ne plus revenir.

Mille choses tourbillonnaient dans sa tête. Un
grand bruit se faisait autour de lui, dans les salles du
quartier, où quantité d'autres venaient d'être désignés
aussi pour cette escadre de Chine.

Et vite il écrivit à sa pauvre vieille grand'mère, vite,

au crayon, assis par terre, isolé dans une rêverie
agitée, au milieu du va-et-vient et de la clameur de
tous ces jeunes hommes qui, comme lui, allaient
partir.

VII

— Elle est un peu ancienne, son amoureuse !
disaient les autres, deux jours après, en riant derrière
lui ; c'est égal, ils ont l'air de bien s'entendre tout de
même.

Ils s'amusaient de le voir, pour la première fois, se
promener dans les rues de Recouvrance [1] avec une
femme au bras, comme tout le monde, se penchant
vers elle d'un air tendre, lui disant des choses qui
avaient l'air tout à fait douces.

Une petite personne à la tournure assez alerte, vue
de dos ; — des jupes un peu courtes, par exemple,
pour la mode du jour ; un petit châle brun, et une
grande coiffe de Paimpolaise.

Elle aussi, suspendue à son bras, se retournait vers
lui pour le regarder avec tendresse.

— Elle est un peu ancienne, l'amoureuse !

Ils disaient cela, les autres, sans grande malice,
voyant bien que c'était une bonne vieille grand'mère
venue de la campagne.

... Venue en hâte, prise d'une épouvante affreuse, à
la nouvelle du départ de son petit-fils ; — car cette
guerre de Chine avait déjà coûté beaucoup de marins
au pays de Paimpol.

Ayant réuni toutes ses pauvres petites économies, arrangé dans un carton sa belle robe des dimanches et une coiffe de rechange, elle était partie pour l'embrasser au moins encore une fois.

Tout droit elle avait été le demander à la caserne et d'abord l'adjudant de sa compagnie avait refusé de le laisser sortir.

— Si vous voulez réclamer, allez, ma bonne dame, allez vous adresser au capitaine, le voilà qui passe.

Et carrément, elle y était allée. Celui-ci s'était laissé toucher.

— Envoyez Moan *se changer*, avait-il dit.

Et Moan, quatre à quatre, était monté se mettre en toilette de ville, — tandis que la bonne vieille, pour l'amuser, comme toujours, faisait par derrière à cet adjudant une fine grimace impayable, avec une révérence.

Ensuite, quand il reparut, le petit-fils bien décolleté dans sa tenue de sortie, elle avait été émerveillée de le trouver si beau : sa barbe noire, qu'un coiffeur lui avait taillée, était en pointe à la mode des marins cette année-là, les liettes[2] de sa chemise ouverte étaient frisées menu, et son bonnet avait de longs rubans qui flottaient terminés par des ancres d'or.

Un instant elle s'était imaginé voir son fils Pierre qui, vingt ans auparavant, avait été lui aussi gabier[3] de la flotte, et le souvenir de ce long passé déjà enfui derrière elle, de tous ces morts, avait jeté furtivement sur l'heure présente une ombre triste.

Tristesse vite effacée. Ils étaient sortis bras dessus bras dessous, dans la joie d'être ensemble ; — et c'est alors que, la prenant pour son amoureuse, on l'avait jugée « un peu ancienne ».

Elle l'avait emmené dîner, en partie fine, dans une

auberge tenue par des Paimpolais, qu'on lui avait recommandée comme n'étant pas trop chère. Ensuite, se donnant le bras toujours, ils étaient allés dans Brest, regarder les étalages des boutiques. Et rien n'était si amusant que tout ce qu'elle trouvait à dire pour faire rire son petit-fils, — en breton de Paimpol que les passants ne pouvaient pas comprendre.

VIII

Elle était restée trois jours avec lui, trois jours de fête sur lesquels pesait un *après* bien sombre, autant dire trois jours de grâce.

Et enfin il avait bien fallu repartir, s'en retourner à Ploubazlanec. C'est que d'abord elle était au bout de son pauvre argent. Et puis Sylvestre embarquait le surlendemain, et les matelots sont toujours consignés inexorablement dans les quartiers, la veille des grands départs (un usage qui semble à première vue un peu barbare, mais qui est une précaution nécessaire contre les *bordées* qu'ils ont tendance à courir au moment de se mettre en campagne).

Oh! ce dernier jour!... Elle avait eu beau faire, beau chercher dans sa tête pour dire encore des choses drôles à son petit-fils, elle n'avait rien trouvé, non, mais c'étaient des larmes qui avaient envie de venir, les sanglots qui, à chaque instant, lui montaient à la gorge. Suspendue à son bras, elle lui faisait mille recommandations qui, à lui aussi, donnaient l'envie de pleurer. Et ils avaient fini par entrer dans une église pour dire ensemble leurs prières.

C'est par le train du soir qu'elle s'en était allée. Pour économiser, ils s'étaient rendus à pied à la gare ;

lui, portant son carton de voyage et la soutenant de son bras fort sur lequel elle s'appuyait de tout son poids. Elle était fatiguée, fatiguée, la pauvre vieille ; elle n'en pouvait plus, de s'être tant surmenée pendant trois ou quatre jours. Le dos tout courbé sous son châle brun, ne trouvant plus la force de se redresser, elle n'avait plus rien de jeunet dans la tournure et sentait bien toute l'accablante lourdeur de ses soixante-seize ans. A l'idée que c'était fini, que dans quelques minutes il faudrait le quitter, son cœur se déchirait d'une manière affreuse. Et c'était en Chine qu'il s'en allait, là-bas, à la tuerie ! Elle l'avait encore là, avec elle ; elle le tenait encore de ses deux pauvres mains... et cependant il partirait ; ni toute sa volonté, ni toutes ses larmes, ni tout son désespoir de grand' mère ne pourraient rien pour le garder !...

Embarrassée de son billet, de son panier de provisions, de ses mitaines, agitée, tremblante, elle lui faisait ses recommandations dernières auxquelles il répondait tout bas par de petits *oui* bien soumis, la tête penchée tendrement vers elle, la regardant avec ses bons yeux doux, son air de petit enfant.

— Allons, la vieille, il faut vous décider si vous voulez partir !

La machine sifflait. Prise de la frayeur de manquer le train, elle lui enleva des mains son carton ; — puis laissa retomber la chose à terre, pour se pendre à son cou dans un embrassement suprême.

On les regardait beaucoup dans cette gare, mais ils ne donnaient plus envie de sourire à personne. Poussée par les employés, épuisée, perdue, elle se jeta dans le premier compartiment venu, dont on lui referma brusquement la portière sur les talons, tandis que, lui, prenait sa course légère de matelot, décrivait

une courbe d'oiseau qui s'envole, afin de faire le tour
et d'arriver à la barrière, dehors, à temps pour la voir
passer.

Un grand coup de sifflet, l'ébranlement bruyant des
roues, — la grand'mère passa. — Lui, contre cette
barrière, agitait avec une grâce juvénile son bonnet à
rubans flottants, et elle, penchée à la fenêtre de son
wagon de troisième, faisait signe avec son mouchoir
pour être mieux reconnue. Si longtemps qu'elle put, si
longtemps qu'elle distingua cette forme bleu-noir qui
était encore son petit-fils, elle le suivit des yeux, lui
jetant de toute son âme cet « au revoir » toujours
incertain que l'on dit aux marins quand ils s'en vont.

Regarde-le bien, pauvre vieille femme, ce petit
Sylvestre ; jusqu'à la dernière minute, suis bien sa
silhouette fuyante, qui s'efface là-bas pour jamais...

Et, quand elle ne le vit plus, elle retomba assise,
sans souci de froisser sa belle coiffe, pleurant à
sanglots, dans une angoisse de mort...

Lui, s'en retournait lentement, tête baissée, avec de
grosses larmes descendant sur ses joues. La nuit
d'automne était venue, le gaz allumé partout, la fête
des matelots commencée. Sans prendre garde à rien, il
traversa Brest, puis le pont de Recouvrance, se
rendant au quartier.

— « Écoute ici, joli garçon », disaient déjà les voix
enrouées de ces dames qui avaient commencé leurs
cent pas sur les trottoirs.

Il rentra se coucher dans son hamac, et pleura tout
seul, dormant à peine jusqu'au matin.

IX

. . . .

... Il avait pris le large, emporté très vite sur des mers inconnues, beaucoup plus bleues que celle de l'Islande.

Le navire qui le conduisait en extrême Asie avait ordre de se hâter, de brûler les relâches.

Déjà il avait conscience d'être bien loin, à cause de cette vitesse qui était incessante, égale, qui allait toujours, presque sans souci du vent ni de la mer. Étant gabier, il vivait dans sa mâture, perché comme un oiseau, évitant ces soldats entassés sur le pont, cette cohue d'en bas.

On s'était arrêté deux fois sur la côte de Tunis, pour prendre encore des zouaves [1] et des mulets ; de très loin il avait aperçu des villes blanches sur des sables ou des montagnes. Il était même descendu de sa hune pour regarder curieusement des hommes très bruns, drapés de voiles blancs, qui étaient venus dans des barques pour vendre des fruits : les autres lui avaient dit que c'étaient ça, les Bédouins.

Cette chaleur et ce soleil, qui persistaient toujours, malgré la saison d'automne, lui donnaient l'impression d'un dépaysement extrême.

Un jour, on était arrivé à une ville appelée Port-Saïd[2]. Tous les pavillons d'Europe flottaient dessus au bout de longues hampes, lui donnant un air de Babel en fête, et des sables miroitants l'entouraient comme une mer. On avait mouillé là à toucher les quais, presque au milieu des longues rues à maisons de bois. Jamais, depuis le départ, il n'avait vu si clair et de si près le monde du dehors, et cela l'avait distrait, cette agitation, cette profusion de bateaux.

Avec un bruit continuel de sifflets et de sirènes à vapeur, tous ces navires s'engouffraient dans une sorte de long canal[3], étroit comme un fossé, qui fuyait en ligne argentée dans l'infini de ces sables. Du haut de sa hune, il les voyait s'en aller comme en procession pour se perdre dans les plaines.

Sur ces quais circulaient toute espèce de costumes ; des hommes en robes de toutes les couleurs, affairés, criant, dans le grand coup de feu du transit. Et le soir, aux sifflets diaboliques des machines, étaient venus se mêler les tapages confus de plusieurs orchestres, jouant des choses bruyantes, comme pour endormir les regrets déchirants de tous les exilés qui passaient.

Le lendemain, dès le soleil levé, ils étaient entrés eux aussi dans l'étroit ruban d'eau entre les sables, suivis d'une queue de bateaux de tous les pays. Cela avait duré deux jours, cette promenade à la file dans le désert ; puis une autre mer[4] s'était ouverte devant eux, et ils avaient repris le large.

On marchait à toute vitesse toujours ; cette mer plus chaude avait à sa surface des marbrures rouges et quelquefois l'écume battue du sillage avait la couleur du sang. Il vivait presque tout le temps dans sa hune, se chantant tout bas à lui-même *Jean-François de*

Nantes, pour se rappeler son frère Yann, l'Islande, le bon temps passé.

Quelquefois, dans le fond des lointains pleins de mirages, il voyait apparaître quelque montagne de nuance extraordinaire. Ceux qui menaient le navire connaissaient sans doute, malgré l'éloignement et le vague, ces caps avancés des continents qui sont comme des points de repère éternels sur les grands chemins du monde. Mais, quand on est gabier, on navigue emporté comme une chose, sans rien savoir, ignorant les distances et les mesures sur l'étendue qui ne finit pas.

Lui, n'avait que la notion d'un éloignement effroyable qui augmentait toujours ; mais il en avait la notion très nette, en regardant de haut ce sillage, bruissant, rapide, qui fuyait derrière ; en comptant depuis combien durait cette vitesse qui ne se ralentissait ni jour ni nuit.

En bas, sur le pont, la foule, les hommes entassés à l'ombre des tentes, haletaient avec accablement. L'eau, l'air, la lumière avaient pris une splendeur morne, écrasante ; et la fête éternelle de ces choses était comme une ironie pour les êtres, pour les existences organisées qui sont éphémères.

... Une fois, dans sa hune, il fut très amusé par des nuées de petits oiseaux, d'espèce inconnue, qui vinrent se jeter sur le navire comme des tourbillons de poussière noire. Ils se laissaient prendre et caresser, n'en pouvant plus. Tous les gabiers en avaient sur leurs épaules.

Mais bientôt les plus fatigués commencèrent à mourir.

... Ils mouraient par milliers, sur les vergues, sur les

sabords, ces tout petits, au soleil terrible de la mer
Rouge.

Ils étaient venus de par delà les grands déserts,
poussés par un vent de tempête. Par peur de tomber
dans cet infini bleu qui était partout, ils s'étaient
abattus, d'un dernier vol épuisé, sur ce bateau qui
passait. Là-bas, au fond de quelque région lointaine
de la Libye, leur race avait pullulé dans des amours
exubérantes. Leur race avait pullulé sans mesure, et il
y en avait eu trop ; alors la mère aveugle, et sans âme,
la mère nature, avait chassé d'un souffle cet excès de
petits oiseaux avec la même impassibilité que s'il se
fût agi d'une génération d'hommes.

Et ils mouraient tous sur ces ferrures chaudes du
navire ; le pont était jonché de leurs petits corps qui
hier palpitaient de vie, de chants et d'amour... Petites
loques noires, aux plumes mouillées, Sylvestre et les
gabiers les ramassaient, étendant dans leurs mains,
d'un air de commisération, ces fines ailes bleuâtres, —
et puis les poussaient au grand néant de la mer, à
coups de balai...

Ensuite passèrent les sauterelles, filles de celles de
Moïse [5], et le navire en fut couvert.

Puis on navigua encore plusieurs jours dans du bleu
inaltérable où on ne voyait plus rien de vivant, — si ce
n'est des poissons quelquefois, qui volaient au ras de
l'eau...

X

... De la pluie à torrents, sous un ciel lourd et tout noir ; — c'était l'Inde [1]. Sylvestre venait de mettre le pied sur cette terre-là, le hasard l'ayant fait choisir à bord pour compléter l'*armement* d'une baleinière.

A travers l'épaisseur des feuillages, il recevait l'ondée tiède, et regardait autour de lui les choses étranges. Tout était magnifiquement vert ; les feuilles des arbres étaient faites comme des plumes gigantesques, et les gens qui se promenaient avaient de grands yeux veloutés qui semblaient se fermer sous le poids de leurs cils. Le vent qui poussait cette pluie sentait le musc et les fleurs.

Des femmes lui faisaient signe de venir : quelque chose comme le *Écoute ici, joli garçon*, entendu maintes fois dans Brest. Mais, au milieu de ce pays enchanté, leur appel était troublant et faisait passer des frissons dans la chair. Leurs poitrines superbes se bombaient sous les mousselines transparentes qui les drapaient ; elles étaient fauves et polies comme du bronze.

Hésitant encore, et pourtant fasciné par elles, il s'avançait déjà, peu à peu, pour les suivre...

... Mais voici qu'un petit coup de sifflet de marine,

modulé en trilles d'oiseau, le rappela brusquement dans sa baleinière, qui allait repartir.

Il prit sa course, — et adieu les belles de l'Inde[2]. Quand on se retrouva au large le soir, il était encore vierge comme un enfant.

Après une nouvelle semaine de mer bleue, on s'arrêta dans un autre pays de pluie et de verdure. Une nuée de bonshommes jaunes, qui poussaient des cris, envahit tout de suite le bord, apportant du charbon dans des paniers.

— Alors, nous sommes donc déjà en Chine? demanda Sylvestre, voyant qu'ils avaient tous des figures de magot et des queues.

On lui dit que non; encore un peu de patience : ce n'était que Singapour[3]. Il remonta dans sa hune; pour éviter la poussière noirâtre que le vent promenait, tandis que le charbon des milliers de petits paniers s'entassait fiévreusement dans les soutes.

Enfin on arriva un jour dans un pays appelé Tourane[4], où se trouvait au mouillage une certaine *Circé*[5] tenant un blocus. C'était le bateau auquel il se savait depuis longtemps destiné, et on l'y déposa avec son sac.

Il y retrouva des *pays*, même deux *Islandais* qui, pour le moment, étaient canonniers.

Le soir, par ces temps toujours chauds et tranquilles où il n'y avait rien à faire, ils se réunissaient sur le pont, isolés des autres, pour former ensemble une petite Bretagne de souvenir.

Il dut passer cinq mois d'inaction et d'exil dans cette baie triste, avant le moment désiré d'aller se battre.

Paimpol, — le dernier jour de février, — veille du départ des pêcheurs pour l'Islande.

Gaud se tenait debout contre la porte de sa chambre, immobile et devenue très pâle.

C'est que Yann était en bas, à causer avec son père. Elle l'avait vu venir, et elle entendait vaguement résonner sa voix.

Ils ne s'étaient pas rencontrés de tout l'hiver, comme si une fatalité les eût toujours éloignés l'un de l'autre.

Après sa course à Pors-Even, elle avait fondé quelque espérance sur le *pardon des Islandais*[1], où l'on a beaucoup d'occasions de se voir et de causer, sur la place, le soir, dans les groupes. Mais, dès le matin de cette fête, les rues étant déjà tendues de blanc, ornées de guirlandes vertes, une mauvaise pluie s'était mise à tomber à torrents, chassée de l'ouest par une brise gémissante ; sur Paimpol, on n'avait jamais vu le ciel si noir. « Allons, ceux de Ploubazlanec ne viendront pas », avaient dit tristement les filles qui avaient leurs amoureux de ce côté-là. Et en effet ils n'étaient pas venus, ou bien s'étaient vite enfermés à

boire. Pas de procession, pas de promenade, et elle, le
cœur plus serré que de coutume, était restée derrière
ses vitres toute la soirée, écoutant ruisseler l'eau des
toits et monter du fond des cabarets les chants
bruyants des pêcheurs.

Depuis quelques jours, elle avait prévu cette visite
d'Yann, se doutant bien que, pour cette affaire de
vente de barque non encore réglée, le père Gaos, qui
n'aimait pas venir à Paimpol, enverrait son fils. Alors
elle s'était promis qu'elle irait à lui, ce que les filles ne
font pas d'ordinaire, qu'elle lui parlerait pour en avoir
le cœur net. Elle lui reprocherait de l'avoir troublée,
puis abandonnée, à la manière des garçons qui n'ont
pas d'honneur. Entêtement, sauvagerie, attachement
au métier de la mer, ou crainte d'un refus... si tous ces
obstacles indiqués par Sylvestre étaient les seuls, ils
pourraient bien tomber, qui sait! après un entretien
franc comme serait le leur. Et alors, peut-être, reparaîtrait son beau sourire, qui arrangerait tout, — ce
même sourire qui l'avait tant surprise et charmée
l'hiver d'avant, pendant certaine nuit de bal passée
tout entière à valser entre ses bras. Et cet espoir lui
rendait du courage, l'emplissait d'une impatience
presque douce.

De loin, tout paraît toujours si facile, si simple à
dire et à faire.

Et, précisément, cette visite d'Yann tombait à une
heure choisie : elle était sûre que son père, en ce
moment assis à fumer, ne se dérangerait pas pour le
reconduire ; donc, dans le corridor où il n'y aurait
personne, elle pourrait avoir enfin son explication
avec lui.

Mais voici qu'à présent, le moment venu, cette
hardiesse lui semblait extrême. L'idée seulement de le

rencontrer, de le voir face à face au pied de ces marches la faisait trembler. Son cœur battait à se rompre... Et dire que, d'un moment à l'autre, cette porte en bas allait s'ouvrir, — avec le petit bruit grinçant qu'elle connaissait bien, — pour lui donner passage !

Non, décidément, elle n'oserait jamais ; plutôt se consumer d'attente et mourir de chagrin, que tenter une chose pareille. Et déjà elle avait fait quelques pas pour retourner au fond de sa chambre, s'asseoir et travailler.

Mais elle s'arrêta encore, hésitante, effarée, se rappelant que c'était demain le départ pour l'Islande et que cette occasion de le voir était unique. Il faudrait donc, si elle la manquait, recommencer des mois de solitude et d'attente, languir après son retour, perdre encore tout un été de sa vie...

En bas, la porte s'ouvrit : Yann sortait ! Brusquement résolue, elle descendit en courant l'escalier, et arriva tremblante, se planter devant lui.

— Monsieur Yann, je voudrais vous parler, s'il vous plaît.

— A moi !... mademoiselle Gaud ?... dit-il en baissant la voix, portant la main à son chapeau.

Il la regardait d'un air sauvage, avec ses yeux vifs, la tête rejetée en arrière, l'expression dure, ayant même l'air de se demander si seulement il s'arrêterait. Un pied en avant, prêt à fuir, il plaquait ses larges épaules à la muraille, comme pour être moins près d'elle dans ce couloir étroit où il se voyait pris.

Glacée, alors, elle ne retrouvait plus rien de ce qu'elle avait préparé pour lui dire : elle n'avait pas prévu qu'il pourrait lui faire cet affront-là, de passer sans l'avoir écoutée...

— Est-ce que notre maison vous fait peur, monsieur Yann ? demanda-t-elle d'un ton sec et bizarre,
qui n'était pas celui qu'elle voulait avoir.

Lui, détournait les yeux regardant dehors. Ses joues
étaient devenues très rouges, une montée de sang lui
brûlait le visage, et ses narines mobiles se dilataient à
chaque respiration, suivant les mouvements de sa
poitrine, comme celles des taureaux.

Elle essaya de continuer :

— Le soir du bal où nous étions ensemble, vous
m'aviez dit au revoir comme on ne le dit pas à une
indifférente... Monsieur Yann, vous êtes sans
mémoire donc... Que vous ai-je fait ?

... Le mauvais vent d'ouest qui s'engouffrait là,
venant de la rue, agitait les cheveux d'Yann, les ailes
de la coiffe de Gaud, et, derrière eux, fit furieusement
battre une porte. On était mal dans ce corridor pour
parler de choses graves. Après ces premières phrases,
étranglées dans sa gorge, Gaud restait muette, sentant
tourner sa tête, n'ayant plus d'idées. Ils s'étaient
avancés vers la porte de la rue, lui, fuyant toujours.

Dehors, il ventait avec un grand bruit et le ciel était
noir. Par cette porte ouverte, un éclairage livide et
triste tombait en plein sur leurs figures. Et une voisine
d'en face les regardait : qu'est-ce qu'ils pouvaient se
dire, ces deux-là, dans ce corridor, avec des airs si
troublés ? qu'est-ce qui se passait donc chez les
Mével ?

— Non, mademoiselle Gaud, — répondit-il à la fin
en se dégageant avec une aisance de fauve. — Déjà
j'en ai entendu dans le pays, qui parlaient sur nous...
Non, mademoiselle Gaud... Vous êtes riche, nous ne
sommes pas gens de la même classe. Je ne suis pas un
garçon à venir chez vous, moi...

Et il s'en alla...

Ainsi tout était fini, fini à jamais. Et elle n'avait même rien dit de ce qu'elle voulait dire, dans cette entrevue qui n'avait réussi qu'à la faire passer à ses yeux pour une effrontée... Quel garçon était-il donc, ce Yann, avec son dédain des filles, son dédain de l'argent, son dédain de tout !...

Elle restait d'abord clouée sur place, voyant les choses remuer autour d'elle, avec du vertige...

Et puis une idée, plus intolérable que toutes, lui vint comme un éclair : des camarades d'Yann, des Islandais, faisaient les cent pas sur la place, l'attendant ! s'il allait leur raconter cela, s'amuser d'elle, comme ce serait un affront encore plus odieux ! Elle remonta vite dans sa chambre, pour les observer à travers ses rideaux...

Devant la maison, elle vit en effet le groupe de ces hommes. Mais ils regardaient tout simplement le temps, qui devenait de plus en plus sombre, et faisaient des conjectures sur la grande pluie menaçante, disant :

— Ce n'est qu'un grain ; entrons boire, tandis que ça passera.

Et puis ils plaisantèrent à haute voix sur Jeannie Caroff, sur différentes belles ; mais aucun ne se retourna vers sa fenêtre.

Ils étaient gais tous, excepté lui qui ne répondait pas, ne souriait pas, mais demeurait grave et triste. Il n'entra point boire avec les autres et, sans plus prendre garde à eux ni à la pluie commencée, marchant lentement sous l'averse comme quelqu'un absorbé dans une rêverie, il traversa la place, dans la direction de Ploubazlanec...

Alors elle lui pardonna tout, et un sentiment de

tendresse sans espoir prit la place de l'amer dépit qui
lui était d'abord monté au cœur.

Elle s'assit, la tête dans ses mains. Que faire à
présent ?

Oh ! s'il avait pu l'écouter rien qu'un moment ;
plutôt, s'il pouvait venir là, seul avec elle dans cette
chambre où on se parlerait en paix, tout s'expliquerait
peut-être encore.

Elle l'aimait assez pour oser le lui avouer en face.
Elle lui dirait : « Vous m'avez cherchée quand je ne
vous demandais rien ; à présent, je suis à vous de toute
mon âme si vous me voulez ; voyez, je ne redoute pas
de devenir la femme d'un pêcheur, et cependant,
parmi les garçons de Paimpol, je n'aurais qu'à choisir
si j'en désirais un pour mari ; mais je vous aime vous,
parce que, malgré tout, je vous crois meilleur que les
autres jeunes hommes ; je suis un peu riche, je sais que
je suis jolie ; bien que j'aie habité dans les villes, je
vous jure que je suis une fille sage, n'ayant jamais rien
fait de mal ; alors, puisque je vous aime tant, pourquoi
ne me prendriez-vous pas ? »

... Mais tout cela ne serait jamais exprimé, jamais
dit qu'en rêve ; il était trop tard, Yann ne l'entendrait
point. Tenter de lui parler une seconde fois... oh ! non !
pour quelle espèce de créature la prendrait-il, alors !...
Elle aimerait mieux mourir.

Et demain, ils partaient tous pour l'Islande !

Seule dans sa belle chambre, où entrait le jour
blanchâtre de février, ayant froid, assise au hasard sur
une des chaises rangées le long du mur, il lui semblait
voir crouler le monde, avec les choses présentes et les
choses à venir, au fond d'un vide morne, effroyable,
qui venait de se creuser partout autour d'elle.

Elle souhaitait être débarrassée de la vie, être déjà

couchée bien tranquille sous une pierre, pour ne plus
souffrir... Mais, vraiment, elle lui pardonnait, et
aucune haine n'était mêlée à son amour désespéré
pour lui...

roulée bien tranquille sous une pierre, pour ne plus
souffrir. Mais, vraiment, elle lui pardonnait :
aucune faute n'était échue à son amour désespéré
pour lui.

XII

. . . .

La mer, la mer grise.

Sur la grand'route non tracée qui mène, chaque été,
les pêcheurs en Islande, Yann filait doucement depuis
un jour.

La veille, quand on était parti au chant des vieux
cantiques, il soufflait une brise du sud, et tous les
navires, couverts de voiles, s'étaient dispersés comme
des mouettes.

Puis cette brise était devenue plus molle, et les
marches s'étaient ralenties; des bancs de brume
voyageaient au ras des eaux.

Yann était peut-être plus silencieux que d'habitude.
Il se plaignait du temps trop calme et paraissait avoir
besoin de s'agiter, pour chasser de son esprit quelque
obsession. Il n'y avait pourtant rien à faire, qu'à
glisser tranquillement au milieu de choses tranquilles;
rien qu'à respirer et à se laisser vivre. En regardant,
on ne voyait que des grisailles profondes; en écoutant,
on n'entendait que du silence...

... Tout à coup, un bruit sourd, à peine perceptible,
mais inusité et venu d'en dessous avec une sensation
de raclement, comme en voiture lorsque l'on serre les

freins des roues! Et la *Marie*, cessant sa marche, demeura immobilisée...

Échoués [1]!!! où et sur quoi? Quelque banc de la côte anglaise, probablement. Aussi, on ne voyait rien depuis la veille au soir, avec ces brumes en rideaux.

Les hommes s'agitaient, couraient, et leur excitation de mouvement contrastait avec cette tranquillité brusque, figée, de leur navire. Voilà, elle s'était arrêtée à cette place, la *Marie*, et n'en bougeait plus. Au milieu de cette immensité de choses fluides, qui, par ces temps mous, semblaient n'avoir même pas de consistance, elle avait été saisie par je ne sais quoi de résistant et d'immuable qui était dissimulé sous ces eaux; elle y était bien prise, et risquait peut-être d'y mourir.

Qui n'a vu un pauvre oiseau, une pauvre mouche, s'attraper par les pattes à de la glu?

D'abord on ne s'en aperçoit guère; cela ne change pas leur aspect; il faut savoir qu'ils sont pris par en dessous et en danger de ne s'en tirer jamais.

C'est quand ils se débattent ensuite, que la chose collante vient souiller leurs ailes, leur tête, et que, peu à peu, ils prennent cet air pitoyable d'une bête en détresse qui va mourir.

Pour la *Marie*, c'était ainsi; au commencement cela ne paraissait pas beaucoup; elle se tenait bien un peu inclinée, il est vrai, mais c'était en plein matin, par un beau temps calme; il fallait *savoir* pour s'inquiéter et comprendre que c'était grave.

Le capitaine faisait un peu pitié, lui qui avait commis la faute en ne s'occupant pas assez du point où l'on était; il secouait ses mains en l'air en disant:

— *Ma Doué! ma Doué!* sur un ton de désespoir.

Tout près d'eux, dans une éclaircie, se dessina un

cap qu'ils ne reconnaissaient pas bien. Il s'embruma presque aussitôt ; on ne le distingua plus.

D'ailleurs, aucune voile en vue, aucune fumée. — Et pour le moment, ils aimaient presque mieux cela : ils avaient grande crainte de ces sauveteurs anglais[2] qui viennent de force vous tirer de peine à leur manière, et dont il faut se défendre comme de pirates.

Ils se démenaient tous, changeant, chavirant l'arrimage. Turc, leur chien, qui ne craignait pourtant pas les mouvements de la mer, était très émotionné lui aussi par cet incident : ces bruits d'en dessous, ces secousses dures quand la houle passait, et puis ces immobilités, il comprenait très bien que tout cela n'était pas naturel, et se cachait dans les coins, la queue basse.

Après, ils amenèrent des embarcations pour mouiller des ancres, essayer de se *déhaler*[3], en réunissant toutes leurs forces sur des amarres — une rude manœuvre qui dura dix heures d'affilée ; — et, le soir venu, le pauvre bateau, arrivé le matin si propre et pimpant, prenait déjà mauvaise figure, inondé, souillé, en plein désarroi. Il s'était débattu, secoué de toutes les manières, et restait toujours là, cloué comme un bateau mort.

La nuit allait les prendre, le vent se levait et la houle était plus haute ; cela tournait mal quand, tout à coup, vers six heures, les voilà dégagés, partis, cassant les amarres qu'ils avaient laissées pour se tenir... Alors on vit les hommes courir comme des fous de l'avant à l'arrière en criant :

— Nous flottons !

Ils flottaient en effet ; mais comment dire cette joie-là, de *flotter* ; de se sentir s'en aller, redevenir une chose légère, vivante, au lieu d'un commencement d'épave qu'on était tout à l'heure !...

Et, du même coup, la tristesse d'Yann s'était envolée aussi. Allégé comme son bateau, guéri par la saine fatigue de ses bras, il avait retrouvé son air insouciant, secoué ses souvenirs.

Le lendemain matin, quand on eut fini de relever les ancres, il continua sa route vers sa froide Islande, le cœur en apparence aussi libre que dans ses premières années.

XIII

. . . .

On distribuait un courrier de France, là-bas, à bord
de la *Circé*, en rade d'Ha-Long [1], à l'autre bout de la
terre. Au milieu d'un groupe serré de matelots, le
vaguemestre appelait à haute voix les noms des
heureux, qui avaient des lettres. Cela se passait le soir,
dans la batterie, en se bousculant autour d'un fanal.

— « Moan, Sylvestre ! » — Il y en avait une pour
lui, une qui était bien timbrée de Paimpol, — mais ce
n'était pas l'écriture de Gaud. Qu'est-ce que cela
voulait dire ? Et de qui venait-elle ?

L'ayant tournée et retournée, il l'ouvrit craintivement.

Ploubazlanec, ce 5 mars 1884.

« Mon cher petit-fils, »

. . . .

C'était bien de sa bonne vieille grand'mère ; alors il
respira mieux. Elle avait même apposé au bas sa
grosse signature apprise par cœur, toute tremblée et
écolière : « Veuve Moan. »

Veuve Moan. Il porta le papier à ses lèvres, d'un

mouvement irréfléchi, et embrassa ce pauvre nom comme une sainte amulette. C'est que cette lettre arrivait à une heure suprême de sa vie : demain matin, dès le jour, il partait pour aller au feu.

On était au milieu d'avril ; Bac-Ninh et Hong-Hoa venaient d'être pris [2]. Aucune grande opération n'était prochaine dans ce Tonkin, — pourtant les renforts qui arrivaient ne suffisaient pas, — alors on prenait à bord des navires tout ce qu'ils pouvaient encore donner pour compléter les compagnies de marins déjà débarquées. Et Sylvestre, qui avait langui longtemps dans les croisières et les blocus, venait d'être désigné avec quelques autres pour combler des vides dans ces compagnies-là.

En ce moment, il est vrai, on parlait de paix ; mais quelque chose leur disait tout de même qu'ils débarqueraient encore à temps pour se battre un peu. Ayant arrangé leurs sacs, terminé leurs préparatifs, et fait leurs adieux, ils s'étaient promenés toute la soirée au milieu des autres qui restaient, se sentant grandis et fiers auprès de ceux-là ; chacun à sa manière manifestait ses impressions de départ, les uns graves, un peu recueillis ; les autres se répandant en exubérantes paroles.

Sylvestre, lui, était assez silencieux et concentrait en lui-même son impatience d'attente ; seulement quand on le regardait, son petit sourire contenu disait bien : « Oui, j'en suis en effet, et c'est pour demain matin. » La guerre, le feu, il ne s'en faisait encore qu'une idée incomplète ; mais cela le fascinait pourtant, parce qu'il était de vaillante race.

... Inquiet de Gaud, à cause de cette écriture étrangère, il cherchait à s'approcher d'un fanal pour pouvoir bien lire. Et c'était difficile au milieu de ces groupes d'hommes demi-nus, qui se pressaient là, pour lire aussi, dans la chaleur irrespirable de cette batterie...

Dès le début de sa lettre, comme il l'avait prévu, la grand'mère Yvonne expliquait pourquoi elle avait été obligée de recourir à la main peu experte d'une vieille voisine :

« Mon cher enfant, je ne te fais pas écrire cette fois par ta cousine, parce qu'elle est bien dans la peine. Son père a été pris de mort subite, il y a deux jours. Et il paraît que toute sa fortune a été mangée, à de mauvais jeux d'argent qu'il avait faits cet hiver dans Paris. On va donc vendre sa maison et ses meubles. C'est une chose à laquelle personne ne s'attendait dans le pays. Je pense, mon cher enfant, que cela va te faire comme à moi beaucoup de peine.

» Le fils Gaos te dit bien le bonjour ; il a renouvelé engagement avec le capitaine Guermeur, toujours sur la *Marie,* et le départ pour l'Islande a eu lieu d'assez bonne heure cette année. Ils ont appareillé le 1er du courant, l'avant-veille du grand malheur arrivé à notre pauvre Gaud, et ils n'en ont pas eu connaissance encore.

» Mais tu dois bien penser, mon cher fils, qu'à présent c'est fini, nous ne les marierons pas ; car ainsi elle va être obligée de travailler pour gagner son pain... »

... Il resta atterré ; ces mauvaises nouvelles lui avaient gâté toute sa joie d'aller se battre...

TROISIÈME PARTIE

I

... Dans l'air, une balle qui siffle !... Sylvestre s'arrête court, dressant l'oreille...

C'est sur une plaine infinie, d'un vert tendre et velouté de printemps. Le ciel est gris, pesant aux épaules.

Ils sont là six matelots armés, en reconnaissance au milieu des fraîches rizières, dans un sentier de boue...

... Encore !!... ce même bruit dans le silence de l'air ! — Bruit aigre et ronflant, espèce de *dzinn* prolongé, donnant bien l'impression de la petite chose méchante et dure qui passe là tout droit, très vite, et dont la rencontre peut être mortelle.

Pour la première fois de sa vie, Sylvestre écoute cette musique-là. Ces balles qui vous arrivent sonnent autrement que celles que l'on tire soi-même : le coup de feu, parti de loin, est atténué, on ne l'entend plus ; alors on distingue mieux ce petit bourdonnement de métal, qui file en traînée rapide, frôlant vos oreilles...

... Et *dzinn* encore, et *dzinn* ! Il en pleut maintenant,

des balles. Tout près des marins, arrêtés net, elles s'enfoncent dans le sol inondé de la rizière, chacune avec un petit *flac* de grêle, sec et rapide, et un léger éclaboussement d'eau.

Eux se regardent, en souriant comme d'une farce drôlement jouée, et ils disent :

— Les Chinois ! (Annamites, Tonkinois, Pavillons-Noirs [1], pour les matelots, tout cela c'est de la même famille chinoise.)

Et comment rendre ce qu'ils mettent de dédain, de vieille rancune moqueuse, d'entrain pour se battre, dans cette manière de les annoncer : « Les Chinois ! »

Deux ou trois balles sifflent encore, plus rasantes, celles-ci ; on les voit ricocher, comme des sauterelles dans l'herbe. Cela n'a pas duré une minute, ce petit arrosage de plomb, et déjà cela cesse. Sur la grande plaine verte, le silence absolu revient, et nulle part on n'aperçoit rien qui bouge.

Ils sont tous les six encore debout, l'œil au guet, prenant le vent, ils cherchent d'où cela a pu venir.

De là-bas, sûrement, de ce bouquet de bambous, qui fait dans la plaine comme un îlot de plumes, et derrière lesquels apparaissent, à demi cachées, des toitures cornues. Alors ils y courent ; dans la terre détrempée de la rizière, leurs pieds s'enfoncent ou glissent ; Sylvestre, avec ses jambes plus longues et plus agiles, est celui qui court devant.

Rien ne siffle plus ; on dirait qu'ils ont rêvé...

Et comme, dans tous les pays du monde, certaines choses sont toujours et éternellement les mêmes, — le gris des ciels couverts, la teinte fraîche des prairies au printemps, — on croirait voir les champs de France, avec des jeunes hommes courant là gaîment, pour tout autre jeu que celui de la mort.

Mais, à mesure qu'ils s'approchent, ces bambous montrent mieux la finesse exotique de leur feuillée[2], ces toits de village accentuent l'étrangeté de leur courbure, et des hommes jaunes, embusqués derrière, avancent, pour regarder, leurs figures plates contractées par la malice et la peur... Puis brusquement, ils sortent en jetant un cri, et se déploient en une longue ligne tremblante, mais décidée et dangereuse.

— Les Chinois! disent encore les matelots, avec leur même brave sourire.

Mais c'est égal, ils trouvent cette fois qu'il y en a beaucoup, qu'il y en a trop. Et l'un d'eux, en se retournant, en aperçoit d'autres, qui arrivent par derrière, émergeant d'entre les herbages...

. . . .

... Il fut très beau, dans cet instant, dans cette journée, le petit Sylvestre; sa vieille grand'mère eût été fière de le voir si guerrier!

Déjà transfiguré depuis quelques jours, bronzé, la voix changée, il était là comme dans un élément à lui. A une minute d'indécision suprême, les matelots, éraflés par les balles, avaient presque commencé ce mouvement de recul qui eût été leur mort à tous; mais Sylvestre avait continué d'avancer; ayant pris son fusil par le canon, il tenait tête à tout un groupe, fauchant de droite et de gauche, à grands coups de crosse qui assommaient. Et, grâce à lui, la partie avait changé de tournure : cette panique, cet affolement, ce je ne sais quoi, qui décide aveuglément de tout, dans ces petites batailles non dirigées, était passé du côté des Chinois; c'étaient eux qui avaient commencé à reculer.

... C'était fini maintenant, ils fuyaient. Et les six

matelots, ayant rechargé leurs armes à tir rapide, les
abattaient à leur aise ; il y avait des flaques rouges
dans l'herbe, des corps effondrés, des crânes versant
leur cervelle dans l'eau de la rizière.

Ils fuyaient tout courbés, rasant le sol, s'aplatissant
comme des léopards. Et Sylvestre courait après, déjà
blessé deux fois, un coup de lance à la cuisse, une
entaille profonde dans le bras ; mais ne sentant rien
que l'ivresse de se battre, cette ivresse non raisonnée
qui vient du sang vigoureux, celle qui donne aux
simples le courage superbe, celle qui faisait les héros
antiques.

Un, qu'il poursuivait, se retourna pour le mettre en
joue, dans une inspiration de terreur désespérée.
Sylvestre s'arrêta, souriant, méprisant, sublime, pour
le laisser décharger son arme, puis se jeta un peu sur
la gauche, voyant la direction du coup qui allait
partir. Mais, dans le mouvement de détente, le canon
de ce fusil dévia par hasard dans le même sens. Alors,
lui, sentit une commotion à la poitrine, et, compre-
nant bien ce que c'était, par un éclair de pensée,
même avant toute douleur, il détourna la tête vers les
autres marins qui suivaient, pour essayer de leur dire,
comme un vieux soldat, la phrase consacrée : « Je
crois que j'ai mon compte ! » Dans la grande aspira-
tion qu'il fit, venant de courir, pour prendre, avec sa
bouche, de l'air plein ses poumons, il en sentit entrer
aussi, par un trou à son sein droit, avec un petit bruit
horrible, comme dans un soufflet crevé. En même
temps, sa bouche s'emplit de sang, tandis qu'il lui
venait au côté une douleur aiguë, qui s'exaspérait vite,
vite, jusqu'à être quelque chose d'atroce et d'indi-
cible.

Il tourna sur lui-même deux ou trois fois, la tête

perdue de vertige et cherchant à reprendre son souffle au milieu de tout ce liquide rouge dont la montée l'étouffait, — et puis, lourdement, dans la boue, il s'abattit.

II

. . . .

Environ quinze jours après, comme le ciel se faisait
déjà plus sombre à l'approche des pluies, et la chaleur
plus lourde sur ce Tonkin jaune, Sylvestre, qu'on
avait rapporté à Hanoï, fut envoyé en rade d'Ha-Long
et mis à bord d'un navire-hôpital [1] qui rentrait en
France.

Il avait été longtemps promené sur divers bran-
cards, avec des temps d'arrêt dans des ambulances.
On avait fait ce qu'on avait pu; mais, dans ces
conditions mauvaises, sa poitrine s'était remplie
d'eau, du côté percé, et l'air entrait toujours, en
gargouillant, par ce trou qui ne se fermait pas.

On lui avait donné la médaille militaire et il en
avait eu un moment de joie.

Mais il n'était plus le guerrier d'avant, à l'allure
décidée, à la voix vibrante et brève. Non, tout cela
était tombé devant la longue souffrance et la fièvre
amollissante. Il était redevenu enfant, avec le mal du
pays; il ne parlait presque plus, répondant à peine
d'une petite voix douce, presque éteinte. Se sentir si
malade, et être si loin, si loin; penser qu'il faudrait
tant de jours et de jours avant d'arriver au pays, —

vivrait-il seulement jusque-là, avec ses forces qui diminuaient?... Cette notion d'effroyable éloignement était une chose qui l'obsédait sans cesse; qui l'oppressait à ses réveils, — quand, après les heures d'assoupissement, il retrouvait la sensation affreuse de ses plaies, la chaleur de sa fièvre et le petit bruit soufflant de sa poitrine crevée. Aussi il avait supplié qu'on l'embarquât, au risque de tout.

Il était très lourd à porter dans son cadre; alors, sans le vouloir, on lui donnait des secousses cruelles en le charroyant.

A bord de ce transport qui allait partir, on le coucha dans l'un des petits lits de fer alignés à l'hôpital et il recommença en sens inverse sa longue promenade à travers les mers. Seulement, cette fois, au lieu de vivre comme un oiseau dans le plein vent des hunes, c'était dans les lourdeurs d'en bas, au milieu des exhalaisons de remèdes, de blessures et de misères.

Les premiers jours, la joie d'être en route avait amené en lui un peu de mieux. Il pouvait se tenir soulevé sur son lit avec des oreillers, et de temps en temps il demandait sa boîte. Sa boîte de matelot était le coffret de bois blanc, acheté à Paimpol, pour mettre ses choses précieuses; on y trouvait les lettres de la grand'mère Yvonne, celles d'Yann et de Gaud, un cahier où il avait copié des chansons du bord, et un livre de Confucius en chinois, pris au hasard d'un pillage, sur lequel, au revers blanc des feuillets, il avait inscrit le journal naïf de sa campagne.

Le mal pourtant ne s'améliorait pas et, dès la première semaine, les médecins pensèrent que la mort ne pouvait plus être évitée.

... Près de l'Équateur maintenant [2], dans l'excessive

chaleur des orages. Le transport s'en allait, secouant
ses lits, ses blessés et ses malades ; s'en allait toujours
vite, sur une mer remuée, tourmentée encore comme
au renversement des moussons.

Depuis le départ d'Ha-Long, il en était mort plus
d'un, qu'il avait fallu jeter dans l'eau profonde, sur ce
grand chemin de France ; beaucoup de ces petits lits
s'étaient débarrassés déjà de leur pauvre contenu.

Et ce jour-là, dans l'hôpital mouvant, il faisait très
sombre : on avait été obligé, à cause de la houle, de
fermer les mantelets[3] en fer des sabords, et cela
rendait plus horrible cet étouffoir de malades.

Il allait plus mal, lui ; c'était la fin. Couché toujours
sur son côté percé, il le comprimait des deux mains,
avec tout ce qui lui restait de force, pour immobiliser
cette eau, cette décomposition liquide dans ce pou-
mon droit, et tâcher de respirer seulement avec
l'autre. Mais cet autre aussi, peu à peu, s'était pris par
voisinage, et l'angoisse suprême était commencée.

Toute sorte de visions du pays hantaient son
cerveau mourant ; dans l'obscurité chaude, des figures
aimées ou affreuses venaient se pencher sur lui ; il
était dans un perpétuel rêve d'halluciné, où passaient
la Bretagne et l'Islande.

Le matin, il avait fait appeler le prêtre, et celui-ci,
qui était un vieillard habitué à voir mourir des
matelots, avait été surpris de trouver, sous cette
enveloppe si virile, la pureté d'un petit enfant.

Il demandait de l'air, de l'air ; mais il n'y en avait
nulle part ; les manches à vent n'en donnaient plus ;
l'infirmier, qui l'éventait tout le temps avec un
éventail à fleurs chinoises, ne faisait que remuer sur
lui des buées malsaines, des fadeurs déjà cent fois
respirées, dont les poitrines ne voulaient plus.

Quelquefois, il lui prenait des rages désespérées pour sortir de ce lit, où il sentait si bien la mort venir ; d'aller au plein vent là-haut, essayer de revivre... Oh ! les autres, qui couraient dans les haubans, qui habitaient dans les hunes !... Mais tout son grand effort pour s'en aller n'aboutissait qu'à un soulèvement de sa tête et de son cou affaibli, — quelque chose comme ces mouvements incomplets que l'on fait pendant le sommeil. — Eh ! non, il ne pouvait plus ; il retombait dans les mêmes creux de son lit défait, déjà englué là par la mort ; et chaque fois, après la fatigue d'une telle secousse, il perdait pour un instant conscience de tout.

Pour lui faire plaisir, on finit par ouvrir un sabord, bien que ce fût encore dangereux, la mer n'étant pas assez calmée. C'était le soir, vers six heures. Quand cet auvent de fer fut soulevé, il entra de la lumière seulement, de l'éblouissante lumière rouge. Le soleil couchant apparaissait à l'horizon avec une extrême splendeur, dans la déchirure d'un ciel sombre ; sa lueur aveuglante se promenait au roulis, et il éclairait cet hôpital en vacillant, comme une torche que l'on balance.

De l'air, non, il n'en vint point ; le peu qu'il y en avait dehors était impuissant à entrer ici, à chasser les senteurs de la fièvre. Partout, à l'infini, sur cette mer équatoriale, ce n'était qu'humidité chaude, que lourdeur irrespirable. Pas d'air nulle part, pas même pour les mourants qui haletaient.

... Une dernière vision l'agita beaucoup : sa vieille grand'mère, passant sur un chemin, très vite, avec une expression d'anxiété déchirante ; la pluie tombait sur elle, de nuages bas et funèbres ; elle se rendait à

Paimpol, mandée au bureau de la marine pour y être
informée qu'il était mort.

Il se débattait maintenant; il râlait. On épongeait
aux coins de sa bouche de l'eau et du sang, qui étaient
remontés de sa poitrine, à flots, pendant ses contor-
sions d'agonie. Et le soleil magnifique l'éclairait
toujours; au couchant, on eût dit l'incendie de tout un
monde, avec du sang plein les nuages; par le trou de
ce sabord ouvert entrait une large bande de feu rouge,
qui venait finir sur le lit de Sylvestre, faire un nimbe
autour de lui.

... A ce moment, ce soleil se voyait aussi, là-bas, en
Bretagne, où midi allait sonner. Il était bien le même
soleil, et au même instant précis de sa durée sans fin;
là, pourtant, il avait une couleur très différente; se
tenant plus haut dans un ciel bleuâtre; il éclairait
d'une douce lumière blanche la grand'mère Yvonne,
qui travaillait à coudre, assise sur sa porte.

En Islande, où c'était le matin, il paraissait aussi, à
cette même minute de mort. Pâli davantage, on eût dit
qu'il ne parvenait à être vu là que par une sorte de
tour de force d'obliquité. Il rayonnait tristement, dans
un fiord où dérivait la *Marie*, et son ciel était cette fois
d'une de ces puretés hyperboréennes qui éveillent des
idées de planètes refroidies n'ayant plus d'atmosphère. Avec une netteté glacée, il accentuait les détails
de ce chaos de pierres qui est l'Islande : tout ce pays,
vu de la *Marie*, semblait plaqué sur un même plan et
se tenir debout. Yann, qui était là, éclairé un peu
étrangement lui aussi, pêchait comme d'habitude, au
milieu de ces aspects lunaires.

... Au moment où cette traînée de feu rouge, qui
entrait par ce sabord de navire, s'éteignit, où le soleil
équatorial disparut tout à fait dans les eaux dorées, on

vit les yeux du petit-fils mourant se chavirer, se
retourner vers le front comme pour disparaître dans la
tête. Alors on abaissa dessus les paupières avec leurs
longs cils — et Sylvestre redevint très beau et calme,
comme un marbre couché...

... Aussi bien, je ne puis m'empêcher de conter cet enterrement de Sylvestre que je conduisis moi-même là-bas, dans l'île de Singapour[1]. On en avait assez jeté d'autres dans la mer de Chine pendant les premiers jours de la traversée; comme cette terre malaise était là tout près, on s'était décidé à le garder quelques heures de plus pour l'y mettre.

C'était le matin, de très bonne heure, à cause du terrible soleil. Dans le canot qui l'emporta, son corps était recouvert du pavillon de France. La grande ville étrange dormait encore quand nous accostâmes la terre. Un petit fourgon, envoyé par le consul, attendait sur le quai; nous y mîmes Sylvestre et la croix de bois qu'on lui avait faite à bord; la peinture en était encore fraîche, car il avait fallu se hâter, et les lettres blanches de son nom coulaient sur le fond noir.

Nous traversâmes cette Babel au soleil levant. Et puis ce fut une émotion, de retrouver là, à deux pas de l'immonde grouillement chinois[2], le calme d'une église française. Sous cette haute nef blanche, où j'étais seul avec mes matelots, le *Dies iræ* chanté par un prêtre missionnaire résonnait comme une douce incantation magique. Par les portes ouvertes, on voyait des choses qui ressemblaient à des jardins enchantés, des verdures admirables, des palmes immenses ; le vent secouait les grands arbres en fleurs, et c'était une pluie de pétales d'un rouge de carmin qui tombaient jusque dans l'église.

Après, nous sommes allés au cimetière, très loin. Notre petit cortège de matelots était bien modeste, le cercueil toujours recouvert du pavillon de France. Il nous fallut traverser des quartiers chinois, un fourmillement de monde jaune ; puis des faubourgs malais, indiens, où toute sorte de figures d'Asie nous regardaient passer avec des yeux étonnés.

Ensuite, la campagne, déjà chauve ; des chemins ombreux où volaient d'admirables papillons aux ailes de velours bleu. Un grand luxe de fleurs, de palmiers ; toutes les splendeurs de la sève équatoriale. Enfin, le cimetière : des tombes mandarines, avec des inscriptions multicolores, des dragons et des monstres ; d'étonnants feuillages, des plantes inconnues. L'endroit où nous l'avons mis ressemble à un coin des jardins d'Indra [3].

Sur sa terre, nous avons planté cette petite croix de bois qu'on lui avait faite à la hâte pendant la nuit :

SYLVESTRE MOAN
DIX-NEUF ANS

Et nous l'avons laissé là, pressés de repartir à cause de ce soleil qui montait toujours, nous retournant pour le voir, sous ses arbres merveilleux, sous ses grandes fleurs.

IV

Le transport continuait sa route à travers l'Océan Indien. En bas, dans l'hôpital flottant, il y avait encore des misères enfermées. Sur le pont, on ne voyait qu'insouciance, santé et jeunesse. Alentour, sur la mer, une vraie fête d'air pur et de soleil.

Par ces beaux temps d'alizés, les matelots, étendus à l'ombre des voiles, s'amusaient avec leurs perruches, à les faire courir. (Dans ce Singapour d'où ils venaient, on vend aux marins qui passent toute sorte de bêtes apprivoisées.)

Ils avaient tous choisi des bébés de perruches, ayant de petits airs enfantins sur leurs figures d'oiseau ; pas encore de queue, mais déjà vertes, oh ! d'un vert admirable. Les papas et les mamans avaient été verts ; alors elles, toutes petites, avaient hérité inconsciemment de cette couleur-là ; posées sur ces planches si propres du navire, elles ressemblaient à des feuilles très fraîches tombées d'un arbre des tropiques.

Quelquefois on les réunissait toutes ; alors elles s'observaient entre elles, drôlement ; elles se mettaient à tourner le cou en tous sens, comme pour s'examiner sous différents aspects. Elles marchaient comme des boiteuses, avec des petits trémoussements comiques, partant tout d'un coup très vite, empressées, on ne sait pour quelle patrie ; et il y en avait qui tombaient.

Et puis les guenons apprenaient à faire des tours, et c'était un autre amusement. Il y en avait de tendrement aimées, qui étaient embrassées avec transport, et qui se pelotonnaient tout contre la poitrine dure de leurs maîtres en les regardant avec des yeux de femme, moitié grotesques, moitié touchantes.

Au coup de trois heures, les fourriers apportèrent sur le pont deux sacs de toile, scellés de gros cachets en cire rouge, et marqués au nom de Sylvestre ; c'était pour vendre à la criée, — comme le règlement l'exige pour les morts, — tous ses vêtements, tout ce qui lui avait appartenu au monde. Et les matelots, avec entrain, vinrent se grouper autour ; à bord d'un navire-hôpital, on en voit assez souvent, de ces ventes de sac, pour que cela n'émotionne[1] plus. Et puis, sur ce bateau, on avait si peu connu Sylvestre.

Ses vareuses, ses chemises, ses maillots à raies bleues, furent palpés, retournés et puis enlevés à des prix quelconques, les acheteurs surfaisant[2] pour s'amuser.

Vint le tour de la petite boîte sacrée, qu'on adjugea cinquante sous. On en avait retiré, pour remettre à la famille, les lettres et la médaille militaire ; mais il y restait le cahier de chansons, le livre de Confucius, et le fil, les boutons, les aiguilles, toutes les petites choses disposées là par la prévoyance de grand'mère Yvonne pour réparer et recoudre.

Ensuite le fourrier, qui exhibait les objets à vendre, présenta deux petits bouddha, pris dans une pagode pour être donnés à Gaud, et si drôles de tournure qu'il y eut un fou rire quand on les vit apparaître comme dernier lot. S'ils riaient, les marins, ce n'était pas par manque de cœur, mais par irréflexion seulement.

Pour finir, on vendit les sacs, et l'acheteur entreprit aussitôt de rayer le nom inscrit dessus pour mettre le sien à la place.

Un soigneux coup de balai fut donné après, afin de bien débarrasser ce pont si propre des poussières ou des débris de fil tombés de ce déballage.

Et les matelots retournèrent gaîment s'amuser avec leurs perruches et leurs singes.

V

. . . .

Un jour de la première quinzaine de juin, comme la
vieille Yvonne rentrait chez elle, des voisines lui dirent
qu'on était venu la demander de la part du commissaire de l'inscription maritime [1].

C'était quelque chose concernant son petit-fils, bien
sûr ; mais cela ne lui fit pas du tout peur. Dans les
familles des *gens de mer*, on a souvent affaire à
l'*Inscription* ; elle donc, qui était fille, femme, mère et
grand'mère de marin, connaissait ce bureau depuis
tantôt soixante ans.

C'était au sujet de sa délégation, sans doute ; ou
peut-être un petit décompte de la *Circé* à toucher au
moyen de sa *procure* [2]. Sachant ce qu'on doit à M. le
commissaire, elle fit sa toilette, prit sa belle robe et
une coiffe blanche, puis se mit en route sur les deux
heures.

Trottinant assez vite et menu dans ces sentiers de
falaise, elle s'acheminait vers Paimpol, un peu
anxieuse tout de même, à la réflexion, à cause de ces
deux mois sans lettre.

Elle rencontra son vieux galant, assis à une porte,
très tombé depuis les froids de l'hiver.

— Eh bien?... Quand vous voudrez, vous savez; faut pas vous gêner, la belle!... (Encore ce costume en planches, qu'il avait dans l'idée.)

Le gai temps de juin souriait partout autour d'elle. Sur les hauteurs pierreuses, il n'y avait toujours que les ajoncs ras aux fleurs jaune d'or; mais dès qu'on passait dans les bas-fonds abrités contre le vent de la mer, on trouvait tout de suite la belle verdure neuve, les haies d'aubépine fleurie, l'herbe haute et sentant bon. Elle ne voyait guère tout cela, elle, si vieille, sur qui s'étaient accumulées les saisons fugitives, courtes à présent comme des jours...

Autour des hameaux croulant aux murs sombres il y avait des rosiers, des œillets, des giroflées et, jusque sur les hautes toitures de chaume et de mousse, mille petites fleurs qui attiraient les premiers papillons blancs.

Ce printemps était presque sans amour, dans ce pays d'Islandais, et les belles filles de race fière que l'on apercevait, rêveuses, sur les portes, semblaient darder très loin au delà des objets visibles leurs yeux bruns ou bleus. Les jeunes hommes, à qui allaient leurs mélancolies et leurs désirs, étaient à faire la grande pêche, là-bas, sur la mer hyperborée...

Mais c'était un printemps tout de même, tiède, suave, troublant, avec de légers bourdonnements de mouches, des senteurs de plantes nouvelles.

Et tout cela, qui est sans âme, continuait de sourire à cette vieille grand'mère qui marchait de son meilleur pas pour aller apprendre la mort de son dernier petit-fils. Elle touchait à l'heure terrible où cette chose, qui s'était passée si loin sur la mer chinoise, allait lui être dite; elle faisait cette course sinistre que Sylvestre, au moment de mourir, avait devinée et qui lui avait arraché ses dernières larmes d'angoisse : sa bonne vieille grand'mère, mandée à l'*Inscription* de Paimpol pour apprendre qu'il était mort ! — Il l'avait vue très nettement passer, sur cette route, s'en allant bien vite, droite, avec son petit châle brun, son parapluie et sa grande coiffe. Et cette apparition l'avait fait se soulever et se tordre avec un déchirement affreux, tandis que l'énorme soleil rouge de l'Équateur, qui se couchait magnifiquement, entrait par le sabord de l'hôpital pour le regarder mourir.

Seulement, de là-bas, lui, dans sa vision dernière, s'était figuré sous un ciel de pluie cette promenade de pauvre vieille, qui, au contraire, se faisait au gai printemps moqueur...

En approchant de Paimpol, elle se sentait devenir plus inquiète, et pressait encore sa marche.

La voilà dans la ville grise, dans les petites rues de granit où tombait ce soleil, donnant le bonjour à d'autres vieilles, ses contemporaines, assises à leur fenêtre. Intriguées de la voir, elles disaient :

— Où va-t-elle comme ça si vite, en robe du dimanche, un jour sur semaine ?

M. le commissaire de l'inscription ne se trouvait pas chez lui. Un petit être très laid, d'une quinzaine d'années, qui était son commis, se tenait assis à son bureau. Étant trop mal venu pour faire un pêcheur, il avait reçu de l'instruction et passait ses jours sur cette même chaise, en fausses manches [3] noires, grattant son papier.

Avec un air d'importance, quand elle lui eut dit son nom, il se leva pour prendre, dans un casier, des pièces timbrées.

Il y en avait beaucoup... qu'est-ce que cela voulait dire ? des certificats, des papiers portant des cachets,

un livret de marin [4] jauni par la mer, tout cela ayant
comme une odeur de mort...

Il les étalait devant la pauvre vieille, qui commençait à trembler et à voir trouble. C'est qu'elle avait
reconnu deux de ces lettres que Gaud écrivait pour
elle à son petit-fils, et qui étaient revenues là, non
décachetées... Et ça s'était passé ainsi vingt ans
auparavant, pour la mort de son fils Pierre : les lettres
étaient revenues de la Chine chez M. le commissaire,
qui les lui avait remises...

Il lisait maintenant d'une voix doctorale : « Moan,
Jean-Marie-Sylvestre, inscrit à Paimpol, folio 213,
numéro matricule 2091 [5], décédé à bord du *Bien-Hoa* [6]
le 14... »

— Quoi ?... Qu'est-ce qui lui est arrivé, mon bon
monsieur ?...

— Décédé !... Il est décédé, reprit-il.

Mon Dieu, il n'était sans doute pas méchant, ce
commis ; s'il disait cela de cette manière brutale,
c'était plutôt manque de jugement, inintelligence de
petit être incomplet. Et, voyant qu'elle ne comprenait
pas ce beau mot, il s'exprima en breton :

— *Marw éo !*...

— *Marw éo !*... (Il est mort...)

Elle répéta après lui, avec son chevrotement de
vieillesse, comme un pauvre écho fêlé redirait une
phrase indifférente.

C'était bien ce qu'elle avait à moitié deviné, mais
cela la faisait trembler seulement ; à présent que
c'était certain, ça n'avait pas l'air de la toucher.
D'abord sa faculté de souffrir s'était vraiment un peu
émoussée, à force d'âge, surtout depuis ce dernier
hiver. La douleur ne venait plus tout de suite. Et puis
quelque chose se chavirait pour le moment dans sa

tête, et voilà qu'elle confondait cette mort avec d'autres : elle en avait tant perdu, de fils !... Il lui fallut un instant pour bien entendre que celui-ci était son dernier, si chéri, celui à qui se rapportaient toutes ses prières, toute sa vie, toute son attente, toutes ses pensées, déjà obscurcies par l'approche sombre de l'*enfance*...

Elle éprouvait une honte aussi à laisser paraître son désespoir devant ce petit monsieur qui lui faisait horreur : est-ce que c'était comme ça qu'on annonçait à une grand'mère la mort de son petit-fils !... Elle restait debout, devant ce bureau, raidie, torturant les franges de son châle brun avec ses pauvres vieilles mains gercées de laveuse.

Et comme elle se sentait loin de chez elle !... Mon Dieu, tout ce trajet qu'il faudrait faire, et faire décemment, avant d'atteindre le gîte de chaume où elle avait hâte de s'enfermer — comme les bêtes blessées qui se cachent au terrier pour mourir. C'est pour cela aussi qu'elle s'efforçait de ne pas trop penser, de ne pas encore bien comprendre, épouvantée surtout d'une route si longue.

On lui remit un mandat pour aller toucher, comme héritière, les trente francs qui lui revenaient de la vente du sac de Sylvestre ; puis les lettres, les certificats et la boîte contenant la médaille militaire. Gauchement elle prit tout cela avec ses doigts qui restaient ouverts, le promena d'une main dans l'autre, ne trouvant plus ses poches pour le mettre.

Dans Paimpol, elle passa tout d'une pièce et ne regardait personne, le corps un peu penché comme qui va tomber, entendant un bourdonnement de sang à ses oreilles ; — et se hâtant, se surmenant, comme une pauvre machine déjà très ançienne qu'on aurait

remontée à toute vitesse pour la dernière fois, sans
s'inquiéter d'en briser les ressorts.

Au troisième kilomètre, elle allait toute courbée en
avant, épuisée; de temps à autre, son sabot heurtait
quelque pierre qui lui donnait dans la tête un grand
choc douloureux. Et elle se dépêchait de se terrer chez
elle, de peur de tomber et d'être rapportée...

VI

— La vieille Yvonne qui est soûle !

Elle était tombée, et les gamins lui couraient après.
C'était justement en entrant dans la commune de
Ploubazlanec, où il y a beaucoup de maisons le long
de la route. Tout de même elle avait eu la force de se
relever et, clopin-clopant, se sauvait avec son bâton.

— La vieille Yvonne qui est soûle !

Et des petits effrontés venaient la regarder sous le
nez en riant. Sa coiffe était tout de travers.

Il y en avait, de ces petits, qui n'étaient pas bien
méchants dans le fond, — et quand ils l'avaient vue de
plus près, devant cette grimace de désespoir sénile,
s'en retournaient tout attristés et saisis, n'osant plus
rien dire.

Chez elle, la porte fermée, elle poussa un cri de
détresse qui l'étouffait, et se laissa tomber dans un
coin, la tête au mur. Sa coiffe lui était descendue sur
les yeux ; elle la jeta par terre, — sa pauvre belle
coiffe, autrefois si ménagée. Sa dernière robe des
dimanches était toute salie, et une mince queue de
cheveux, d'un blanc jaune, sortait de son serre-tête,
complétant un désordre de pauvresse...

VII

Gaud, qui venait pour s'informer, la trouva le soir ainsi, toute décoiffée, laissant pendre les bras, la tête contre la pierre, avec une grimace et un *hi hi hi!* plaintif de petit enfant; elle ne pouvait presque pas pleurer : les trop vieilles grand'mères n'ont plus de larmes dans leurs yeux taris.

— Mon petit-fils qui est mort!

Et elle lui jeta sur les genoux les lettres, les papiers, la médaille.

Gaud parcourut d'un coup d'œil, vit que c'était bien vrai, et se mit à genoux pour prier.

Elles restèrent là ensemble, presque muettes, les deux femmes, tant que dura ce crépuscule de juin — qui est très long en Bretagne et qui là-bas, en Islande, ne finit plus. Dans la cheminée, le grillon qui porte bonheur leur faisait tout de même sa grêle musique. Et la lueur jaune du soir entrait par la lucarne, dans cette chaumière des Moan que la mer avait tous pris, qui étaient maintenant une famille éteinte...

A la fin, Gaud disait :

— Je viendrai, moi, ma bonne grand'mère, demeurer avec vous; j'apporterai mon lit qu'on m'a laissé, je vous garderai, je vous soignerai, vous ne serez pas toute seule...

Elle pleurait son petit ami Sylvestre, mais dans son chagrin elle se sentait distraite involontairement par la pensée d'un autre : — celui qui était reparti pour la grande pêche.

Ce Yann, on allait lui faire savoir que Sylvestre était mort ; justement les *chasseurs* [1] devaient bientôt partir. Le pleurerait-il seulement ?... Peut-être que oui, car il l'aimait bien... Et au milieu de ses propres larmes, elle se préoccupait de cela beaucoup, tantôt s'indignant contre ce garçon dur, tantôt s'attendrissant à son souvenir, à cause de cette douleur qu'il allait avoir lui aussi et qui était comme un rapprochement entre eux deux ; — en somme, le cœur tout rempli de lui...

VIII

... Un soir pâle d'août, la lettre qui annonçait à
Yann la mort de son frère finit par arriver à bord de la
Marie sur la mer d'Islande ; — c'était après une
journée de dure manœuvre et de fatigue excessive, au
moment où il allait descendre pour souper et dormir.
Les yeux alourdis de sommeil, il lut cela en bas, dans
le réduit sombre, à la lueur jaune de la petite lampe ;
et, dans le premier moment, lui aussi resta insensible,
étourdi, comme quelqu'un qui ne comprendrait pas
bien. Très renfermé, par fierté, pour tout ce qui
concernait son cœur, il cacha la lettre dans son tricot
bleu, contre sa poitrine, comme les matelots font, sans
rien dire.

Seulement il ne se sentait plus le courage de
s'asseoir avec les autres pour manger la soupe ; alors,
dédaignant même de leur expliquer pourquoi, il se
jeta sur sa couchette et, du même coup, s'endormit.

Bientôt il rêva de Sylvestre mort, de son enterrement qui passait...

Aux approches de minuit, — étant dans cet état
d'esprit particulier aux marins qui ont conscience de
l'heure dans le sommeil et qui sentent venir le

moment où on les fera lever pour le quart[1], — il voyait cet enterrement encore. Et il se disait :

— Je rêve ; heureusement ils vont me réveiller mieux et ça s'évanouira.

Mais quand une rude main fut posée sur lui, et qu'une voix se mit à dire : « Gaos ! — allons debout, la *relève* ! » Il entendit sur sa poitrine un léger froissement de papier — petite musique sinistre affirmant la réalité de la mort. — Ah ! oui, la lettre !... c'était vrai, donc ! — et déjà ce fut une impression plus poignante, plus cruelle, et, en se dressant vite, dans son réveil subit, il heurta contre les poutres son front large.

Puis il s'habilla et ouvrit l'écoutille pour aller là-haut prendre son poste de pêche...

IX

Quand Yann fut monté, il regarda tout autour de lui, avec ses yeux qui venaient de dormir, le grand cercle familier de la mer.

Cette nuit-là, c'était l'immensité présentée sous ses aspects les plus étonnamment simples, en teintes neutres, donnant seulement des impressions de profondeur.

Cet horizon, qui n'indiquait aucune région précise de la terre, ni même aucun âge géologique, avait dû être tant de fois pareil depuis l'origine des siècles, qu'en regardant il semblait vraiment qu'on ne vît rien, — rien que l'éternité des choses qui *sont* et qui ne peuvent se dispenser d'*être*.

Il ne faisait même pas absolument nuit. C'était éclairé faiblement, par un reste de lumière, qui ne venait de nulle part. Cela bruissait comme par habitude, rendant une plainte sans but. C'était gris, d'un gris trouble qui fuyait sous le regard. — La mer pendant son repos mystérieux et son sommeil, se dissimulait sous les teintes discrètes qui n'ont pas de nom.

Il y avait en haut des nuées diffuses; elles avaient pris des formes quelconques, parce que les choses ne peuvent guère n'en pas avoir ; dans l'obscurité, elles se confondaient presque pour n'être qu'un grand voile.

Mais, en un point de ce ciel, très bas, près des eaux elles faisaient une sorte de marbrure plus distincte, bien que très lointaine ; un dessin mou, comme tracé par une main distraite ; combinaison de hasard, non destinée à être vue, et fugitive, prête à mourir. — Et cela seul, dans tout cet ensemble, paraissait signifier quelque chose ; on eût dit que la pensée mélancolique, insaisissable, de tout ce néant, était inscrite là ; — et les yeux finissaient par s'y fixer, sans le vouloir.

Lui, Yann, à mesure que ses prunelles mobiles s'habituaient à l'obscurité du dehors, il regardait de plus en plus cette marbrure unique du ciel ; elle avait forme de quelqu'un qui s'affaisse, avec deux bras qui se tendent. Et à présent qu'il avait commencé à voir là cette apparence, il lui semblait que ce fût une vraie ombre humaine, agrandie, rendue gigantesque à force de venir de loin.

Puis, dans son imagination où flottaient ensemble les rêves indicibles et les croyances primitives, cette ombre triste, effondrée au bout de ce ciel de ténèbres, se mêlait peu à peu au souvenir de son frère mort, comme une dernière manifestation de lui.

Il était coutumier de ces étranges associations d'images, comme il s'en forme surtout au commencement de la vie, dans la tête des enfants... Mais les mots, si vagues qu'ils soient, restent encore trop précis pour exprimer ces choses ; il faudrait cette langue incertaine qui se parle quelquefois dans les rêves, et dont on ne retient au réveil que d'énigmatiques fragments n'ayant plus de sens.

A contempler ce nuage, il sentait venir une tristesse profonde, angoissée, pleine d'inconnu et de mystère,

qui lui glaçait l'âme ; beaucoup mieux que tout à
l'heure, il comprenait maintenant que son pauvre
petit frère ne reparaîtrait jamais, jamais plus ; le
chagrin, qui avait été long à percer l'enveloppe
robuste et dure de son cœur, y entrait à présent
jusqu'à pleins bords. Il revoyait la figure douce de
Sylvestre, ses bons yeux d'enfant ; à l'idée de l'embrasser, quelque chose comme un voile tombait tout à
coup entre ses paupières, malgré lui, — et d'abord il
ne s'expliquait pas bien ce que c'était, n'ayant jamais
pleuré dans sa vie d'homme. — Mais les larmes
commençaient à couler lourdes, rapides, sur ses joues ;
et puis des sanglots vinrent soulever sa poitrine
profonde.

Il continuait de pêcher très vite, sans perdre son
temps ni rien dire, et les deux autres, qui l'écoutaient
dans ce silence, se gardaient d'avoir l'air d'entendre,
de peur de l'irriter, le sachant si renfermé et si fier.

... Dans son idée à lui, la mort finissait tout...

Il lui arrivait bien, par respect, de s'associer à ces
prières qu'on dit en famille pour les défunts ; mais il
ne croyait à aucune survivance des âmes.

Dans leurs causeries entre marins, ils disaient tous
cela, d'une manière brève et assurée, comme une
chose bien connue de chacun ; ce qui pourtant n'empêchait pas une vague appréhension des fantômes,
une vague frayeur des cimetières, une confiance
extrême dans les saints et les images qui protègent, ni
surtout une vénération innée pour la terre bénite qui
entoure les églises[1].

Ainsi Yann redoutait pour lui-même d'être pris par
la mer, comme si cela anéantissait davantage, — et la
pensée que Sylvestre était resté là-bas, dans cette terre

lointaine d'en dessous, rendait son chagrin plus désespéré, plus sombre.

Avec son dédain des autres, il pleura sans aucune contrainte ni honte, comme s'il eût été seul.

... Au dehors, le vide blanchissait lentement, bien qu'il fût à peine deux heures ; et en même temps il paraissait s'étendre, s'étendre, devenir plus démesuré, se creuser d'une manière plus effrayante. Avec cette espèce d'aube qui naissait, les yeux s'ouvraient davantage et l'esprit plus éveillé concevait mieux l'immensité des lointains ; alors les limites de l'espace visible étaient encore reculées et fuyaient toujours.

C'était un éclairage très pâle, mais qui augmentait ; il semblait que cela vînt par petits jets, par secousses légères ; les choses éternelles avaient l'air de s'illuminer par transparence, comme si des lampes à flamme blanche eussent été montées peu à peu, derrière les informes nuées grises ; — montées discrètement, avec des précautions mystérieuses, de peur de troubler le morne repos de la mer.

Sous l'horizon, la grande lampe blanche, c'était le soleil, qui se traînait sans force, avant de faire au-dessus des eaux sa promenade lente et froide, commencée dès l'extrême matin...

Ce jour-là, on ne voyait nulle part de tons roses d'aurore, tout restait blême et triste. Et, à bord de la *Marie,* un homme pleurait, le grand Yann...

Ces larmes de son frère sauvage, et cette plus grande mélancolie du dehors, c'était l'appareil de deuil employé pour le pauvre petit héros obscur, sur ces mers d'Islande où il avait passé la moitié de sa vie...

Quand le plein jour vint, Yann essuya brusquement ses yeux avec la manche de son tricot de laine et ne

pleura plus. Ce fut fini. Il semblait complètement
repris par le travail de la pêche, par le train monotone
des choses réelles et présentes, comme ne pensant plus
à rien.

Du reste, les lignes donnaient beaucoup et les bras
avaient peine à suffire.

Autour des pêcheurs, dans les fonds immenses,
c'était un nouveau changement à vue. Le grand
déploiement d'infini, le grand spectacle du matin était
terminé, et maintenant les lointains paraissaient au
contraire se rétrécir, se refermer sur eux. Comment
donc avait-on cru voir tout à l'heure la mer si
démesurée? L'horizon était à présent tout près, et il
semblait même qu'on manquât d'espace. Le vide se
remplissait de voiles ténus qui flottaient, les uns plus
vagues que des buées, d'autres aux contours presque
visibles et comme frangés. Ils tombaient mollement,
dans un grand silence, comme des mousselines
blanches n'ayant pas de poids; mais il en descendait
de partout en même temps, aussi l'emprisonnement
là-dessous se faisait très vite, et cela oppressait, de
voir ainsi s'encombrer l'air respirable.

C'était la première brume d'août qui se levait. En
quelques minutes le suaire fut uniformément dense,
impénétrable; autour de la *Marie,* on ne distinguait
plus rien qu'une pâleur humide où se diffusait la
lumière et où la mâture du navire semblait même se
perdre.

— De ce coup, la voilà arrivée, la sale brume,
dirent les hommes.

Ils connaissaient depuis longtemps cette inévitable
compagne de la seconde période de pêche; mais aussi
cela annonçait la fin de la saison d'Islande, l'époque
où l'on fait route pour revenir en Bretagne.

En fines gouttelettes brillantes, cela se déposait sur leur barbe ; cela faisait luire d'humidité leur peau brunie. Ceux qui se regardaient d'un bout à l'autre du bateau se voyaient trouble comme des fantômes ; par contre, les objets très rapprochés apparaissaient plus crûment sous cette lumière fade et blanchâtre. On prenait garde de respirer la bouche ouverte ; une sensation de froid et de mouillé pénétrait les poitrines.

En même temps, la pêche allait de plus en plus vite, et on ne causait plus, tant les lignes donnaient ; à tout instant, on entendait tomber à bord de gros poissons, lancés sur les planches avec un bruit de fouet ; après, ils se trémoussaient rageusement en claquant de la queue contre le bois du pont ; tout était éclaboussé de l'eau de la mer et des fines écailles argentées qu'ils jetaient en se débattant. Le marin qui leur fendait le ventre avec son grand couteau, dans sa précipitation, s'entaillait les doigts, et son sang bien rouge se mêlait à la saumure.

X

Ils restèrent, cette fois, dix jours d'affilée pris dans
la brume épaisse, sans rien voir. La pêche continuait
d'être bonne et, avec tant d'activité, on ne s'ennuyait
pas. De temps en temps, à intervalles réguliers, l'un
d'eux soufflait dans une trompe de corne d'où sortait
un bruit pareil au beuglement d'une bête sauvage.

Quelquefois, du dehors, du fond des brumes
blanches, un autre beuglement lointain répondait à
leur appel. Alors on veillait davantage. Si le cri se
rapprochait, toutes les oreilles se tendaient vers ce
voisin inconnu, qu'on n'apercevrait sans doute jamais
et dont la présence était pourtant un danger. On
faisait des conjectures sur lui; il devenait une occupa-
tion, une société et, par envie de le voir, les yeux
s'efforçaient à percer les impalpables mousselines
blanches qui restaient tendues partout dans l'air.

Puis il s'éloignait, les beuglements de sa trompe
mouraient dans le lointain sourd; alors on se retrouvait seul dans le silence, au milieu de cet infini de
vapeurs immobiles. Tout était imprégné d'eau; tout
était ruisselant de sel et de saumure. Le froid devenait
plus pénétrant; le soleil s'attardait davantage à
traîner sous l'horizon; il y avait déjà de vraies nuits

d'une ou deux heures, dont la tombée grise était
sinistre et glaciale.

Chaque matin on sondait avec un plomb la hauteur
des eaux, de peur que la *Marie* ne se fût trop
rapprochée de l'île d'Islande. Mais toutes les *lignes* du
bord filées bout à bout n'arrivaient pas à toucher le lit
de la mer : on était donc bien au large, et en belle eau
profonde.

La vie était saine et rude ; ce froid plus piquant
augmentait le bien-être du soir, l'impression de gîte
bien chaud qu'on éprouvait dans la cabine en chêne
massif, quand on y descendait pour souper ou pour
dormir.

Dans le jour, ces hommes, qui étaient plus cloîtrés
que des moines [1], causaient peu entre eux. Chacun,
tenant sa ligne, restait pendant des heures et des
heures à son même poste invariable, les bras seuls
occupés au travail incessant de la pêche. Ils n'étaient
séparés les uns des autres que de deux ou trois mètres,
et ils finissaient par ne plus se voir.

Ce calme de la brume, cette obscurité blanche
endormaient l'esprit. Tout en pêchant, on se chantait
pour soi-même quelque air du pays à demi-voix, de
peur d'éloigner les poissons. Les pensées se faisaient
plus lentes et plus rares ; elles semblaient se distendre,
s'allonger en durée afin d'arriver à remplir le temps
sans y laisser des vides, des intervalles de non-être.
On n'avait plus du tout l'idée aux femmes, parce qu'il
faisait déjà froid ; mais on rêvait à des choses incohé-
rentes ou merveilleuses, comme dans le sommeil, et la
trame de ces rêves était aussi peu serrée qu'un
brouillard...

Ce brumeux mois d'août, il avait coutume de clore
ainsi chaque année, d'une manière triste et tranquille,

la saison d'Islande. Autrement c'était toujours la même plénitude de vie physique, gonflant les poitrines et faisant aux marins des muscles durs.

Yann avait bien retrouvé tout de suite ses façons d'être habituelles, comme si son grand chagrin n'eût pas persisté : vigilant et alerte, prompt à la manœuvre et à la pêche, l'allure désinvolte comme qui n'a pas de soucis ; du reste, communicatif à ses heures seulement — qui étaient rares — et portant toujours la tête aussi haute avec son air à la fois indifférent et dominateur.

Le soir, au souper, dans le logis fruste que protégeait la Vierge de faïence, quand on était attablé, le grand couteau en main, devant quelque bonne assiettée toute chaude, il lui arrivait, comme autrefois, de rire aux choses drôles que les autres disaient.

En lui-même, peut-être, s'occupait-il un peu de cette Gaud, que Sylvestre lui avait sans doute donnée pour femme dans ses dernières petites idées d'agonie, — et qui était devenue une pauvre fille à présent, sans personne au monde... Peut-être bien surtout, le deuil de ce frère durait-il encore dans le fond de son cœur...

Mais ce cœur d'Yann était une région vierge, difficile à gouverner, peu connue, où se passaient des choses qui ne se révélaient pas au dehors.

XI

Un matin, vers trois heures, tandis qu'ils rêvaient tranquillement sous leur suaire de brume, ils entendirent comme des bruits de voix dont le timbre leur sembla étrange et non connu d'eux. Ils se regardèrent les uns les autres, ceux qui étaient sur le pont, s'interrogeant d'un coup d'œil :

— Qui est-ce qui a parlé ?

Non, personne ; personne n'avait rien dit.

Et, en effet, cela avait bien eu l'air de sortir du vide extérieur.

Alors, celui qui était chargé de la trompe, et qui l'avait négligée depuis la veille, se précipita dessus, en se gonflant de tout son souffle pour pousser le long beuglement d'alarme.

Cela seul faisait déjà frissonner, dans ce silence. Et puis, comme si, au contraire, une apparition eût été évoquée par ce son vibrant de cornemuse, une grande chose imprévue s'était dessinée en grisaille, s'était dressée menaçante, très haut tout près d'eux : des mâts, des vergues, des cordages, un dessin de navire qui s'était fait en l'air, partout à la fois et d'un même coup, comme ces fantasmagories pour effrayer qui, d'un seul jet de lumière, sont créées sur des voiles

tendus. Et d'autres hommes apparaissaient là, à les
toucher, penchés sur le rebord, les regardant avec des
yeux très ouverts, dans un réveil de surprise et
d'épouvante...

Ils se jetèrent sur des avirons, des mâts de
rechange, des gaffes — tout ce qui se trouva dans la
drôme [1] de long et de solide — et les pointèrent en
dehors pour tenir à distance cette chose et ces visiteurs
qui leur arrivaient. Et les autres aussi, effarés, allongeaient vers eux d'énormes bâtons pour les repousser.

Mais il n'y eut qu'un craquement très léger dans les
vergues, au-dessus de leurs têtes, et les mâtures, un
instant accrochées, se dégagèrent aussitôt sans aucune
avarie : le choc, très doux par ce calme, était tout à
fait amorti ; il avait été si faible même, que vraiment il
semblait que cet autre navire n'eût pas de masse et
qu'il fût une chose molle, presque sans poids...

Alors, le saisissement passé, les hommes se mirent à
rire ; ils se reconnaissaient entre eux :

— Ohé ! de la *Marie*.

— Eh ! Gaos, Laumec, Guermeur !

L'apparition, c'était la *Reine-Berthe*, capitaine Larvoër, aussi de Paimpol ; ces matelots étaient des
villages d'alentour ; ce grand-là, tout en barbe noire,
montrant ses dents dans son rire, c'était Kerjégou, un
de Ploudaniel ; et les autres venaient de Plounès ou de
Plounérin.

— Aussi, pourquoi ne sonniez-vous pas de votre
trompe, bande de sauvages ? demandait Larvoër de la
Reine-Berthe.

— Eh bien, et vous donc, bande de pirates et
d'écumeurs, *mauvaise poison de la mer* [2] ?...

— Oh ! nous... c'est différent ; *ça nous est défendu de
faire du bruit.* (Il avait répondu cela avec un air de

sous-entendre quelque mystère noir ; avec un sourire drôle, qui, par la suite, revint souvent en tête à ceux de la *Marie* et leur donna à penser beaucoup.)

Et puis comme s'il en eût dit trop long, il finit par cette plaisanterie :

— Notre corne à nous, c'est celui-là, en soufflant dedans, qui nous l'a crevée.

Et il montrait un matelot à figure de triton, qui était tout en cou et tout en poitrine, trop large, bas sur jambes, avec je ne sais quoi de grotesque et d'inquiétant dans sa puissance difforme.

Et pendant qu'on se regardait là, attendant que quelque brise ou quelque courant d'en dessous voulût bien emmener l'un plus vite que l'autre, séparer les navires, on engagea une causerie. Tous appuyés en bâbord, se tenant en respect au bout de leurs longs morceaux de bois, comme eussent fait des assiégés avec des piques, ils parlèrent des choses du pays, des dernières lettres reçues par les « chasseurs », des vieux parents et des femmes.

— Moi, disait Kerjégou, la *mienne* me marque qu'elle vient d'avoir son petit que nous attendions ; ça va nous en faire la douzaine tout à l'heure.

Un autre avait eu deux jumeaux, et un troisième annonçait le mariage de la belle Jeannie Caroff — une fille très connue des Islandais — avec certain vieux richard infirme, de la commune de Plourivo.

Ils se voyaient comme à travers des gazes blanches, et il semblait que cela changeât aussi le son des voix qui avait quelque chose d'étouffé et de lointain.

Cependant Yann ne pouvait détacher ses yeux d'un de ces pêcheurs, un petit homme déjà vieillot, qu'il était sûr de n'avoir jamais vu nulle part et qui pourtant lui avait dit tout de suite : « Bonjour, mon grand Yann! » avec un air d'intime connaissance; il avait la laideur irritante des singes, avec leur clignotement de malice dans ses yeux perçants.

— Moi, disait encore Larvoër, de la *Reine-Berthe*, on m'a marqué la mort du petit-fils de la vieille Yvonne Moan, de Ploubazlanec, qui faisait son service à l'État, comme vous savez, sur l'escadre de Chine; un bien grand dommage!

Entendant cela, les autres de la *Marie* se tournèrent vers Yann pour savoir s'il avait déjà connaissance de ce malheur.

— Oui, dit-il d'une voix basse, l'air indifférent et hautain, c'était sur la dernière lettre que mon père m'a envoyée.

Ils le regardaient tous, dans la curiosité qu'ils avaient de son chagrin, et cela l'irritait.

Leurs propos se croisaient à la hâte, au travers du brouillard pâle, pendant que fuyaient les minutes de leur bizarre entrevue.

— Ma femme me marque en même temps, continuait Larvoër, que la fille de monsieur Mével a quitté la ville pour demeurer à Ploubazlanec et soigner la vieille Moan, sa grand'tante; elle s'est mise à travailler à présent, en journée chez le monde, pour gagner sa vie. D'ailleurs, j'avais toujours eu dans l'idée, moi, que c'était une brave fille, et une courageuse, malgré ses airs de demoiselle et ses falbalas.

Alors, de nouveau, on regarda Yann, ce qui acheva de lui déplaire, et une couleur rouge lui monta aux joues sous son hâle doré.

Par cette appréciation sur Gaud fut clos l'entretien avec ces gens de la *Reine-Berthe* qu'aucun être vivant ne devait plus jamais revoir. Depuis un instant, leurs figures semblaient déjà plus effacées, car leur navire était moins près, et, tout à coup, ceux de la *Marie* ne trouvèrent plus rien à pousser, plus rien au bout de leurs longs morceaux de bois ; tous leurs « espars [3] », avirons, mâts ou vergues, s'agitèrent en cherchant dans le vide, puis retombèrent les uns après les autres lourdement dans la mer, comme de grands bras morts. On rentra donc ces défenses inutiles : la *Reine-Berthe*, replongée dans la brume profonde, avait disparu brusquement tout d'une pièce, comme s'efface l'image d'un transparent derrière lequel la lampe a été soufflée. Ils essayèrent de la héler, mais rien ne répondit à leurs cris, — qu'une espèce de clameur moqueuse à plusieurs voix, terminée en un gémissement qui les fit se regarder avec surprise...

Cette *Reine-Berthe* ne revint point avec les autres Islandais et, comme ceux du *Samuel-Azénide* avaient rencontré dans un fiord une épave non douteuse (son couronnement d'arrière avec un morceau de sa quille), on ne l'attendit plus ; dès le mois d'octobre, les noms de tous ses marins furent inscrits dans l'église sur des plaques noires.

Or, depuis cette dernière apparition dont les gens de la *Marie* avaient bien retenu la date, jusqu'à l'époque du retour, il n'y avait eu aucun mauvais temps dangereux sur la mer d'Islande, tandis que, au contraire, trois semaines auparavant, une bourrasque d'ouest avait emporté plusieurs marins et deux navires. On se rappela alors le sourire de Larvoër et, en rapprochant toutes ces choses, on fit beaucoup de conjectures ; Yann revit plus d'une fois, la nuit, le marin au clignotement de singe, et quelques-uns de la *Marie* se demandèrent craintivement si, ce matin-là, ils n'avaient point causé avec des trépassés [4].

XII

L'été s'avança et, à la fin d'août, en même temps que les premiers brouillards du matin, on vit les Islandais revenir.

Depuis trois mois déjà, les deux abandonnées habitaient ensemble, à Ploubazlanec, la chaumière des Moan ; Gaud avait pris place de fille dans ce pauvre nid de marins morts. Elle avait envoyé là tout ce qu'on lui avait laissé après la vente de la maison de son père : son beau lit *à la mode des villes* et ses belles jupes de différentes couleurs. Elle avait fait elle-même sa nouvelle robe noire d'une façon plus simple et portait, comme la vieille Yvonne, une coiffe de deuil en mousseline épaisse ornée seulement de plis.

Tous les jours, elle travaillait à des ouvrages de couture chez les gens riches de la ville et rentrait à la nuit, sans être distraite en chemin par aucun amoureux, restée un peu hautaine, et encore entourée d'un respect de demoiselle ; en lui disant bonjour, les garçons mettaient, comme autrefois, la main à leur chapeau.

Par les beaux crépuscules d'été, elle s'en revenait de Paimpol, tout le long de cette route de falaise, aspirant le grand air marin qui repose. Les travaux d'aiguille n'avaient pas eu le temps de la déformer — comme d'autres, qui vivent toujours penchées de côté sur leur ouvrage — et, en regardant la mer, elle redressait la belle taille souple qu'elle tenait de race; en regardant la mer, en regardant le large, tout au fond duquel était Yann...

Cette même route menait chez lui. En continuant un peu, vers certaine région plus pierreuse et plus balayée par le vent, on serait arrivé à ce hameau de Pors-Even où les arbres, couverts de mousses grises, croissent tout petits entre les pierres et se couchent dans le sens des rafales d'ouest. Elle n'y retournerait sans doute jamais, dans ce Pors-Even, bien qu'il fût à moins d'une lieue; mais, une fois dans sa vie, elle y était allée et cela avait suffi pour laisser un charme sur tout son chemin; Yann, d'ailleurs, devait souvent y passer et, de sa porte, elle pourrait le suivre allant ou venant sur la lande rase, entre les ajoncs courts. Donc elle aimait toute cette région de Ploubazlanec; elle était presque heureuse que le sort l'eût rejetée là : en aucun autre lieu du pays elle n'eût pu se faire à vivre.

A cette saison de fin d'août, il y a comme un alanguissement de pays chaud qui remonte du midi vers le nord; il y a des soirées lumineuses, des reflets du grand soleil d'ailleurs qui viennent traîner jusque sur la mer bretonne. Très souvent, l'air est limpide et calme, sans aucun nuage nulle part.

Aux heures où Gaud s'en revenait, les choses se fondaient déjà ensemble pour la nuit, commençaient à se réunir et à former des silhouettes. Çà et là, un bouquet d'ajoncs se dressait sur une hauteur entre deux pierres, comme un panache ébouriffé; un groupe d'arbres tordus formait un amas sombre dans un creux, ou bien ailleurs, quelque hameau à toit de

paille dessinait au-dessus de la lande une petite
découpure bossue. Aux carrefours les vieux christs qui
gardaient la campagne étendaient leurs bras noirs sur
les calvaires, comme de vrais hommes suppliciés, et,
dans le lointain, la Manche se détachait en clair, en
grand miroir jaune sur un ciel qui était déjà obscurci
par le bas, déjà ténébreux vers l'horizon. Et dans ce
pays, même ce calme, même ces beaux temps, étaient
mélancoliques ; il restait, malgré tout, une inquiétude
planant sur les choses ; une anxiété venue de la mer à
qui tant d'existences étaient confiées et dont l'éternelle menace n'était qu'endormie.

Gaud, qui songeait en chemin, ne trouvait jamais
assez longue sa course de retour au grand air. On
sentait l'odeur salée des grèves, et l'odeur douce de
certaines fleurs qui croissent sur les falaises entre les
épines maigres. Sans la grand'mère Yvonne qui
l'attendait au logis, volontiers elle se serait attardée
dans ces sentiers d'ajoncs, à la manière de ces belles
demoiselles qui aiment à rêver, les soirs d'été, dans les
parcs.

En traversant ce pays, il lui revenait bien aussi
quelques souvenirs de sa petite enfance ; mais comme
ils étaient effacés à présent, reculés, amoindris par son
amour ! Malgré tout, elle voulait considérer ce Yann
comme une sorte de fiancé, — un fiancé fuyant,
dédaigneux, sauvage, qu'elle n'aurait jamais ; mais à
qui elle s'obstinerait à rester fidèle en esprit, sans plus
confier cela à personne. Pour le moment, elle aimait à
le savoir en Islande : là, au moins, la mer le lui gardait
dans ses cloîtres profonds et il ne pouvait se donner à
aucune autre...

Il est vrai qu'un de ces jours il allait revenir, mais
elle envisageait aussi ce retour avec plus de calme

qu'autrefois. Par instinct, elle comprenait que sa pauvreté ne serait pas un motif pour être plus dédaignée, — car il n'était pas un garçon comme les autres. — Et puis cette mort du petit Sylvestre était une chose qui les rapprochait décidément. A son arrivée, il ne pourrait manquer de venir sous leur toit pour voir la grand'mère de son ami : et elle avait décidé qu'elle serait là pour cette visite, il ne lui semblait pas que ce fût manquer de dignité ; sans paraître se souvenir de rien, elle lui parlerait comme à quelqu'un que l'on connaît depuis longtemps ; elle lui parlerait même avec affection comme à un frère de Sylvestre, en tâchant d'avoir l'air naturel. Et qui sait ? il ne serait peut-être pas impossible de prendre auprès de lui une place de sœur, à présent qu'elle allait être si seule au monde ; de se reposer sur son amitié ; de la lui demander comme un soutien, en s'expliquant assez pour qu'il ne crût plus à aucune arrière-pensée de mariage. Elle le jugeait sauvage seulement, entêté dans ses idées d'indépendance, mais doux, franc et capable de bien comprendre les choses bonnes qui viennent tout droit du cœur.

Qu'allait-il éprouver, en la retrouvant là, pauvre, dans cette chaumière presque en ruine ?... Bien pauvre, oh ! oui, car la grand'mère Moan, n'étant plus assez forte pour aller en journée aux lessives, n'avait plus rien que sa pension de veuve ; il est vrai, elle mangeait bien peu maintenant, et toutes deux pouvaient encore s'arranger pour vivre sans demander rien à personne...

La nuit était toujours tombée quand elle arrivait au logis ; avant d'entrer, il fallait descendre un peu, sur des roches usées, la chaumière se trouvant en contrebas de ce chemin de Ploubazlanec, dans la partie de

terrain qui s'incline vers la grève. Elle était presque
cachée sous son épais toit de paille brune, tout
gondolé, qui ressemblait au dos de quelque énorme
bête morte effondrée sous ses poils durs. Ses murailles
avaient la couleur sombre et la rudesse des rochers,
avec des mousses et du cochléaria [1] formant de petites
touffes vertes. On montait les trois marches gondolées
du seuil, et on ouvrait le loquet intérieur de la porte au
moyen d'un bout de corde de navire qui sortait par un
trou. En entrant, on voyait d'abord en face de soi la
lucarne, percée comme dans l'épaisseur d'un rempart,
et donnant sur la mer d'où venait une dernière clarté
pâle. Dans la grande cheminée flambaient des brindil-
les odorantes de pin et de hêtre, que la vieille Yvonne
ramassait dans ses promenades le long des chemins ;
elle-même était là assise, surveillant leur petit souper ;
dans son intérieur, elle portait un serre-tête seulement, pour ménager ses coiffes ; son profil, encore joli,
se découpait sur la lueur rouge de son feu. Elle levait
vers Gaud ses yeux jadis bruns, qui avaient pris une
couleur passée, tournée au bleuâtre et qui étaient
troubles, incertains, égarés de vieillesse. Elle disait
toutes les fois la même chose :

— Ah ! mon Dieu, ma bonne fille, comme tu
rentres tard ce soir...

— Mais non, grand'mère, répondait doucement
Gaud qui y était habituée. Il est la même heure que
les autres jours.

— Ah !... me semblait à moi, ma fille, me semblait
qu'il était plus tard que de coutume.

Elles soupaient sur une table devenue presque
informe à force d'être usée, mais encore épaisse
comme le tronc d'un chêne. Et le grillon ne manquait

jamais de leur recommencer sa petite musique à son d'argent.

Un des côtés de la chaumière était occupé par des boiseries grossièrement sculptées et aujourd'hui toutes vermoulues ; en s'ouvrant, elles donnaient accès dans des étagères où plusieurs générations de pêcheurs avaient été conçus, avaient dormi, et où les mères vieillies étaient mortes.

Aux solives noires du toit s'accrochaient des usten-siles de ménage très anciens, des paquets d'herbes, des cuillers de bois, du lard fumé ; aussi de vieux filets, qui dormaient là depuis le naufrage des derniers fils Moan, et dont les rats venaient la nuit couper les mailles.

Le lit de Gaud, installé dans un angle avec ses rideaux de mousseline blanche, faisait l'effet d'une chose élégante et fraîche, apportée dans une hutte de Celte.

Il y avait une photographie de Sylvestre en matelot, dans un cadre, accrochée au granit du mur. Sa grand'mère y avait attaché sa médaille militaire, avec une de ces paires d'ancres en drap rouge que les marins portent sur la manche droite, et qui venait de lui ; Gaud lui avait aussi acheté à Paimpol une de ces couronnes funéraires en perles noires et blanches dont on entoure, en Bretagne, les portraits des défunts. C'était là son petit mausolée, tout ce qu'il avait pour consacrer sa mémoire, dans son pays breton...

Les soirs d'été, elles ne veillaient pas, par économie de lumière : quand le temps était beau, elles s'as-seyaient un moment sur un banc de pierre, devant la maison, et regardaient le monde qui passait dans le chemin un peu au-dessus de leur tête.

Ensuite la vieille Yvonne se couchait dans son

étagère d'armoire, et Gaud, dans son lit de demoiselle ; là, elle s'endormait assez vite, ayant beaucoup
travaillé, beaucoup marché, et songeant au retour des
Islandais en fille sage, résolue, sans un trouble trop
grand...

XIII

Mais un jour, à Paimpol, entendant dire que la
Marie venait d'arriver, elle se sentit prise d'une espèce
de fièvre. Tout son calme d'attente l'avait abandonnée ; ayant brusqué la fin de son ouvrage, sans savoir
pourquoi, elle se mit en route plus tôt que de coutume,
— et, dans le chemin, comme elle se hâtait, elle le
reconnut de loin qui venait à l'encontre d'elle.

Ses jambes tremblaient et elle les sentait fléchir. Il
était déjà tout près, se dessinant à vingt pas à peine,
avec sa taille superbe, ses cheveux bouclés sous son
bonnet de pêcheur. Elle se trouvait prise si au
dépourvu par cette rencontre, que vraiment elle avait
peur de chanceler, et qu'il s'en aperçût ; elle en serait
morte de honte à présent... Et puis elle se croyait mal
coiffée, avec un air fatigué pour avoir fait son ouvrage
trop vite ; elle eût donné je ne sais quoi pour être
cachée dans les touffes d'ajoncs, disparue dans quelque trou de fouine. Du reste, lui aussi avait eu un
mouvement de recul, comme pour essayer de changer
de route. Mais c'était trop tard : ils se croisèrent dans
l'étroit chemin.

Lui, pour ne pas la frôler, se rangea contre le talus,
d'un bond de côté comme un cheval ombrageux qui se

dérobe, en la regardant d'une manière furtive et sauvage.

Elle aussi, pendant une demi-seconde, avait levé les yeux, lui jetant malgré elle-même une prière et une angoisse. Et, dans ce croisement involontaire de leurs regards, plus rapide qu'un coup de feu, ses prunelles gris de lin avaient paru s'élargir, s'éclairer de quelque grande flamme de pensée, lancer une vraie lueur bleuâtre, tandis que sa figure était devenue toute rose jusqu'aux tempes, jusque sous les tresses blondes.

Il avait dit en touchant son bonnet :

— Bonjour, mademoiselle Gaud !

— Bonjour, monsieur Yann, répondit-elle.

Et ce fut tout : il était passé [1]. Elle continua sa route, encore tremblante, mais sentant peu à peu, à mesure qu'il s'éloignait, le sang reprendre son cours et la force revenir.

Au logis, elle trouva la vieille Moan assise dans un coin, la tête entre ses mains, qui pleurait, qui faisait son *hi hi hi !* de petit enfant, toute dépeignée, sa queue de cheveux tombée de son serre-tête comme un maigre écheveau de chanvre gris :

— Ah ! ma bonne Gaud, — c'est le fils Gaos que j'ai rencontré du côté de Plouherzel [2], comme je m'en retournais de ramasser mon bois ; — alors nous avons parlé de mon pauvre petit, tu penses bien. Ils sont arrivés ce matin de l'Islande et, dès ce midi, il était venu pour me faire une visite pendant que j'étais dehors. Pauvre garçon, il avait les larmes aux yeux lui aussi... Jusqu'à ma porte, qu'il a voulu me raccompagner, ma bonne Gaud, pour me porter mon petit fagot...

Elle écoutait cela, debout, et son cœur se serrait à mesure : ainsi, cette visite de Yann, sur laquelle elle avait tant compté pour lui dire tant de choses, était déjà faite, et ne se renouvellerait sans doute plus; c'était fini.

Alors la chaumière lui sembla plus désolée, la misère plus dure, le monde plus vide, — et elle baissa la tête avec une envie de mourir.

XIV

L'hiver vint peu à peu, s'étendit comme un linceul qu'on laisserait très lentement tomber. Les journées grises passèrent après les journées grises, mais Yann ne reparut plus, — et les deux femmes vivaient bien abandonnées.

Avec le froid, leur existence était plus coûteuse et plus dure.

Et puis la vieille Yvonne devenait difficile à soigner. Sa pauvre tête s'en allait ; elle se fâchait maintenant, disait des méchancetés et des injures ; une fois ou deux par semaine, cela la prenait, comme les enfants, à propos de rien.

Pauvre vieille !... elle était encore si douce dans ses bons jours clairs, que Gaud ne cessait de la respecter ni de la chérir. Avoir toujours été bonne, et finir par être mauvaise ; étaler, à l'heure de la fin, tout un fond de malice qui avait dormi durant la vie, toute une science de mots grossiers qu'on avait cachée, quelle dérision de l'âme et quel mystère moqueur !

Elle commençait à chanter aussi, et cela faisait encore plus de mal à entendre que ses colères ; c'était, au hasard des choses qui lui revenaient en tête, des *oremus* de messe, ou bien des couplets très vilains qu'elle avait entendus jadis sur le port, répétés par des matelots. Il lui arrivait d'entonner les *Fillettes de Paimpol*[1] ; ou bien, en balançant la tête et battant la mesure avec son pied, elle prenait :

Mon mari vient de partir ;
Pour la pêche d'Islande, mon mari vient de partir,
Il m'a laissée sans le sou,
Mais... trala, trala la lou...
J'en gagne !
J'en gagne[2] !...

Chaque fois, cela s'arrêtait tout court, en même temps que ses yeux s'ouvraient bien grands dans le vague en perdant toute expression de vie, — comme ces flammes déjà mourantes qui s'agrandissent subitement pour s'éteindre. Et après, elle baissait la tête, restait longtemps caduque, en laissant pendre la mâchoire d'en bas à la manière des morts.

Elle n'était plus bien propre non plus, et c'était un autre genre d'épreuve sur lequel Gaud n'avait pas compté.

Un jour, il lui arriva de ne plus se souvenir de son petit-fils.

— Sylvestre ? Sylvestre ?... disait-elle à Gaud, en ayant l'air de chercher qui ce pouvait bien être ; ah dame ! ma bonne, tu comprends, j'en ai eu tant quand j'étais jeune, des garçons, des filles, des filles et des garçons, qu'à cette heure, ma foi !...

Et, en disant cela, elle lançait en l'air ses pauvres mains ridées, avec un geste d'insouciance presque libertine...

Le lendemain, par exemple, elle se souvenait bien de lui ; et en citant mille petites choses qu'il avait

faites ou qu'il avait dites, toute la journée elle le
pleura.

Oh! ces veillées d'hiver, quand les branchages
manquaient pour faire du feu! Travailler ayant froid,
travailler pour gagner sa vie, coudre menu, achever
avant de dormir les ouvrages rapportés chaque soir de
Paimpol.

La grand'mère Yvonne, assise dans la cheminée,
restait tranquille, les pieds contre les dernières
braises, les mains ramassées sous son tablier. Mais, au
commencement de la soirée, il fallait toujours tenir
des conversations avec elle.

— Tu ne me dis rien, ma bonne fille, pourquoi ça
donc? Dans mon temps à moi, j'en ai pourtant connu
de ton âge qui savaient causer. Me semble que nous
n'aurions pas l'air si triste, là, toutes les deux, si tu
voulais parler un peu.

Alors Gaud racontait des nouvelles quelconques
qu'elle avait apprises en ville, ou disait les noms des
gens qu'elle avait rencontrés en chemin, parlait de
choses qui lui étaient bien indifférentes à elle-même
comme, du reste, tout au monde à présent, puis
s'arrêtait au milieu de ses histoires quand elle voyait
la pauvre vieille endormie.

Rien de vivant, rien de jeune autour d'elle, dont la
fraîche jeunesse appelait la jeunesse. Sa beauté allait
se consumer, solitaire et stérile...

Le vent de la mer, qui arrivait de partout, agitait sa
lampe, et le bruit des lames s'entendait là comme
dans un navire; en l'écoutant, elle y mêlait le souvenir
toujours présent et douloureux de Yann, dont ces
choses étaient le domaine; durant les grandes nuits
d'épouvante, où tout était déchaîné et hurlant dans le

noir du dehors, elle songeait avec plus d'angoisse à lui.

Et puis seule, toujours seule avec cette grand'mère qui dormait, elle avait peur quelquefois et regardait dans les coins obscurs, en pensant aux marins ses ancêtres, qui avaient vécu dans ces étagères d'armoires, qui avaient péri au large pendant de semblables nuits, et dont les âmes pouvaient revenir ; elle ne se sentait pas protégée contre la visite de ces morts par la présence de cette si vieille femme qui était déjà presque des leurs...

Tout à coup elle frémissait de la tête aux pieds, en entendant partir du coin de la cheminée un petit filet de voix cassé, flûté, comme étouffé sous terre. D'un ton guilleret qui donnait froid à l'âme, la voix chantait :

> Pour la pêche d'Islande, mon mari vient de partir,
> Il m'a laissée sans le sou,
> Mais... trala, trala, la lou...

Et alors elle subissait ce genre particulier de frayeur que cause la compagnie des folles.

La pluie tombait, tombait, avec un petit bruit incessant de fontaine ; on l'entendait presque sans répit ruisseler dehors sur les murs. Dans le vieux toit de mousse, il y avait des gouttières qui, toujours aux mêmes endroits, infatigables, monotones, faisaient le même tintement triste ; elles détrempaient par places le sol du logis, qui était de roches et de terre battue avec des graviers et des coquilles.

On sentait l'eau partout autour de soi, elle vous enveloppait de ses masses froides, infinies : une eau tourmentée, fouettante, s'émiettant dans l'air, épaississant l'obscurité, et isolant encore davantage les

unes des autres les chaumières éparses du pays de
Ploubazlanec.

Les soirées de dimanche étaient pour Gaud les plus
sinistres, à cause d'une certaine gaîté qu'elles appor-
taient ailleurs : c'étaient des espèces de soirées
joyeuses, même dans ces petits hameaux perdus de la
côte ; il y avait toujours, ici ou là, quelque chaumière
fermée, battue par la pluie noire, d'où partaient des
chants lourds. Au dedans, des tables alignées pour les
buveurs ; des marins se séchant à des flambées
fumeuses ; les vieux se contentant avec de l'eau-de-vie,
les jeunes courtisant des filles, tous allant jusqu'à
l'ivresse, et chantant pour s'étourdir. Et, près d'eux,
la mer, leur tombeau de demain, chantait aussi,
emplissant la nuit de sa voix immense...

Certains dimanches, des bandes de jeunes hommes,
qui sortaient de ces cabarets-là ou revenaient de
Paimpol, passaient dans le chemin, près de la porte
des Moan ; c'étaient ceux qui habitaient à l'extrémité
des terres, vers Pors-Even. Ils passaient très tard,
échappés des bras des filles, insouciants de se mouiller, coutumiers des rafales et des ondées. Gaud tendait
l'oreille à leurs chansons et à leurs cris — très vite
noyés dans le bruit des bourrasques ou de la houle —
cherchant à démêler la voix de Yann, se sentant
trembler ensuite quand elle s'imaginait l'avoir
reconnue.

N'être pas revenu les voir, c'était mal de la part de
ce Yann ; et mener une vie joyeuse, si près de la mort
de Sylvestre, — tout cela ne lui ressemblait pas ! Non,
elle ne le comprenait plus décidément, — et, malgré
tout, ne pouvait se détacher de lui, ni croire qu'il fût
sans cœur.

Le fait est que, depuis son retour, sa vie était bien dissipée.

D'abord il y avait eu la tournée habituelle d'octobre dans le golfe de Gascogne[3], — et c'est toujours pour ces Islandais une période de plaisir, un moment où ils ont dans leur bourse un peu d'argent à dépenser sans souci (de petites avances pour s'amuser, que les capitaines donnent sur les grandes parts de pêche, payables seulement en hiver).

On était allé, comme tous les ans, chercher du sel dans les îles, et lui s'était repris d'amour, à Saint-Martin-de-Ré, pour certaine fille brune, sa maîtresse du précédent automne. Ensemble ils s'étaient promenés, au dernier gai soleil, dans les vignes rousses toutes remplies du chant des alouettes, tout embaumées par les raisins mûrs, les œillets des sables et les senteurs marines des plages : ensemble ils avaient chanté et dansé des rondes à ces veillées de vendange où l'on se grise, d'une ivresse amoureuse et légère, en buvant le vin doux.

Ensuite, la *Marie* ayant poussé jusqu'à Bordeaux[4], il avait retrouvé, dans un grand estaminet tout en dorures, la belle chanteuse à la montre, et s'était négligemment laissé adorer pendant huit nouveaux jours.

Revenu en Bretagne au mois de novembre, il avait assisté à plusieurs mariages de ses amis, comme garçon d'honneur, tout le temps dans ses beaux habits de fête, et souvent ivre après minuit sur la fin des bals. Chaque semaine, il lui arrivait quelque aventure nouvelle, que les filles s'empressaient de raconter à Gaud, en exagérant.

Trois ou quatre fois, elle l'avait vu de loin venir en

face d'elle sur ce chemin de Ploubazlanec, mais toujours à temps pour l'éviter ; lui aussi du reste, dans ces cas-là, prenait à travers la lande. Comme par une entente muette, maintenant ils se fuyaient.

XV

A Paimpol, il y a une grosse femme appelée madame Tressoleur; dans une des rues qui mènent au port, elle tient un cabaret fameux parmi les Islandais [1], où des capitaines et des armateurs viennent enrôler des matelots, faire leur choix parmi les plus forts, en buvant avec eux.

Autrefois belle, encore galante avec les pêcheurs, elle a des moustaches à présent, une carrure d'homme et la réplique hardie. Un air de cantinière, sous une grande coiffure blanche de nonnain; en elle, un je ne sais quoi de religieux, qui persiste quand même parce qu'elle est Bretonne. Dans sa tête, les noms de tous les marins du pays tiennent comme sur un registre; elle connaît les bons, les mauvais, sait au plus juste ce qu'ils gagnent et ce qu'ils valent.

Un jour de janvier, Gaud, ayant été mandée pour lui faire une robe, vint travailler là, dans une chambre, derrière la salle aux buveurs...

Chez cette dame Tressoleur, on entre par une porte aux massifs piliers de granit, qui est en retrait sous le premier étage de la maison, à la mode ancienne; quand on l'ouvre, il y a presque toujours quelque rafale engouffrée dans la rue, qui la pousse, et les arrivants font des entrées brusques, comme lancés par une lame de houle. La salle est basse et profonde, passée à la chaux blanche et ornée de cadres dorés où se voient des navires, des abordages, des naufrages. Dans un angle, une Vierge en faïence est posée sur une console, entre des bouquets artificiels.

Ces vieux murs ont entendu vibrer bien des chants puissants de matelots, ont vu s'épanouir bien des gaîtés lourdes et sauvages, — depuis les temps reculés de Paimpol, en passant par l'époque agitée des corsaires, jusqu'à ces Islandais de nos jours très peu différents de leurs ancêtres. Et bien des existences d'hommes ont été jouées, engagées là, entre deux ivresses, sur ces tables de chêne.

Gaud, tout en cousant cette robe, avait l'oreille à une conversation sur les choses d'Islande, qui se tenait derrière la cloison entre madame Tressoleur et deux *retraités* assis à boire.

Ils discutaient, les vieux, au sujet de certain beau bateau tout neuf, qu'on était en train de gréer dans le port : jamais elle ne serait parée, cette *Léopoldine*[2], à faire la campagne prochaine.

— Eh ! mais si, ripostait l'hôtesse, bien sûr qu'elle sera parée ! — Puisque je vous dis, moi, qu'elle a pris équipage hier : tous ceux de l'ancienne *Marie*, de Guermeur, qu'on va vendre pour la démolir ; cinq *jeunes personnes,* qui sont venues s'engager là, devant moi, — à cette table, — signer avec ma plume, — ainsi ! — Et des *bel'hommes,* je vous jure : Laumec, Tugdual Caroff, Yvon Duff, le fils Keraez, de Tréguier ; — et le grand Yann Gaos, de Pors-Even, qui en vaut bien trois !

La *Léopoldine* !... Le nom, à peine entendu, de ce bateau qui allait emporter Yann, s'était fixé d'un seul coup dans la mémoire de Gaud, comme si on l'y eût martelé pour le rendre plus ineffaçable.

Le soir, revenue à Ploubazlanec, installée à finir son ouvrage à la lumière de sa petite lampe, elle retrouvait dans sa tête ce mot-là toujours, dont la seule consonance l'impressionnait comme une chose triste. Les noms des personnes et ceux des navires ont une physionomie par eux-mêmes, presque un sens. Et ce *Léopoldine*, mot nouveau, inusité, la poursuivait avec une persistance qui n'était pas naturelle, devenait une sorte d'obsession sinistre. Non, elle s'était attendue à voir Yann repartir encore sur la *Marie* qu'elle avait visitée jadis, qu'elle connaissait, et dont la Vierge avait protégé pendant de longues années les dangereux voyages ; et voici que ce changement, cette *Léopoldine,* augmentait son angoisse.

Mais, bientôt, elle en vint à se dire que pourtant cela ne la regardait plus, que rien de ce qui le concernait, lui, ne devait plus la toucher jamais. Et, en effet, qu'est-ce que cela pouvait lui faire, qu'il fût ici ou ailleurs, sur un navire ou sur un autre, parti ou de retour?... Se sentirait-elle plus malheureuse, ou moins, quand il serait en Islande ; lorsque l'été serait revenu, tiède, sur les chaumières désertées, sur les femmes solitaires et inquiètes ; — ou bien quand un nouvel automne commencerait encore, ramenant une fois de plus les pêcheurs ? Tout cela pour elle était indifférent, semblable, également sans joie et sans espoir. Il n'y avait plus aucun lien entre eux deux, aucun motif de rapprochement, puisque même il oubliait le pauvre petit Sylvestre ; — donc il fallait bien comprendre que c'en était fait pour toujours de ce seul rêve, de ce seul désir de sa vie ; elle devait se détacher de Yann, de toutes les choses qui avaient

trait à son existence, même de ce nom d'Islande qui
vibrait encore avec un charme si douloureux à cause
de lui ; chasser absolument ces pensées, tout balayer ;
se dire que c'était fini, fini à jamais...

Avec douceur elle regarda cette pauvre vieille
femme endormie, qui avait encore besoin d'elle, mais
qui ne tarderait pas à mourir. Et alors, après, à quoi
bon vivre, à quoi bon travailler, et pour quoi faire ?...

Le vent d'ouest s'était encore levé dehors ; les
gouttières du toit avaient recommencé, sur ce grand
gémissement lointain, leur bruit tranquille et léger de
grelot de poupée. Et ses larmes aussi se mirent à
couler, larmes d'orpheline et d'abandonnée, passant
sur ses lèvres avec un petit goût amer, descendant
silencieusement sur son ouvrage, comme ces pluies
d'été qu'aucune brise n'amène, et qui tombent tout à
coup, pressées et pesantes, de nuages trop remplis ;
alors n'y voyant plus, se sentant brisée, prise de
vertige devant le vide de sa vie, elle replia le corsage
ample de cette dame Tressoleur et essaya de se
coucher.

Dans son pauvre beau lit de demoiselle, elle fris-
sonna en s'étendant : il devenait chaque jour plus
humide et plus froid, — ainsi que toutes les choses de
cette chaumière. — Cependant, comme elle était très
jeune, tout en continuant de pleurer, elle finit par se
réchauffer et s'endormir.

XVI

Des semaines sombres avaient passé encore, et on
était déjà aux premiers jours de février, par un assez
beau temps doux.

Yann sortait de chez l'armateur, venant de toucher
sa part de pêche du dernier été, quinze cents francs,
qu'il emportait pour les remettre à sa mère, suivant la
coutume de famille. L'année avait été bonne, et il s'en
retournait content.

Près de Ploubazlanec, il vit un rassemblement
au bord de la route : une vieille, qui gesticulait avec
son bâton, et autour d'elle des gamins ameutés
qui riaient... La grand'mère Moan !... La bonne
grand'mère que Sylvestre adorait, toute traînée et
déchirée, devenue maintenant une de ces vieilles
pauvresses imbéciles qui font des attroupements sur
les chemins !... Cela lui causa une peine affreuse.

Ces gamins de Ploubazlanec lui avaient tué son
chat, et elle les menaçait de son bâton, très en colère et
en désespoir :

— Ah ! s'il avait été ici, lui, mon pauvre garçon,
vous n'auriez pas osé, bien sûr, mes vilains drôles !...

Elle était tombée, paraît-il, en courant après eux
pour les battre ; sa coiffe était de côté, sa robe pleine

de boue, et ils disaient encore qu'elle était grise (comme cela arrive bien en Bretagne à quelques pauvres vieux qui ont eu des malheurs).

Yann savait, lui, que ce n'était pas vrai, et qu'elle était une vieille respectable ne buvant jamais que de l'eau.

— Vous n'avez pas honte ? dit-il aux gamins, très en colère lui aussi, avec sa voix et son ton qui imposaient.

Et, en un clin d'œil, tous les petits se sauvèrent, penauds et confus, devant le grand Gaos.

Gaud, qui justement revenait de Paimpol, rapportant de l'ouvrage pour la veillée, avait aperçu cela de loin, reconnu sa grand'mère dans ce groupe. Effrayée, elle arriva en courant pour savoir ce que c'était, ce qu'elle avait eu, ce qu'on avait pu lui faire, — et comprit, voyant leur chat qu'on avait tué.

Elle leva ses yeux francs vers Yann, qui ne détourna pas les siens ; ils ne songeaient plus à se fuir cette fois ; devenus seulement très roses tous deux, lui aussi vite qu'elle, d'une même montée de sang à leurs joues, ils se regardaient, avec un peu d'effarement de se trouver si près ; mais sans haine, presque avec douceur, réunis qu'ils étaient dans une commune pensée de pitié et de protection.

Il y avait longtemps que les enfants de l'école lui en voulaient, à ce pauvre matou défunt, parce qu'il avait la figure noire, un air de diable ; mais c'était un très bon chat, et, quand on le regardait de près, on lui trouvait au contraire la mine tranquille et câline. Ils l'avaient tué avec des cailloux et son œil pendait. La pauvre vieille, en marmottant toujours des menaces, s'en allait tout émue, toute branlante, emportant par la queue, comme un lapin, ce chat mort.

— Ah! mon pauvre garçon, mon pauvre garçon...
s'il était encore de ce monde, on n'aurait pas osé me
faire ça, non bien sûr!...

Il lui était sorti des espèces de larmes qui coulaient
dans ses rides; et ses mains, à grosses veines bleues,
tremblaient.

Gaud l'avait recoiffée au milieu, tâchait de la
consoler avec des paroles douces de petite-fille. Et
Yann s'indignait; si c'était possible, que des enfants
fussent si méchants! Faire une chose pareille à une
pauvre vieille femme! Les larmes lui en venaient
presque, à lui aussi. — Non point pour ce matou, il va
sans dire : les jeunes hommes, rudes comme lui, s'ils
aiment bien à jouer avec les bêtes, n'ont guère de
sensiblerie pour elles; mais son cœur se fendait, à
marcher là derrière cette grand'mère en enfance,
emportant son pauvre chat par la queue. Il pensait à
Sylvestre, qui l'avait tant aimée; au chagrin horrible
qu'il aurait eu, si on lui avait prédit qu'elle finirait
ainsi, en dérision et en misère.

Et Gaud s'excusait, comme étant chargée de sa
tenue :

— C'est qu'elle sera tombée, pour être si sale,
disait-elle tout bas; sa robe n'est plus bien neuve, c'est
vrai, car nous ne sommes pas riches, monsieur Yann;
mais je l'avais encore raccommodée hier, et ce matin
quand je suis partie, je suis sûre qu'elle était propre et
en ordre.

Il la regarda alors longuement, beaucoup plus
touché peut-être par cette petite explication toute
simple qu'il ne l'eût été par d'habiles phrases, des
reproches et des pleurs. Ils continuaient de marcher
l'un près de l'autre, se rapprochant de la chaumière
des Moan. — Pour jolie, elle l'avait toujours été

comme personne, il le savait fort bien, mais il lui parut qu'elle l'était encore davantage depuis sa pauvreté et son deuil. Son air était devenu plus sérieux, ses yeux gris de lin avaient l'expression plus réservée et semblaient malgré cela vous pénétrer plus avant, jusqu'au fond de l'âme. Sa taille aussi avait achevé de se former. Vingt-trois ans bientôt ; elle était dans tout son épanouissement de beauté.

Et puis elle avait à présent la tenue d'une fille de pêcheur, sa robe noire sans ornements et une coiffe tout unie ; son air de demoiselle, on ne savait plus bien d'où il lui venait ; c'était quelque chose de caché en elle-même et d'involontaire dont on ne pouvait plus lui faire reproche ; peut-être seulement son corsage, un peu plus ajusté que celui des autres, par habitude d'autrefois, dessinant mieux sa poitrine ronde et le haut de ses bras... Mais non, cela résidait plutôt dans sa voix tranquille et dans son regard.

XVII

Décidément il les accompagnait, — jusque chez elles sans doute.

Ils s'en allaient tous trois, comme pour l'enterrement de ce chat, et cela devenait presque un peu drôle, maintenant, de les voir ainsi passer en cortège ; il y avait sur les portes des bonnes gens qui souriaient. La vieille Yvonne au milieu, portant la bête ; Gaud à sa droite, troublée et toujours très rose ; le grand Yann à sa gauche, tête haute, et pensif.

Cependant la pauvre vieille s'était presque subitement apaisée en route ; d'elle-même, elle s'était recoiffée et, sans plus rien dire, elle commençait à les observer alternativement l'un et l'autre, du coin de son œil qui était redevenu clair.

Gaud ne parlait pas non plus de peur de donner à Yann une occasion de prendre congé ; elle eût voulu rester sur ce bon regard doux qu'elle avait reçu de lui, marcher les yeux fermés pour ne plus voir rien autre chose, marcher ainsi bien longtemps à ses côtés dans un rêve qu'elle faisait, au lieu d'arriver si vite à leur logis vide et sombre où tout allait s'évanouir.

A la porte, il y eut une de ces minutes d'indécision pendant lesquelles il semble que le cœur cesse de

battre. La grand'mère entra sans se retourner; puis
Gaud, hésitante, et Yann, par derrière, entra aussi...

Il était chez elles, pour la première fois de sa vie;
sans but, probablement; qu'est-ce qu'il pouvait vouloir?... En passant le seuil, il avait touché son
chapeau, et puis, ses yeux ayant rencontré d'abord le
portrait de Sylvestre dans sa petite couronne mor-
tuaire en perles noires, il s'en était approché lentement comme d'une tombe.

Gaud était restée debout, appuyée des mains à leur
table. Il regardait maintenant tout autour de lui, et
elle le suivait dans cette sorte de revue silencieuse
qu'il passait de leur pauvreté. Bien pauvre, en effet,
malgré son air rangé et honnête, le logis de ces deux
abandonnées qui s'étaient réunies. Peut-être, au
moins, éprouverait-il pour elle un peu de bonne pitié,
en la voyant redescendue à cette même misère, à ce
granit fruste et à ce chaume. Il n'y avait plus, de la
richesse passée, que le lit blanc, le beau lit de
demoiselle, et involontairement les yeux de Yann
revenaient là...

Il ne disait rien... Pourquoi ne s'en allait-il pas?...
La vieille grand'mère, qui était encore si fine à ses
moments lucides, faisait semblant de ne pas prendre
garde à lui. Donc ils restaient debout l'un devant
l'autre, muets et anxieux, finissant par se regarder
comme pour quelque interrogation suprême.

Mais les instants passaient et, à chaque seconde
écoulée, le silence semblait entre eux se figer davantage. Et ils se regardaient toujours plus profondément,
comme dans l'attente solennelle de quelque chose
d'inouï qui tardait à venir.

— Gaud, demanda-t-il à demi-voix grave, si vous voulez toujours...

Qu'allait-il dire?... On devinait quelque grande décision, brusque comme étaient les siennes, prise là tout à coup, et osant à peine être formulée...

— Si vous voulez toujours... La pêche s'est bien vendue cette année, et j'ai un peu d'argent devant moi...

Si elle voulait toujours!... Que lui demandait-il? avait-elle bien entendu? Elle était anéantie devant l'immensité de ce qu'elle croyait comprendre.

Et la vieille Yvonne, de son coin là-bas, dressait l'oreille, sentant du bonheur approcher...

— Nous pourrions faire notre mariage, mademoiselle Gaud, si vous vouliez toujours...

... Et puis il attendit sa réponse, qui ne vint pas... Qui donc pouvait l'empêcher de prononcer ce oui?... Il s'étonnait, il avait peur, et elle s'en apercevait bien. Appuyée des deux mains à la table, devenue toute blanche, avec des yeux qui se voilaient, elle était sans voix, ressemblait à une mourante très jolie...

— Eh bien, Gaud, réponds donc! dit la vieille grand'mère qui s'était levée pour venir à eux. Voyez-vous, ça la surprend, monsieur Yann; il faut l'excuser; elle va réfléchir et vous répondre tout à l'heure... Asseyez-vous, monsieur Yann, et prenez un verre de cidre avec nous...

Mais non, elle ne pouvait pas répondre, Gaud; aucun mot ne lui venait plus, dans son extase... C'était donc vrai qu'il était bon, qu'il avait du cœur. Elle le retrouvait là, son vrai Yann, tel qu'elle n'avait jamais cessé de le voir en elle-même, malgré sa dureté, malgré son refus sauvage, malgré tout. Il l'avait dédaignée longtemps, il l'acceptait aujourd'hui, — et

aujourd'hui qu'elle était pauvre ; c'était son idée à lui
sans doute, il avait eu quelque motif qu'elle saurait
plus tard ; en ce moment, elle ne songeait pas du tout
à lui en demander compte, non plus qu'à lui reprocher
son chagrin de deux années... Tout cela, d'ailleurs,
était si oublié, tout cela venait d'être emporté si loin,
en une seconde, par le tourbillon délicieux qui passait
sur sa vie !... Toujours muette, elle lui disait son
adoration rien qu'avec ses yeux, tout noyés, qui le
regardaient à une extrême profondeur, tandis qu'une
grosse pluie de larmes commençait à descendre le long
de ses joues...

— Allons, Dieu vous bénisse ! mes enfants, dit la
grand'mère Moan. Et moi, je lui dois un grand merci,
car je suis encore contente d'être devenue si vieille,
pour avoir vu ça avant de mourir.

Ils restaient toujours là, l'un devant l'autre, se
tenant les mains et ne trouvant pas de mots pour se
parler ; ne connaissant aucune parole qui fût assez
douce, aucune phrase ayant le sens qu'il fallait,
aucune qui leur semblât digne de rompre leur délicieux silence.

— Embrassez-vous, au moins, mes enfants... Mais
c'est qu'ils ne se disent rien !... Ah ! mon Dieu, les
drôles de petits-enfants que j'ai là par exemple !...
Allons Gaud, dis-lui donc quelque chose, ma fille...
De mon temps à moi, me semble qu'on s'embrassait,
quand on s'était promis...

Yann ôta son chapeau, comme saisi tout à coup
d'un grand respect inconnu, avant de se pencher pour
embrasser Gaud, — et il lui sembla que c'était le
premier vrai baiser qu'il eût jamais donné de sa vie.

Elle aussi l'embrassa, appuyant de tout son cœur
ses lèvres fraîches, inhabiles aux raffinements des

caresses, sur cette joue de son fiancé que la mer avait
dorée. Dans les pierres du mur, le grillon leur chantait
le bonheur ; il tombait juste, cette fois, par hasard. Et
le pauvre petit portrait de Sylvestre avait un air de
leur sourire, du milieu de sa couronne noire. Et tout
paraissait s'être subitement vivifié et rajeuni dans la
chaumière morte. Le silence s'était rempli de musiques inouïes ; même le crépuscule pâle d'hiver, qui
entrait par la lucarne, était devenu comme une belle
lueur enchantée...

— Alors, c'est au retour d'Islande que vous allez
faire ça, mes bons enfants ?

Gaud baissa la tête. L'Islande, la *Léopoldine*, — c'est
vrai, elle avait déjà oublié ces épouvantes dressées sur
la route. — Au retour d'Islande !... comme ce serait
long encore tout cet été d'attente craintive. Et Yann,
battant le sol du bout de son pied, à petits coups
rapides, devenu fort pressé lui aussi, comptait en lui-
même très vite, pour voir si, en se dépêchant bien, on
n'aurait pas le temps de se marier avant ce départ :
tant de jours pour réunir les papiers, tant de jours
pour publier les bans à l'église ; oui, cela ne mènerait
jamais qu'au 20 ou 25 du mois pour les noces, et, si
rien n'entravait, on aurait donc encore une grande
semaine à rester ensemble après.

— Je m'en vais toujours commencer par prévenir
notre père, dit-il, avec autant de hâte que si les
minutes mêmes de leur vie étaient maintenant mesu-
rées et précieuses...

QUATRIÈME PARTIE

I

Les amoureux aiment toujours beaucoup s'asseoir ensemble sur les bancs, devant les portes, quand la nuit tombe.

Yann et Gaud pratiquaient cela, eux aussi. Chaque soir, c'était à la porte de la chaumière des Moan, sur le vieux banc de granit, qu'ils se faisaient leur cour.

D'autres ont le printemps, l'ombre des arbres, les soirées tièdes, les rosiers fleuris. Eux n'avaient rien que des crépuscules de février descendant sur un pays marin, tout d'ajoncs et de pierres. Aucune branche de verdure au-dessus de leur tête, ni alentour, rien que le ciel immense, où passaient lentement des brumes errantes. Et pour fleurs, des algues brunes, que les pêcheurs, en remontant de la grève, avaient entraînées dans le sentier avec leurs filets.

Les hivers ne sont pas rigoureux dans cette région tiédie par des courants de la mer ; mais c'est égal, ces crépuscules amenaient souvent des humidités glacées et d'imperceptibles petites pluies qui se déposaient sur leurs épaules.

Ils restaient tout de même, se trouvant très bien là. Et ce banc, qui avait plus d'un siècle, ne s'étonnait pas de leur amour, en ayant déjà vu bien d'autres ; il en avait bien entendu, des douces paroles, sortir, toujours les mêmes, de génération en génération, de la bouche des jeunes, et il était habitué à voir les amoureux revenir plus tard, changés en vieux branlants et en vieilles tremblotantes, s'asseoir à la même place, — mais dans le jour alors, pour respirer encore un peu d'air et se chauffer à leur dernier soleil.

De temps en temps, la grand'mère Yvonne mettait la tête à la porte pour les regarder. Non pas qu'elle fût inquiète de ce qu'ils faisaient ensemble, mais par affection seulement, pour le plaisir de les voir, et aussi pour essayer de les faire rentrer. Elle disait :

— Vous aurez froid, mes bons enfants, vous attraperez du mal. *Ma Doué, ma Doué*, rester dehors si tard, je vous demande un peu, ça a-t-il du bon sens ?

Froid !... Est-ce qu'ils avaient froid, eux ? Est-ce qu'ils avaient seulement conscience de quelque chose en dehors du bonheur d'être l'un près de l'autre ?

Les gens qui passaient, le soir, dans le chemin, entendaient un léger murmure à deux voix, mêlé au bruissement que la mer faisait en dessous, au pied des falaises. C'était une musique très harmonieuse, la voix fraîche de Gaud alternait avec celle de Yann qui avait des sonorités douces et caressantes dans des notes graves. On distinguait aussi leurs deux silhouettes tranchant sur le granit du mur auquel ils étaient adossés : d'abord le blanc de la coiffe de Gaud, puis toute sa forme svelte en robe noire et, à côté d'elle, les épaules carrées de son ami. Au-dessus d'eux, le dôme bossu de leur toit de paille et, derrière tout cela, les infinis crépusculaires, le vide incolore des eaux et du ciel...

Ils finissaient tout de même par rentrer s'asseoir dans la cheminée, et la vieille Yvonne, tout de suite endormie, la tête tombée en avant, ne gênait pas beaucoup ces deux jeunes qui s'aimaient. Ils recommençaient à se parler à voix basse, ayant à se rattraper de deux ans de silence ; ayant besoin de se presser beaucoup pour se faire cette cour, puisqu'elle devait si peu durer.

Il était convenu qu'ils habiteraient chez cette grand'mère Yvonne qui, par testament, leur léguait sa chaumière ; pour le moment, ils n'y faisaient aucune amélioration, faute de temps, et remettaient au retour d'Islande leur projet d'embellir un peu ce pauvre petit nid par trop désolé.

II

... Un soir, il s'amusait à lui citer mille petites choses qu'elle avait faites ou qui lui étaient arrivées depuis leur première rencontre ; il lui disait même les robes qu'elle avait eues, les fêtes où elle était allée.

Elle l'écoutait avec une extrême surprise. Comment donc savait-il tout cela ? Qui se serait imaginé qu'il y avait fait attention et qu'il était capable de le retenir ?...

Lui, souriait, faisant le mystérieux, et racontait encore d'autres petits détails, même des choses qu'elle avait presque oubliées.

Maintenant, sans plus l'interrompre, elle le laissait dire, avec un ravissement inattendu qui la prenait tout entière ; elle commençait à deviner, à comprendre : c'est qu'il l'avait aimée, lui aussi, tout ce temps-là !... Elle avait été sa préoccupation constante : il lui en faisait l'aveu naïf à présent !...

Et alors qu'est-ce qu'il avait eu, mon Dieu ; pourquoi l'avait-il tant repoussée, tant fait souffrir ?

Toujours ce mystère qu'il avait promis d'éclaircir pour elle, mais dont il reculait sans cesse l'explication, avec un air embarrassé et un commencement de sourire incompréhensible.

III

Ils allèrent à Paimpol un beau jour, avec la grand'mère Yvonne, pour acheter la robe de noces.

Parmi les beaux costumes de demoiselle qui lui restaient d'autrefois, il y en avait qui auraient très bien pu être arrangés pour la circonstance, sans qu'on eût besoin de rien acheter. Mais Yann avait voulu lui faire ce cadeau, et elle ne s'était pas trop défendue : avoir une robe donnée par lui, payée avec l'argent de son travail et de sa pêche, il lui semblait que cela la fît déjà un peu son épouse.

Ils la choisirent noire, Gaud n'ayant pas fini le deuil de son père. Mais Yann ne trouvait rien d'assez joli dans les étoffes qu'on déployait devant eux. Il était un peu hautain vis-à-vis des marchands et, lui qui autrefois ne serait entré pour rien au monde dans aucune des boutiques de Paimpol, ce jour-là s'occupait de tout, même de la forme qu'aurait cette robe [1] ; il voulut qu'on y mît de grandes bandes de velours pour la rendre plus belle.

IV

Un soir qu'ils étaient assis sur leur banc de pierre
dans la solitude de leur falaise où la nuit tombait,
leurs yeux s'arrêtèrent par hasard sur un buisson
d'épines — le seul d'alentour — qui croissait entre
les rochers au bord du chemin. Dans la demi-
obscurité, il leur sembla distinguer sur ce buisson de
légères petites houppes blanches :

— On dirait qu'il est fleuri, dit Yann.

Et ils s'approchèrent pour s'en assurer.

Il était tout en fleurs. N'y voyant pas beaucoup, ils
le touchèrent, vérifiant avec leurs doigts la présence
de ces petites fleurettes qui étaient tout humides de
brouillard. Et alors, il leur vint une première impression hâtive de printemps ; du même coup, ils s'aperçu-
rent que les jours avaient allongé ; qu'il y avait
quelque chose de plus tiède dans l'air, de plus
lumineux dans la nuit.

Mais comme ce buisson était en avance ! Nulle part
dans le pays au bord d'aucun chemin, on n'en eût
trouvé un pareil. Sans doute, il avait fleuri là exprès
pour eux, pour leur fête d'amour...

— Oh ! nous allons en cueillir alors ! dit Yann.

Et, presque à tâtons, il composa un bouquet entre

ses mains rudes; avec le grand couteau de pêcheur qu'il portait à sa ceinture, il enleva soigneusement les épines, puis il le mit au corsage de Gaud :

— Là, comme une mariée, dit-il en se reculant comme pour voir, malgré la nuit, si cela lui seyait bien.

Au-dessous d'eux, la mer très calme déferlait faiblement sur les galets de la grève, avec un petit bruissement intermittent, régulier comme une respiration de sommeil; elle semblait indifférente, ou même favorable, à cette cour qu'ils se faisaient là tout près d'elle.

Les jours leur paraissaient longs dans l'attente des soirées, et ensuite, quand ils se quittaient sur le coup de dix heures, il leur venait un petit découragement de vivre, parce que c'était déjà fini...

Il fallait se hâter, se hâter pour les papiers, pour tout, sous peine de n'être pas prêt et de laisser fuir le bonheur devant soi, jusqu'à l'automne, jusqu'à l'avenir incertain...

Leur cour, faite le soir dans ce lieu triste, au bruit continuel de la mer, et avec cette préoccupation un peu enfiévrée de la marche du temps, prenait de tout cela quelque chose de particulier et de presque sombre. Ils étaient des amoureux différents des autres, plus graves, plus inquiets dans leur amour.

Il ne disait toujours pas ce qu'il avait eu pendant deux ans contre elle et, quand il était reparti le soir, ce mystère tourmentait Gaud. Pourtant il l'aimait bien, elle en était sûre.

C'était vrai, qu'il l'avait de tout temps aimée, mais pas comme à présent : cela augmentait dans son cœur et dans sa tête comme une marée qui monte, qui

monte, jusqu'à tout remplir. Il n'avait jamais connu
cette manière d'aimer quelqu'un.

De temps en temps, sur le banc de pierre, il
s'allongeait, presque étendu, jetait la tête sur les
genoux de Gaud, par câlinerie d'enfant pour se faire
caresser, et puis se redressait bien vite, par convenance. Il eût aimé se coucher par terre à ses pieds, et
rester là, le front appuyé sur le bas de sa robe. En
dehors de ce baiser de frère qu'il lui donnait en
arrivant et en partant, il n'osait pas l'embrasser. Il
adorait le je ne sais quoi invisible qui était en elle, qui
était son âme, qui se manifestait à lui dans le son pur
et tranquille de sa voix, dans l'expression de son
sourire, dans son beau regard limpide...

Et dire qu'elle était en même temps une femme de
chair, plus belle et plus désirable qu'aucune autre ;
qu'elle lui appartiendrait bientôt d'une manière aussi
complète que ses maîtresses d'avant, sans cesser pour
cela d'être *elle-même !*... Cette idée le faisait frissonner
jusqu'aux moelles profondes ; il ne concevait pas bien
d'avance ce que serait une pareille ivresse, mais il n'y
arrêtait pas sa pensée, par respect, se demandant
presque s'il oserait commettre ce délicieux sacrilège...

V

Un soir de pluie, ils étaient assis près l'un de l'autre
dans la cheminée, et leur grand'mère Yvonne dormait
en face d'eux. La flamme qui dansait dans les
branchages du foyer faisait promener au plafond noir
leurs ombres agrandies.

Ils se parlaient bien bas, comme font tous les
amoureux. Mais il y avait, ce soir-là, de longs silences
embarrassés, dans leur causerie. Lui surtout ne disait
presque rien, et baissait la tête avec un demi-sourire,
cherchant à se dérober aux regards de Gaud.

C'est qu'elle l'avait pressé de questions, toute la
soirée, sur ce mystère qu'il n'y avait pas moyen de lui
faire dire et cette fois il se voyait pris : elle était trop
fine et trop décidée à savoir ; aucun faux-fuyant ne le
tirerait plus de ce mauvais pas.

— De méchants propos, qu'on avait tenus sur mon
compte ? demandait-elle.

Il essaya de répondre oui. De méchants propos,
oh !... on en avait tenu beaucoup dans Paimpol, et
dans Ploubazlanec...

Elle demanda quoi. Il se troubla et ne sut pas dire.
Alors elle vit bien que ce devait être autre chose.

— C'était ma toilette, Yann ?

Pour la toilette, il est sûr que cela y avait contribué : elle en faisait trop, pendant un temps, pour devenir la femme d'un simple pêcheur. Mais enfin il était forcé de convenir que ce n'était pas tout.

— Était-ce parce que, dans ce temps-là, nous passions pour riches ? Vous aviez peur d'être refusé ?

— Oh ! non, pas cela.

Il fit cette réponse avec une si naïve sûreté de lui-même, que Gaud en fut amusée. Et puis il y eut de nouveau un silence pendant lequel on entendit dehors le bruit gémissant de la brise et de la mer.

Tandis qu'elle l'observait attentivement, une idée commençait à lui venir, et son expression changeait à mesure :

— Ce n'était rien de tout cela, Yann ; alors quoi ? dit-elle en le regardant tout à coup dans le blanc des yeux, avec le sourire d'inquisition irrésistible de quelqu'un qui a deviné.

Et lui détourna la tête, en riant tout à fait.

Ainsi, c'était bien cela, elle avait trouvé : de raison, il ne pouvait pas lui en donner, parce qu'il n'y en avait pas, il n'y en avait eu jamais. Eh bien, oui, tout simplement il avait fait son têtu (comme Sylvestre disait jadis), et c'était tout. Mais voilà aussi, on l'avait tourmenté avec cette Gaud ! Tout le monde s'y était mis, ses parents, Sylvestre, ses camarades islandais, jusqu'à Gaud elle-même. Alors il avait commencé à dire non, obstinément non, tout en gardant au fond de son cœur l'idée qu'un jour, quand personne n'y penserait plus, cela finirait certainement par être oui.

Et c'était pour cet enfantillage de son Yann que Gaud avait langui, abandonnée pendant deux ans, et désiré mourir...

Après le premier mouvement, qui avait été de rire

un peu, par confusion d'être découvert, Yann regarda
Gaud avec de bons yeux graves qui, à leur tour,
interrogeaient profondément : lui pardonnerait-elle
au moins ? Il avait un si grand remords aujourd'hui de
lui avoir fait tant de peine, lui pardonnerait-elle ?...

— C'est mon caractère qui est comme cela, Gaud,
dit-il. Chez nous, avec mes parents, c'est la même
chose. Des fois, quand je fais ma tête dure, je reste
pendant des huit jours comme fâché avec eux, presque
sans parler à personne. Et pourtant je les aime bien,
vous le savez, et je finis toujours par leur obéir dans
tout ce qu'ils veulent, comme si j'étais encore un
enfant de dix ans... Si vous croyez que ça faisait mon
affaire, à moi, de ne pas me marier ! Non, cela n'aurait
plus duré longtemps dans tous les cas, Gaud, vous
pouvez me croire.

Oh ! si elle lui pardonnait ! Elle sentait tout doucement des larmes lui venir, et c'était le reste de son
chagrin d'autrefois qui finissait de s'en aller à cet aveu
de son Yann. D'ailleurs, sans toute sa souffrance
d'avant, l'heure présente n'eût pas été si délicieuse ; à
présent que c'était fini, elle aimait presque mieux
avoir connu ce temps d'épreuve.

Maintenant tout était éclairci entre eux deux ;
d'une manière inattendue, il est vrai, mais complète :
il n'y avait plus aucun voile entre leurs deux âmes. Il
l'attira contre lui dans ses bras et, leurs têtes s'étant
rapprochées, ils restèrent là longtemps, leurs joues
appuyées l'une sur l'autre, n'ayant plus besoin de rien
s'expliquer ni de rien se dire. Et en ce moment, leur
étreinte était si chaste que, la grand'mère Yvonne
s'étant réveillée, ils demeurèrent devant elle comme
ils étaient, sans aucun trouble.

VI

C'était six jours avant le départ pour l'Islande. Leur cortège de noces s'en revenait de l'église de Ploubazlanec, pourchassé par un vent furieux, sous un ciel chargé et tout noir.

Au bras l'un de l'autre, ils étaient beaux tous deux, marchant comme des rois, en tête de leur longue suite, marchant comme dans un rêve. Calmes, recueillis, graves, ils avaient l'air de ne rien voir ; de dominer la vie, d'être au-dessus de tout. Ils semblaient même être respectés par le vent, tandis que, derrière eux, ce cortège était un joyeux désordre de couples rieurs, que de grandes rafales d'ouest tourmentaient. Beaucoup de jeunes, chez lesquels aussi la vie débordait ; d'autres, déjà grisonnants, mais qui souriaient encore en se rappelant le jour de leurs noces et leurs premières années. Grand'mère Yvonne était là et suivait aussi, très éventée, mais presque heureuse, au bras d'un vieil oncle de Yann qui lui disait des galanteries anciennes ; elle portait une belle coiffe neuve qu'on lui avait achetée pour la circonstance et toujours son petit châle, reteint une troisième fois — en noir, à cause de Sylvestre.

Et le vent secouait indistinctement tous ces invités ;

on voyait des jupes relevées et des robes retournées; des chapeaux et des coiffes qui s'envolaient.

A la porte de l'église, les mariés s'étaient acheté, suivant la coutume, des bouquets de fausses fleurs pour compléter leur toilette de fête. Yann avait attaché les siennes au hasard sur sa poitrine large, mais il était de ceux à qui tout va bien. Quant à Gaud, il y avait de la demoiselle encore dans la façon dont ces pauvres fleurs grossières étaient piquées en haut de son corsage — très ajusté, comme autrefois, sur sa forme exquise.

Le violonaire [1] qui menait tout ce monde, affolé par le vent, jouait à la diable; ses airs arrivaient aux oreilles par bouffées, et, dans le bruit des bourrasques, semblaient une petite musique drôle, plus grêle que les cris d'une mouette.

Tout Ploubazlanec était sorti pour les voir. Ce mariage avait quelque chose qui passionnait les gens, et on était venu de loin à la ronde; aux carrefours des sentiers, il y avait partout des groupes qui stationnaient pour les attendre. Presque tous les « Islandais » de Paimpol, les amis de Yann, étaient là postés. Ils saluaient les mariés au passage; Gaud répondait en s'inclinant légèrement comme une demoiselle, avec sa grâce sérieuse, et, tout le long de sa route, elle était admirée.

Et les hameaux d'alentour, les plus perdus, les plus noirs, même ceux des bois, s'étaient vidés de leurs mendiants, de leurs estropiés, de leurs fous, de leurs idiots à béquilles. Cette gent était échelonnée sur le parcours, avec des musiques, des accordéons, des vielles; ils tendaient leurs mains, leurs sébiles, leurs chapeaux, pour recevoir des aumônes que Yann leur lançait avec son grand air noble, et Gaud, avec son

joli sourire de reine. Il y avait de ces mendiants qui
étaient très vieux, qui avaient des cheveux gris sur des
têtes vides n'ayant jamais rien contenu ; tapis dans les
creux des chemins, ils étaient de la même couleur que
la terre d'où ils semblaient n'être qu'incomplètement
sortis, et où ils allaient rentrer bientôt sans avoir eu de
pensées ; leurs yeux égarés inquiétaient comme le
mystère de leurs existences avortées et inutiles. Ils
regardaient passer, sans comprendre, cette fête de la
vie pleine et superbe...

On continua de marcher au delà du hameau de
Pors-Even et de la maison des Gaos. C'était pour se
rendre, suivant l'usage traditionnel des mariés du
pays de Ploubazlanec, à la chapelle de la Trinité, qui
est comme au bout du monde breton.

Au pied de la dernière et extrême falaise, elle pose
sur un seuil de roches basses, tout près des eaux, et
semble déjà appartenir à la mer. Pour y descendre, on
prend un sentier de chèvre parmi des blocs de granit.
Et le cortège de noces se répandit sur la pente de ce
cap isolé, au milieu des pierres, les paroles joyeuses ou
galantes se perdant tout à fait dans le bruit du vent et
des lames.

Impossible d'atteindre cette chapelle ; par ce gros
temps, le passage n'était pas sûr, la mer venait trop
près pour frapper ses grands coups. On voyait bondir
très haut ses gerbes blanches qui, en retombant, se
déployaient pour tout inonder.

Yann, qui s'était le plus avancé, avec Gaud
appuyée à son bras, recula le premier devant les
embruns. En arrière, son cortège restait échelonné sur
les roches, en amphithéâtre, et lui, semblait être venu
là pour présenter sa femme à la mer ; mais celle-ci
faisait mauvais visage à la mariée nouvelle.

En se retournant, il aperçut le violonaire, perché sur un rocher gris et cherchant à rattraper, entre deux rafales, son air de contredanse.

— Ramasse ta musique, mon ami, lui dit-il ; la mer nous en joue d'une autre qui marche mieux que la tienne...

En même temps commença une grande pluie fouettante qui menaçait depuis le matin. Alors ce fut une débandade folle avec des cris et des rires, pour grimper sur la haute falaise et se sauver chez les Gaos...

VII

Le dîner de noces se fit chez les parents d'Yann, à cause de ce logis de Gaud, qui était bien pauvre.

Ce fut en haut, dans la grande chambre neuve, une tablée de vingt-cinq personnes autour des mariés ; des sœurs et des frères ; le cousin Gaos le pilote ; Guermeur, Keraez, Yvon Duff, tous ceux de l'ancienne *Marie,* qui étaient de la *Léopoldine* à présent ; quatre filles d'honneur très jolies, leurs nattes de cheveux disposées en rond au-dessus des oreilles, comme autrefois les impératrices de Byzance, et leur coiffe blanche à la nouvelle mode des jeunes, en forme de conque marine ; quatre garçons d'honneur, tous Islandais, bien plantés, avec de beaux yeux fiers.

Et en bas aussi, bien entendu, on mangeait et on cuisinait ; toute la queue du cortège s'y était entassée en désordre, et des femmes de peine, louées à Paimpol, perdaient la tête devant la grande cheminée encombrée de poêles et de marmites.

Les parents d'Yann auraient souhaité pour leur fils une femme plus riche, c'est bien sûr ; mais Gaud était connue à présent pour une fille sage et courageuse ; et puis, à défaut de sa fortune perdue, elle était la plus belle du pays, et cela les flattait de voir les deux époux si assortis.

Le vieux père, en gaîté après la soupe, disait de ce mariage :

— Ça va faire encore des Gaos, on n'en manquait pourtant pas dans Ploubazlanec !

Et, en comptant sur ses doigts, il expliquait à un oncle de la mariée comment il y en avait tant de ce nom-là ; son père, qui était le plus jeune de neuf frères, avait eu douze enfants, tous mariés avec des cousines, et ça en avait fait, tout ça, des Gaos, malgré les disparus d'Islande !...

— Pour moi, dit-il, j'ai épousé aussi une Gaos ma parente, et nous en avons fait encore quatorze à nous deux.

Et à l'idée de cette peuplade, il se réjouissait, en secouant sa tête blanche.

Dame ! il avait eu de la peine pour les élever, ses quatorze petits Gaos ; mais à présent ils se débrouillaient, et puis ces dix mille francs de l'épave les avaient mis vraiment bien à leur aise.

En gaîté aussi, le voisin Guermeur racontait ses tours joués au *service*[*], des histoires de Chinois, d'Antilles, de Brésil, faisant écarquiller les yeux aux jeunes qui allaient y aller.

Un de ses meilleurs souvenirs, c'était une fois, à bord de l'*Iphigénie*, on faisait le plein des soutes à vin, le soir, à la brune ; et la manche en cuir, par où ça passait pour descendre, s'était crevée. Alors, au lieu d'avertir, on s'était mis à boire à même jusqu'à plus

[*] Les hommes de la côte appellent ainsi leur temps de matelot dans la marine de guerre.

soif; ça avait duré deux heures, cette fête; à la fin ça
coulait plein la batterie; tout le monde était soûl!

Et ces vieux marins, assis à table, riaient de leur rire
bon enfant avec une pointe de malice.

— On crie contre le *service*, disaient-ils; eh bien! il
n'y a encore que là, pour faire des tours pareils!

Dehors, le temps ne s'embellissait pas, au
contraire; le vent, la pluie, faisaient rage dans une
épaisse nuit. Malgré les précautions prises, quelques-
uns s'inquiétaient de leur bateau, ou de leur barque
amarrée dans le port, et parlaient de se lever pour
aller y voir.

Cependant un autre bruit, beaucoup plus gai à
entendre, arrivait d'en bas où les plus jeunes de la
noce soupaient les uns sur les autres : c'étaient les cris
de joie, les éclats de rire des petits-cousins et des
petites-cousines, qui commençaient à se sentir très
émoustillés par le cidre.

On avait servi des viandes bouillies, des viandes
rôties, des poulets, plusieurs espèces de poissons, des
omelettes et des crêpes.

On avait causé pêche et contrebande, discuté toute
sorte de façons pour attraper les messieurs douaniers
qui sont, comme on sait, les ennemis des hommes de
mer.

En haut, à la table d'honneur, on se lançait même à
parler d'aventures drôles.

Ceci se croisait, en breton, entre ces hommes qui
tous, à leur époque, avaient roulé le monde.

— A Hong-Kong, les *maisons*, tu sais bien, les
maisons qui sont là, en montant dans les petites rues...

— Ah! oui, répondait du bout de la table un autre
qui les avait fréquentées, — oui, en tirant sur la droite
quand on arrive?

— C'est ça ; enfin, chez les dames chinoises, quoi !... Donc, nous avions *consommé* là dedans, à trois que nous étions... Des vilaines femmes, *ma Doué*, mais vilaines !...

— Oh ! pour vilaines, je te crois, dit négligemment le grand Yann qui, lui aussi, dans un moment d'erreur, après une longue traversée, les avait connues, ces Chinoises.

— Après, pour payer, qui est-ce qui en avait des piastres ?... Cherche, cherche dans les poches, — ni moi, ni toi, ni lui, — plus le sou personne ! — Nous faisons des excuses, en promettant de revenir. (Ici, il contournait sa rude figure bronzée et minaudait comme une Chinoise très surprise.) Mais la vieille, pas confiante, commence à miauler, à faire le diable, et finit par nous griffer avec ses pattes jaunes. (Maintenant, il singeait ces voix pointues de là-bas et grimaçait comme cette vieille en colère, tout en roulant ses yeux qu'il avait retroussés par le coin avec ses doigts.) Et voilà les deux Chinois, les deux... enfin les deux patrons de la boîte, tu me comprends, — qui ferment la grille à clef, nous dedans ! Comme de juste, on te les empoigne par la queue pour les mettre en danse la tête contre les murs. — Mais crac ! il en sort d'autres par tous les trous, au moins une douzaine qui se relèvent les manches pour nous tomber dessus, — avec des airs de se méfier tout de même. — Moi, j'avais justement mon paquet de cannes à sucre, achetées pour mes provisions de route ; et c'est solide, ça ne casse pas, quand c'est vert ; alors tu penses, pour cogner sur les magots, si ça nous a été utile...

Non, décidément, il ventait trop fort ; en ce moment les vitres tremblaient sous une rafale terrible, et le

conteur, ayant brusqué la fin de son histoire, se leva
pour aller voir sa barque[1].

Un autre disait :

— Quand j'étais quartier-maître canonnier, en
fonctions de caporal d'armes sur la *Zénobie*, à Aden,
un jour, je vois les marchands de plumes d'autruche
qui montent à bord (imitant l'accent de là-bas) :
« Bonjour, caporal d'armes ; nous pas voleurs, nous
bons marchands. » D'un *paravirer*[2] je te les fais
redescendre quatre à quatre : « Toi, bon marchand,
que je dis, apporte un peu d'abord un bouquet de
plumes pour me faire cadeau ; nous verrons après si
on te laissera monter avec ta pacotille. » Et je m'en
serais fait pas mal d'argent au retour, si je n'avais pas
été si bête ! (Douloureusement) : mais, tu sais, dans ce
temps j'étais jeune homme... Alors, à Toulon, une
connaissance à moi qui travaillait dans les modes...

Allons bon, voici qu'un des petits frères d'Yann, un
futur Islandais, avec une bonne figure rose et des yeux
vifs, tout d'un coup se trouve malade pour avoir bu
trop de cidre. Bien vite il faut l'emporter, le petit
Laumec, ce qui coupe court au récit des perfidies de
cette modiste pour avoir ces plumes...

Le vent dans la cheminée hurlait comme un damné
qui souffre ; de temps en temps, avec une force à faire
peur, il secouait toute la maison sur ses fondements de
pierre.

— On dirait que ça le fâche, parce que nous
sommes en train de nous amuser, dit le cousin pilote.

— Non, c'est la mer qui n'est pas contente, répondit Yann, en souriant à Gaud, — parce que je lui avais
promis mariage.

Cependant, une sorte de langueur étrange commençait à les prendre tous deux ; ils se parlaient plus bas,

la main dans la main, isolés au milieu de la gaîté des autres. Lui, Yann, connaissant l'effet du vin sur les sens, ne buvait pas du tout ce soir-là. Et il rougissait à présent, ce grand garçon, quand quelqu'un de ses camarades islandais disait une plaisanterie de matelot sur la nuit qui allait suivre.

Par instants aussi il était triste, en pensant tout à coup à Sylvestre... D'ailleurs, il était convenu qu'on ne devait pas danser à cause du père de Gaud et à cause de lui.

On était au dessert; bientôt allaient commencer les chansons. Mais avant, il y avait les prières à dire, pour les défunts de la famille; dans les fêtes de mariage, on ne manque jamais à ce devoir de religion, et quand on vit le père Gaos se lever en découvrant sa tête blanche, il se fit du silence partout:

— Ceci, dit-il, est pour Guillaume Gaos, mon père.

Et, en se signant, il commença pour ce mort la prière latine:

— *Pater noster, qui es in cœlis, sanctificetur nomen tuum...*

Un silence d'église s'était maintenant propagé jusqu'en bas, aux tablées joyeuses des petits. Tous ceux qui étaient dans cette maison répétaient en esprit les mêmes mots éternels.

— Ceci est pour Yves et Jean Gaos, mes frères, perdus dans la mer d'Islande... Ceci est pour Pierre Gaos, mon fils, naufragé à bord de la *Zélie*[3]...

Puis, quand tous ces Gaos eurent chacun leur prière, il se tourna vers la grand'mère Yvonne:

— Ceci, dit-il, est pour Sylvestre Moan.

Et il en récita une autre encore. Alors Yann pleura.

— ... *Sed libera nos a malo. Amen.*

Les chansons commencèrent après. Des chansons

apprises *au service,* sur le gaillard d'avant, où il y a,
comme on sait, beaucoup de beaux chanteurs :

> Un noble corps, pas moins, que celui des zouaves,
> Mais chez nous les braves
> Narguent le destin,
> Hurrah ! hurrah ! vive le vrai marin [4] !

Les couplets étaient dits par un des garçons d'honneur, d'une manière tout à fait langoureuse qui allait
à l'âme ; et puis le chœur était repris par d'autres
belles voix profondes.

Mais les nouveaux époux n'entendaient plus que du
fond d'une sorte de lointain ; quand ils se regardaient,
leurs yeux brillaient d'un éclat trouble, comme des
lampes voilées ; ils se parlaient de plus en plus bas, la
main toujours dans la main, et Gaud baissait souvent
la tête, prise peu à peu, devant son maître, d'une
crainte plus grande et plus délicieuse.

Maintenant le cousin pilote faisait le tour de la
table pour servir d'un certain vin à lui ; il l'avait
apporté avec beaucoup de précautions, caressant la
bouteille couchée, qu'il ne fallait pas remuer, disait-il.

Il en raconta l'histoire : un jour de pêche, une
barrique flottait toute seule au large ; pas moyen de la
ramener, elle était trop grosse ; alors ils l'avaient
crevée en mer, remplissant tout ce qu'il y avait à bord
de pots et de moques [5]. Impossible de tout emporter.
On avait fait des signes aux autres pilotes, aux autres
pêcheurs ; toutes les voiles en vue s'étaient rassem-
blées autour de la trouvaille.

— Et j'en connais plus d'un qui était soûl, en
rentrant le soir à Pors-Even.

Toujours le vent continuait son bruit affreux.

En bas, les enfants dansaient des rondes ; il y en

avait bien quelques-uns de couchés, — des tout petits
Gaos, ceux-ci ; — mais les autres faisaient le diable,
menés par le petit Fantec* et le petit Laumec**,
voulant absolument aller sauter dehors, et, à toute
minute, ouvrant la porte à des rafales furieuses qui
soufflaient les chandelles.

Lui, le cousin pilote, finissait l'histoire de son vin ;
pour son compte, il en avait eu quarante bouteilles ; il
priait bien qu'on n'en parlât pas, à cause de M. le
commissaire de l'inscription maritime, qui aurait pu
lui chercher une affaire pour cette épave non déclarée.

— Mais voilà, disait-il, il aurait fallu les soigner,
ces bouteilles ; si on avait pu les tirer au clair [7], ça
serait devenu tout à fait du vin supérieur ; car, certes,
il y avait dedans beaucoup plus de jus de raisin que
dans toutes les caves des débitants de Paimpol.

Qui sait où il avait poussé, ce vin de naufrage ? Il
était fort, haut en couleur, très mêlé d'eau de mer, et
gardait le goût âcre du sel. Il fut néanmoins trouvé
très bon, et plusieurs bouteilles se vidèrent.

Les têtes tournaient un peu ; le son des voix
devenait plus confus et les garçons embrassaient les
filles.

Les chansons continuaient gaîment ; cependant on
n'avait guère l'esprit tranquille à ce souper, et les
hommes échangeaient des signes d'inquiétude à cause
du mauvais temps qui augmentait toujours.

Dehors, le bruit sinistre allait son train, pis que
jamais. Cela devenait comme un seul cri, continu,
renflé, menaçant, poussé à la fois, à plein gosier, à cou
tendu, par des milliers de bêtes enragées.

---

* En français : François [6].
** En français : Guillaume.

On croyait aussi entendre de gros canons de marine tirer dans le lointain leurs formidables coups sourds : et cela, c'était la mer qui battait de partout le pays de Ploubazlanec ; — non, elle ne paraissait pas contente, en effet, et Gaud se sentait le cœur serré par cette musique d'épouvante, que personne n'avait commandée pour leur fête de noces.

Sur les minuit, pendant une accalmie, Yann, qui s'était levé doucement, fit signe à sa femme de venir lui parler.

C'était pour s'en aller chez eux... Elle rougit, prise d'une pudeur, confuse de s'être levée... Puis elle dit que ce serait impoli, s'en aller tout de suite, laisser les autres.

— Non, répondit Yann, c'est le père qui l'a permis : nous pouvons.

Et il l'entraîna.

Ils se sauvèrent furtivement.

Dehors ils se trouvèrent dans le froid, dans le vent sinistre, dans la nuit profonde et tourmentée. Ils se mirent à courir, en se tenant par la main. Du haut de ce chemin de falaise, on devinait sans les voir les lointains de la mer furieuse, d'où montait tout ce bruit. Ils couraient tous deux, cinglés en plein visage, le corps penché en avant, contre les rafales, obligés quelquefois de se retourner, la main devant la bouche, pour reprendre leur respiration que ce vent avait coupée.

D'abord, il l'enlevait presque par la taille, pour l'empêcher de traîner sa robe, de mettre ses beaux souliers dans toute cette eau qui ruisselait par terre ; et puis il la prit à son cou tout à fait, et continua de courir encore plus vite... Non, il ne croyait pas tant l'aimer !... Et dire qu'elle avait vingt-trois ans ; lui bientôt vingt-huit ; que, depuis deux ans au moins, ils auraient pu être mariés, et heureux comme ce soir.

Enfin ils arrivèrent chez eux, dans leur pauvre petit logis au sol humide, sous leur toit de paille et de mousse ; — et ils allumèrent une chandelle que le vent leur souffla deux fois.

La vieille grand'mère Moan, qu'on avait reconduite chez elle avant de commencer les chansons, était là, couchée depuis deux heures dans son lit en armoire dont elle avait refermé les battants ; ils s'approchèrent avec respect et la regardèrent par les découpures de sa porte afin de lui dire bonsoir si par hasard elle ne dormait pas encore. Mais ils virent que sa figure vénérable demeurait immobile et ses yeux fermés ; elle était endormie ou feignait de l'être pour ne pas les troubler.

Alors [8] ils se sentirent seuls l'un à l'autre.

Ils tremblaient tous deux, en se tenant les mains. Lui se pencha d'abord vers elle pour embrasser sa bouche : mais Gaud détourna les lèvres par ignorance de ce baiser-là, et aussi chastement que le soir de leurs fiançailles, les appuya au milieu de la joue d'Yann, qui était froidie par le vent, tout à fait glacée.

Bien pauvre, bien basse, leur chaumière, et il y faisait très froid. Ah ! si Gaud était restée riche comme anciennement, quelle joie elle aurait eue à arranger une jolie chambre, non pas comme celle-ci sur la terre nue... Elle n'était guère habituée encore à ces murs de granit brut, à cet air rude qu'avaient les choses ; mais son Yann était là avec elle ; alors, par sa présence, tout était changé, transfiguré, et elle ne voyait plus que lui...

Maintenant leurs lèvres s'étaient rencontrées, et elle ne détournait plus les siennes. Toujours debout, les bras noués pour se serrer l'un à l'autre, ils restaient là muets, dans l'extase d'un baiser qui ne finissait plus. Ils mêlaient leurs respirations un peu haletantes, et ils tremblaient tous deux plus fort, comme dans une ardente fièvre. Ils semblaient être sans force pour rompre leur étreinte, et ne connaître rien de plus, ne désirer rien au delà de ce long baiser.

Elle se dégagea enfin, troublée tout à coup :

— Non, Yann!... Grand'mère Yvonne pourrait nous voir !

Mais lui, avec un sourire, chercha les lèvres de sa femme encore et les reprit bien vite entre les siennes, comme un altéré à qui on a enlevé sa coupe d'eau fraîche.

Le mouvement qu'ils avaient fait venait de rompre le charme de l'hésitation délicieuse. Yann, qui, aux premiers instants, se serait mis à genoux comme devant la Vierge sainte, se sentit redevenir sauvage ; il regarda furtivement du côté des vieux lits en armoire, ennuyé d'être aussi près de cette grand'mère, cherchant un moyen sûr pour ne plus être vu ; toujours sans quitter les lèvres exquises, il allongea le bras derrière lui, et du revers de la main, éteignit la lumière comme avait fait le vent.

Alors, brusquement, il l'enleva dans ses bras ; avec sa manière de la tenir, la bouche toujours appuyée sur la sienne, il était comme un fauve qui aurait planté ses dents dans une proie. Elle, abandonnait son corps, son âme, à cet enlèvement qui était impérieux et sans résistance possible, tout en restant doux comme une longue caresse enveloppante : il l'emportait dans l'obscurité vers le beau lit blanc *à la mode des villes* qui devait être leur lit nuptial...

Autour d'eux, pour leur premier coucher de mariage, le même invisible orchestre jouait toujours.

Houhou!... houhou!... Le vent tantôt donnait en plein son bruit caverneux avec un tremblement de rage; tantôt répétait sa menace plus bas à l'oreille, comme par un raffinement de malice, avec des petits sons filés, en prenant la voix flûtée d'une chouette.

Et la grande tombe des marins était tout près, mouvante, dévorante, battant les falaises de ses mêmes coups sourds. Une nuit ou l'autre, il faudrait être pris là-dedans, s'y débattre, au milieu de la frénésie des choses noires et glacées : — ils le savaient...

Qu'importe! pour le moment, ils étaient à terre, à l'abri de toute cette fureur inutile et retournée contre elle-même. Alors, dans le logis pauvre et sombre où passait le vent, ils se donnèrent l'un à l'autre, sans souci de rien ni de la mort, enivrés, leurrés délicieusement par l'éternelle magie de l'amour...

VIII

Ils furent mari et femme pendant six jours.

En ce moment de départ, les choses d'Islande occupaient tout le monde. Des femmes de peine empilaient le sel pour la saumure dans les soutes des navires; les hommes disposaient les gréements et, chez Yann, la mère, les sœurs travaillaient du matin au soir à préparer les *suroîts*, les *cirages*, tout le trousseau de campagne. Le temps était sombre, et la mer, qui sentait l'équinoxe venir, était remuante et troublée.

Gaud subissait ces préparatifs inexorables avec angoisse, comptant les heures rapides des journées, attendant le soir où, le travail fini, elle avait son Yann pour elle seule.

Est-ce que, les autres années, il partirait aussi? Elle espérait bien qu'elle saurait le retenir, mais elle n'osait pas, dès maintenant, lui en parler... Pourtant il l'aimait bien, lui aussi; avec ses maîtresses d'avant, jamais il n'avait connu rien de pareil; non, ceci était différent; c'était une tendresse si confiante et si fraîche, que les mêmes baisers, les mêmes étreintes, avec elle étaient *autre chose*; et, chaque nuit, leurs

ivresses d'amour allaient s'augmentant l'une par
l'autre, sans jamais s'assouvir quand le matin venait.

Ce qui la charmait comme une surprise, c'était de le
trouver si doux, si enfant, ce Yann qu'elle avait vu
quelquefois à Paimpol faire son grand dédaigneux
avec des filles amoureuses. Avec elle, au contraire, il
avait toujours cette même courtoisie qui semblait
toute naturelle chez lui, et elle adorait ce bon sourire
qu'il lui faisait, dès que leurs yeux se rencontraient.
C'est que, chez ces simples, il y a le sentiment, le
respect inné de la majesté de l'*épouse*; un abîme la
sépare de l'amante, chose de plaisir, à qui, dans un
sourire de dédain, on a l'air ensuite de rejeter les
baisers de la nuit. Gaud était l'épouse, elle, et, dans le
jour, il ne se souvenait plus de leurs caresses, qui
semblaient ne pas compter tant ils étaient une même
chair tous deux et pour toute la vie.

... Inquiète, elle l'était beaucoup dans son bonheur,
qui lui semblait quelque chose de trop inespéré,
d'instable comme les rêves...

D'abord, est-ce que ce serait bien durable, chez
Yann, cet amour?... Parfois elle se souvenait de ses
maîtresses, de ses emportements, de ses aventures, et
alors elle avait peur : lui garderait-il toujours cette
tendresse infinie, avec ce respect si doux?...

Vraiment, six jours de mariage, pour un amour
comme le leur, ce n'était rien : rien qu'un petit
acompte enfiévré pris sur le temps de l'existence —
qui pouvait encore être si long devant eux! A peine
avaient-ils pu se parler, se voir, comprendre qu'ils
s'appartenaient. — Et tous leurs projets de vie
ensemble, de joie tranquille, d'arrangement de
ménage, avaient été forcément remis au retour...

Oh! les autres années, à tout prix l'empêcher de

repartir pour cette Islande!... Mais comment s'y
prendre? Et que feraient-ils alors pour vivre, étant si
peu riches l'un et l'autre?... Et puis il aimait tant son
métier de mer...

Elle essayerait malgré tout, les autres fois, de le
retenir; elle y mettrait toute sa volonté, toute son
intelligence et tout son cœur. Être femme d'Islandais,
voir approcher tous les printemps avec tristesse,
passer tous les étés dans l'anxiété douloureuse; non, à
présent qu'elle l'adorait au delà de ce qu'elle eût
imaginé jamais, elle se sentait prise d'une épouvante
trop grande en songeant à ces années à venir...

Ils eurent une journée de printemps, une seule.
C'était la veille de l'appareillage, on avait fini de
mettre le gréement en ordre à bord, et Yann resta tout
le jour avec elle. Ils se promenèrent bras dessus bras
dessous dans les chemins, comme font les amoureux,
très près l'un de l'autre et se disant mille choses. Les
bonnes gens en souriant les regardaient passer :

— C'est Gaud, avec le grand Yann de Pors-Even...
Des mariés d'hier!

Un vrai printemps, ce dernier jour; c'était particulier et étrange de voir tout à coup ce grand calme, et
plus un seul nuage dans ce ciel habituellement
tourmenté. Le vent ne soufflait de nulle part. La mer
s'était faite très douce; elle était partout du même
bleu pâle, et restait tranquille. Le soleil brillait d'un
grand éclat blanc, et le rude pays breton s'imprégnait
de cette lumière comme d'une chose fine et rare; il
semblait s'égayer et revivre jusque dans ses plus
profonds lointains. L'air avait pris une tiédeur délicieuse sentant l'été, et on eût dit qu'il s'était immobi-
lisé à jamais, qu'il ne pouvait plus y avoir de jours
sombres ni de tempêtes. Les caps, les baies, sur

lesquels ne passaient plus les ombres changeantes des nuages, dessinaient au soleil leurs grandes lignes immuables ; ils paraissaient se reposer, eux aussi, dans des tranquillités ne devant pas finir... Tout cela comme pour rendre plus douce et éternelle leur fête d'amour ; — et on voyait déjà des fleurs hâtives, des primevères le long des fossés, ou des violettes, frêles et sans parfum.

Quand Gaud demandait :

— Combien de temps m'aimeras-tu, Yann ?

Lui, répondait, étonné, en la regardant bien en face avec ses beaux yeux francs.

— Mais Gaud, toujours...

Et ce mot, dit très simplement par ses lèvres un peu sauvages, semblait avoir là son vrai sens d'éternité.

Elle s'appuyait à son bras. Dans l'enchantement du rêve accompli, elle se serrait contre lui, inquiète toujours, — le sentant fugitif comme un grand oiseau de mer... Demain, l'envolée au large !... Et cette première fois il était trop tard, elle ne pouvait rien pour l'empêcher de partir...

De ces chemins de falaise où ils se promenaient, on dominait tout ce pays marin, qui paraissait être sans arbres, tapissé d'ajoncs ras et semé de pierres. Les maisons des pêcheurs étaient posées çà et là sur les rochers avec leurs vieux murs de granit, leurs toits de chaume, très hauts et bossus, verdis par la pousse nouvelle des mousses, et, dans l'extrême éloignement, la mer, comme une grande vision diaphane, décrivait son cercle immense et éternel qui avait l'air de tout envelopper.

Elle s'amusait à lui raconter les choses étonnantes et merveilleuses de ce Paris, où elle avait habité ; mais lui, très dédaigneux, ne s'y intéressait pas.

— Si loin de la côte, disait-il, et tant de terres, tant
de terres... ça doit être malsain. Tant de maisons, tant
de monde... Il doit y avoir des mauvaises maladies,
dans ces villes ; non, je ne voudrais pas vivre là
dedans, moi, bien sûr.

Et elle souriait, s'étonnant de voir combien ce
grand garçon était un enfant naïf.

Quelquefois ils s'enfonçaient dans ces replis du sol
où poussent de vrais arbres qui ont l'air de s'y tenir
blottis contre le vent du large. Là, il n'y avait plus de
vue ; par terre, des feuilles mortes amoncelées et de
l'humidité froide, le chemin creux, bordé d'ajoncs
verts, devenait sombre sous les branchages, puis se
resserrait entre les murs de quelque hameau noir et
solitaire, croulant de vieillesse, qui dormait dans ce
bas-fond ; et toujours quelque crucifix se dressait bien
haut devant eux, parmi les branches mortes, avec son
grand Christ de bois rongé comme un cadavre,
grimaçant sa douleur sans fin.

Ensuite le sentier remontait, et, de nouveau, ils
dominaient les horizons immenses, ils retrouvaient
l'air vivifiant des hauteurs et de la mer.

Lui, à son tour, racontait l'Islande, les étés pâles et
sans nuit, les soleils obliques qui ne se couchent
jamais. Gaud ne comprenait pas bien et se faisait
expliquer.

— Le soleil fait tout le tour, tout le tour, disait-il en
promenant son bras étendu sur le cercle lointain des
eaux bleues. Il reste toujours bien bas, parce que,
vois-tu, il n'a pas du tout de force pour monter ; à
minuit, il traîne un peu son bord dans la mer, mais
tout de suite il se relève et il continue de faire sa
promenade ronde. Des fois, la lune aussi paraît à
l'autre bout du ciel ; alors ils travaillent tous deux,

chacun de son bord, et on ne les connaît pas trop l'un de l'autre, car ils se ressemblent beaucoup dans ce pays.

Voir le soleil à minuit !... Comme ça devait être loin, cette île d'Islande. Et les fiords ? Gaud avait lu ce mot inscrit plusieurs fois parmi les noms des morts dans la chapelle des naufragés ; il lui faisait l'effet de désigner une chose sinistre.

— Les fiords, répondit Yann, — des grandes baies, comme ici celle de Paimpol par exemple ; seulement il y a autour des montagnes si hautes, si hautes, qu'on ne voit jamais où elles finissent, à cause des nuages qui sont dessus. Un triste pays, va, Gaud, je t'assure. Des pierres, des pierres, rien que des pierres, et les gens de l'île ne connaissent point ce que c'est que les arbres. A la mi-août, quand notre pêche est finie, il est grand temps de repartir, car alors les nuits commencent, et elles allongent très vite ; le soleil tombe au-dessous de la terre sans pouvoir se relever, et il fait nuit chez eux, là-bas, pendant tout l'hiver.

» Et puis, disait-il, il y a aussi un petit cimetière, sur la côte, dans un fiord [1], tout comme chez nous, pour ceux du pays de Paimpol qui sont morts pendant les saisons de pêche, ou qui sont disparus en mer ; c'est en terre bénite aussi bien qu'à Pors-Even, et les défunts ont des croix en bois toutes pareilles à celles d'ici, avec leurs noms écrits dessus. Les deux Goazdiou, de Ploubazlanec, sont là, et aussi Guillaume Moan, le grand-père de Sylvestre.

Et elle croyait le voir, ce petit cimetière au pied des caps désolés, sous la pâle lumière rose de ces jours ne finissant pas. Ensuite, elle songeait à ces mêmes morts sous la glace et sous le suaire noir de ces nuits longues comme les hivers.

— Tout le temps, tout le temps, pêcher? deman-dait-elle, sans se reposer jamais?

— Tout le temps. Et puis il y a la manœuvre à faire, car la mer n'est pas toujours belle par là. Dame! on est fatigué le soir, ça donne appétit pour souper et, des jours, l'on dévore.

— Et on ne s'ennuie jamais?

— Jamais! dit-il, avec un air de conviction qui lui fit mal; à bord, au large, moi, le temps ne me dure pas, jamais!

Elle baissa la tête, se sentant plus triste, plus vaincue par la mer.

CINQUIÈME PARTIE

I

... A la fin de cette journée de printemps qu'ils avaient eue, la nuit tombante ramena le sentiment de l'hiver et ils rentrèrent dîner devant leur feu, qui était une flambée de branchages.

Leur dernier repas ensemble !... Mais ils avaient encore toute une nuit à dormir entre les bras l'un de l'autre, et cette attente les empêchait d'être déjà tristes.

Après dîner, ils retrouvèrent encore un peu l'impression douce du printemps, quand ils furent dehors sur la route de Pors-Even : l'air était tranquille, presque tiède et un reste de crépuscule s'attardait à traîner sur la campagne.

Ils allèrent faire visite à leurs parents pour les adieux de Yann, et revinrent de bonne heure se coucher, ayant le projet de se lever tous deux au petit jour.

II

Le quai de Paimpol, le lendemain matin, était plein
de monde. Les départs d'Islandais avaient commencé
depuis l'avant-veille et, à chaque marée, un groupe
nouveau prenait le large. Ce matin-là, quinze bateaux
devaient sortir avec la *Léopoldine*, et les femmes de ces
marins, ou les mères, étaient toutes présentes pour
l'appareillage. — Gaud s'étonnait de se trouver mêlée
à elles, devenue une femme d'Islandais elle aussi, et
amenée là pour la même cause fatale. Sa destinée
venait de se précipiter tellement en quelques jours,
qu'elle avait à peine eu le temps de se bien représenter
la réalité des choses ; en glissant sur une pente
irrésistiblement rapide, elle était arrivée à ce dénoue-
ment-là, qui était inexorable, et qu'il fallait subir à
présent — comme faisaient les autres, les habituées...

Elle n'avait jamais assisté de près à ces scènes, à ces
adieux. Tout cela était nouveau et inconnu. Parmi ces
femmes, elle n'avait point de pareille et se sentait
isolée, différente ; son passé de *demoiselle*, qui subsistait
malgré tout, la mettait à part.

Le temps était resté beau sur ce jour des sépara-
tions ; au large seulement une grosse houle lourde
arrivait à l'ouest, annonçant du vent, et de loin on

voyait la mer, qui attendait tout ce monde, briser [1]
dehors.

... Autour de Gaud, il y en avait d'autres qui
étaient, comme elle, bien jolies et bien touchantes
avec leurs yeux pleins de larmes ; il y en avait aussi de
distraites et de rieuses, qui n'avaient pas de cœur ou
qui pour le moment n'aimaient personne. Des vieilles,
qui se sentaient menacées par la mort, pleuraient en
quittant leurs fils ; des amants s'embrassaient longuement sur les lèvres, et on entendait des matelots gris
chanter pour s'égayer, tandis que d'autres montaient
à leur bord d'un air sombre, s'en allant comme à un
calvaire.

Et il se passait des choses sauvages : des malheureux qui avaient signé leur engagement par surprise,
quelque jour dans un cabaret, et qu'on embarquait
par force à présent ; leurs propres femmes et des
gendarmes les poussaient. D'autres enfin, dont on
redoutait la résistance à cause de leur grande force,
avaient été enivrés par précaution ; on les apportait
sur des civières et, au fond des cales des navires, on les
descendait comme des morts.

Gaud s'épouvantait de les voir passer : avec quels
compagnons allait-il donc vivre, son Yann ? et puis
quelle chose terrible était-ce donc, ce métier
d'Islande, pour s'annoncer de cette manière et inspirer à des hommes de telles frayeurs ?...

Pourtant il y avait aussi des marins qui souriaient ;
qui sans doute aimaient comme Yann la vie au large
et la grande pêche. C'étaient les bons, ceux-là ; ils
avaient la mine noble et belle ; s'ils étaient garçons, ils
s'en allaient insouciants, jetant un dernier coup d'œil
sur les filles ; s'ils étaient mariés, ils embrassaient
leurs femmes ou leurs petits avec une tristesse douce

et le bon espoir de revenir plus riches. Gaud se sentit
un peu rassurée en voyant qu'ils étaient tous ainsi à
bord de cette *Léopoldine,* qui avait vraiment un équipage de choix.

Les navires sortaient deux par deux, quatre par
quatre, traînés dehors par des remorqueurs. Et alors,
dès qu'ils s'ébranlaient, les matelots, découvrant leur
tête, entonnaient à pleine voix le cantique de la
Vierge : « Salut, Étoile-de-la-mer ! » sur le quai, des
mains de femmes s'agitaient en l'air pour de derniers
adieux, et des larmes coulaient sur les mousselines des
coiffes.

Dès que la *Léopoldine* fut partie, Gaud s'achemina
d'un pas rapide vers la maison des Gaos. Une heure et
demie de marche le long de la côte, par les sentiers
familiers de Ploubazlanec, et elle arriva là-bas, tout au
bout des terres, dans sa famille nouvelle.

La *Léopoldine* devait mouiller en grande rade devant
ce Pors-Even, et n'appareiller définitivement que le
soir : c'était donc là qu'ils s'étaient donné un dernier
rendez-vous. En effet, il revint, dans la yole de son
navire ; il revint pour trois heures lui faire ses adieux.

A terre, où l'on ne sentait point la houle, c'était
toujours le même beau temps printanier, le même ciel
tranquille. Ils sortirent un moment sur la route, en se
donnant le bras ; cela rappelait leur promenade
d'hier, seulement la nuit ne devait plus les réunir. Ils
marchaient sans but, en rebroussant vers Paimpol, et
bientôt se trouvèrent près de leur maison, ramenés là
insensiblement sans y avoir pensé ; ils entrèrent donc
encore une dernière fois chez eux, où la grand'mère
Yvonne fut saisie de les voir reparaître ensemble.

Yann faisait des recommandations à Gaud pour

différentes petites choses qu'il laissait dans leur armoire ; surtout pour ses beaux habits de noces : les déplier de temps en temps et les mettre au soleil. — A bord des navires de guerre les matelots apprennent ces soins-là. — Et Gaud souriait de le voir faire son entendu ; il pouvait être bien sûr pourtant que tout ce qui était à lui serait conservé et soigné avec amour.

D'ailleurs, ces préoccupations étaient secondaires pour eux ; ils en causaient pour causer, pour se donner le change à eux-mêmes...

Yann raconta qu'à bord de la *Léopoldine*, on venait de tirer au sort les postes de pêche et que, lui, était très content d'avoir gagné l'un des meilleurs. Elle se fit expliquer cela encore, ne sachant presque rien des choses d'Islande :

— Vois-tu, Gaud, dit-il, sur le *plat-bord*[2] de nos navires, il y a des trous qui sont percés à certaines places et que nous appelons *trous de mecques*[3] ; c'est pour y planter des petits supports à rouet dans lesquels nous passons nos lignes. Donc, avant de partir, nous jouons ces trous-là aux dés, ou bien avec des numéros brassés dans le bonnet du mousse. Chacun de nous gagne le sien et, pendant toute la campagne après, l'on n'a plus le droit de planter sa ligne ailleurs, l'on ne change plus. Eh bien, mon poste à moi se trouve sur l'arrière du bateau, qui est, comme tu dois savoir, l'endroit où l'on prend le plus de poissons ; et puis il touche aux grands haubans où l'on peut toujours attacher un bout de toile, un *cirage*, enfin un petit abri quelconque, pour la figure, contre toutes ces neiges ou ces grêles de là-bas ; — cela sert, tu comprends ; on n'a pas la peau si brûlée, pendant les mauvais grains noirs, et les yeux voient plus long-temps clair.

... Ils se parlaient bas, bas, comme par crainte d'effaroucher les instants qui leur restaient, de faire fuir le temps plus vite. Leur causerie avait le caractère à part de tout ce qui va inexorablement finir ; les plus insignifiantes petites choses qu'ils se disaient semblaient devenir ce jour-là mystérieuses et suprêmes...

A la dernière minute du départ, Yann enleva sa femme entre ses bras et ils se serrèrent l'un contre l'autre sans plus rien dire, dans une longue étreinte silencieuse.

Il s'embarqua, les voiles grises se déployèrent pour se tendre à un vent léger qui se levait dans l'ouest. Lui, qu'elle reconnaissait encore, agita son bonnet d'une manière convenue. Et longtemps elle regarda, en silhouette sur la mer, s'éloigner son Yann. — C'était lui encore, cette petite forme humaine debout, noire sur le bleu cendré des eaux, — et déjà vague, perdue dans cet éloignement où les yeux qui persistent à fixer se troublent et ne voient plus...

... A mesure que s'en allait cette *Léopoldine*, Gaud, comme attirée par un aimant, suivait à pied le long des falaises.

Il lui fallut s'arrêter bientôt, parce que la terre était finie ; alors elle s'assit, au pied d'une dernière grande croix [4], qui est là plantée parmi les ajoncs et les pierres. Comme c'était un point élevé, la mer vue de là semblait avoir des lointains qui montaient, et on eût dit que cette *Léopoldine*, en s'éloignant, s'élevait peu à peu, toute petite, sur les pentes de ce cercle immense. Les eaux avaient de grandes ondulations lentes, — comme les derniers contre-coups de quelque tourmente formidable qui se serait passée ailleurs, derrière l'horizon ; mais dans le champ profond de la vue, où Yann était encore, tout demeurait paisible.

Gaud regardait toujours, cherchant à bien fixer dans sa mémoire la physionomie de ce navire, sa silhouette de voilure et de carène, afin de le reconnaître de loin, quand elle reviendrait, à cette même place, l'attendre.

Des levées énormes de houle continuaient d'arriver de l'ouest, régulièrement l'une après l'autre, sans arrêt, sans trêve, renouvelant leur effort inutile, se brisant sur les mêmes rochers, déferlant aux mêmes places pour inonder les mêmes grèves. Et à la longue, c'était étrange, cette agitation sourde des eaux avec cette sérénité de l'air et du ciel ; c'était comme si le lit des mers, trop rempli, voulait déborder et envahir les plages [5].

Cependant la *Léopoldine* se faisait de plus en plus diminuée, lointaine, perdue. Des courants sans doute l'entraînaient, car les brises de cette soirée étaient faibles et pourtant elle s'éloignait vite. Devenue une petite tache grise, presque un point, elle allait bientôt atteindre l'extrême bord du cercle des choses visibles, et entrer dans ces au delà infinis où l'obscurité commençait à venir.

Quand il fut sept heures du soir, la nuit tombée, le bateau disparu, Gaud rentra chez elle, en somme assez courageuse, malgré les larmes qui lui venaient toujours. Quelle différence, en effet, et quel vide plus sombre s'il était parti encore comme les deux autres années, sans même un adieu ! Tandis qu'à présent tout était changé, adouci ; il était tellement à elle son Yann, elle se sentait si aimée malgré ce départ, qu'en s'en revenant toute seule au logis, elle avait au moins la consolation et l'attente délicieuse de cet *au revoir* qu'ils s'étaient dit pour l'automne.

III

L'été passa, triste, chaud, tranquille. Elle, guettant
les premières feuilles jaunies, les premiers rassem-
blements d'hirondelles, la pousse des chrysanthèmes.

Par les paquebots de Reickawick et par les chasseurs, elle lui écrivit plusieurs fois; mais on ne sait
jamais bien si ces lettres arrivent.

A la fin de juillet, elle en reçut une de lui. Il
l'informait qu'il était en bonne santé à la date du 10
courant, que la saison de la pêche s'annonçait excel-
lente et qu'il avait déjà quinze cents poissons pour sa
part. D'un bout à l'autre, c'était dit dans le style naïf
et calqué sur le modèle uniforme de toutes les lettres
de ces Islandais à leur famille. Les hommes élevés
comme Yann ignorent absolument la manière d'écrire
les mille choses qu'ils pensent, qu'ils sentent ou qu'ils
rêvent. Étant plus cultivée que lui, elle sut donc faire
la part de cela et lire entre les lignes la tendresse
profonde qui n'était pas exprimée. A plusieurs
reprises dans le courant de ses quatre pages, il lui
donnait le nom d'épouse, comme trouvant plaisir à le
répéter. Et d'ailleurs, l'adresse seule : *A Madame*

Marguerite Gaos, maison Moan, en Ploubazlanec était déjà une chose qu'elle relisait avec joie. Elle avait encore eu si peu le temps d'être appelée : *Madame Marguerite Gaos !...*

IV

Elle travailla beaucoup pendant ces mois d'été. Les
Paimpolaises, qui d'abord s'étaient méfiées de son
talent d'ouvrière improvisée, disant qu'elle avait de
trop belles mains de demoiselle, avaient vu, au
contraire, qu'elle excellait à leur faire des robes qui
avantageaient la tournure; alors elle était devenue
presque une couturière en renom.

Ce qu'elle gagnait passait à embellir le logis — pour
son retour. L'armoire, les vieux lits à étagères, étaient
réparés, cirés, avec des ferrures luisantes; elle avait
arrangé leur lucarne sur la mer avec une vitre et des
rideaux; acheté une couverture neuve pour l'hiver,
une table et des chaises.

Tout cela, sans toucher à l'argent que son Yann lui
avait laissé en partant et qu'elle gardait intact, dans
une petite boîte chinoise, pour le lui montrer à son
arrivée.

Pendant les veillées d'été, aux dernières clartés des
jours, assise devant la porte avec la grand'mère
Yvonne dont la tête et les idées allaient sensiblement
mieux pendant les chaleurs, elle tricotait pour Yann
un beau maillot de pêcheur en laine bleue; il y avait,
aux bordures du col et des manches, des merveilles de

points compliqués et ajourés ; la grand'mère Yvonne,
qui avait été jadis une habile tricoteuse, s'était rappelé
peu à peu ces procédés de sa jeunesse pour les lui
enseigner. Et c'était un ouvrage qui avait pris beaucoup de laine, car il fallait un maillot très grand pour
Yann.

Cependant, le soir surtout, on commençait à avoir
conscience de l'accourcissement des jours, certaines
plantes, qui avaient donné toute leur pousse en juillet,
prenaient déjà un air jaune, mourant, et les scabieuses
violettes refleurissaient au bord des chemins, plus
petites sur de plus longues tiges ; enfin les derniers
jours d'août arrivèrent, et un premier navire islandais
apparut un soir, à la pointe de Pors-Even. La fête du
retour était commencée.

On se porta en masse sur la falaise pour le recevoir ;
— lequel était-ce ?

C'était le *Samuel-Azénide* ; — toujours en avance
celui-là.

— Pour sûr, disait le vieux père d'Yann, la *Léopoldine* ne va pas tarder ; là-bas, je connais ça, quand un
commence à partir, les autres ne tiennent plus en
place.

V

Ils revenaient, les Islandais. Deux la seconde journée, quatre le surlendemain, et puis douze la semaine suivante. Et, dans le pays, la joie revenait avec eux, et c'était fête chez les épouses, chez les mères ; fête aussi dans les cabarets, où les belles filles paimpolaises servent à boire aux pêcheurs.

La *Léopoldine* restait du groupe des retardataires ; il en manquait encore dix. Cela ne pouvait tarder, et Gaud à l'idée que, dans un délai extrême de huit jours qu'elle se donnait pour ne pas avoir de déception, Yann serait là, Gaud était dans une délicieuse ivresse d'attente, tenant le ménage bien en ordre, bien propre et bien net, pour le recevoir.

Tout rangé, il ne lui restait rien à faire, et d'ailleurs elle commençait à n'avoir plus la tête à grand'chose dans son impatience.

Trois des retardataires arrivèrent encore, et puis cinq. Deux seulement manquaient toujours à l'appel.

— Allons, lui disait-on en riant, cette année, c'est la *Léopoldine* ou la *Marie-Jeanne* qui *ramasseront les balais*[1] du retour.

Et Gaud se mettait à rire, elle aussi, plus animée et plus jolie, dans sa joie de l'attendre.

VI

Cependant les jours passaient.

Elle continuait de se mettre en toilette, de prendre un air gai, d'aller sur le port causer avec les autres. Elle disait que c'était tout naturel, ce retard. Est-ce que cela ne se voyait pas chaque année? Oh! d'abord, de si bons marins, et deux si bons bateaux!

Ensuite, rentrée chez elle, il lui venait le soir de premiers petits frissons d'anxiété, d'angoisse.

Est-ce que vraiment c'était possible, qu'elle eût peur, si tôt?... Est-ce qu'il y avait de quoi?...

Et elle s'effrayait, d'avoir déjà peur...

VII

Le 10 du mois de septembre!... Comme les jours s'enfuyaient!

Un matin où il y avait déjà une brume froide sur la terre, un vrai matin d'automne, le soleil levant la trouva assise de très bonne heure sous le porche de la chapelle des naufragés, au lieu où vont prier les veuves; — assise, les yeux fixes, les tempes serrées comme dans un anneau de fer.

Depuis deux jours, ces brumes tristes de l'aube avaient commencé, et ce matin-là Gaud s'était réveillée avec une inquiétude plus poignante, à cause de cette impression d'hiver... Qu'avait donc cette journée, cette heure, cette minute, de plus que les précédentes?... On voit très bien des bateaux retardés de quinze jours, même d'un mois.

Ce matin-là avait bien quelque chose de particulier, sans doute, puisqu'elle était venue pour la première fois s'asseoir sous ce porche de chapelle, et relire les noms des jeunes hommes morts.

En mémoire de
GAOS, YVON, perdu en mer
aux environs de Norden-Fiord...
. . . .

Comme un grand frisson, on entendit une rafale de vent se lever de la mer, et en même temps, sur la voûte, quelque chose s'abattre comme une pluie : les feuilles mortes !... Il en entra toute une volée sous ce porche ; les vieux arbres ébouriffés du préau se dépouillaient, secoués par ce vent du large. — L'hiver qui venait !...

> ... perdu en mer
> aux environs de Norden-Fiord,
> dans l'ouragan du 4 au 5 août 1880.

Elle lisait machinalement, et, par l'ogive de la porte, ses yeux cherchaient au loin la mer : ce matin-là, elle était très vague, sous la brume grise, et une panne suspendue traînait sur les lointains comme un grand rideau de deuil...

Encore une rafale, et des feuilles mortes qui entraient en dansant. Une rafale plus forte, comme si ce vent d'ouest, qui avait jadis semé ces morts sur la mer, voulait encore tourmenter jusqu'à ces inscriptions qui rappelaient leurs noms aux vivants.

Gaud regardait, avec une persistance involontaire, une place vide, sur le mur, qui semblait attendre avec une obsession terrible ; elle était poursuivie par l'idée d'une plaque neuve qu'il faudrait peut-être mettre là, bientôt, avec un autre nom que, même en esprit, elle n'osait pas redire dans un pareil lieu.

Elle avait froid, et restait assise sur le banc de granit, la tête renversée contre la pierre.

> ... perdu aux environs de Norden-Fiord,
> dans l'ouragan du 4 au 5 août
> à l'âge de 23 ans...
> Qu'il repose en paix !

L'Islande lui apparaissait, avec le petit cimetière de
là-bas, — l'Islande lointaine, lointaine, éclairée par en
dessous au soleil de minuit... Et tout à coup, —
toujours à cette même place vide du mur qui semblait
attendre, — elle eut, avec une netteté horrible, la
vision de cette plaque neuve à laquelle elle songeait :
une plaque fraîche, une tête de mort, des os en croix et
au milieu, dans un flamboiement, un nom, le nom
adoré, *Yann Gaos !*... Alors elle se dressa tout debout,
en poussant un cri rauque de la gorge, comme une
folle...

Dehors, il y avait toujours sur la terre la brume
grise du matin ; et les feuilles mortes continuaient
d'entrer en dansant.

Des pas dans le sentier ! — Quelqu'un venait ? —
Alors elle se leva, bien droite ; d'un tour de main,
rajusta sa coiffe, se composa une figure. Les pas se
rapprochaient, on allait entrer. Vite elle prit un air
d'être là par hasard, ne voulant pas encore, pour rien
au monde, ressembler à une femme de naufragé.

Justement c'était Fante Floury, la femme du second
de la *Léopoldine*. Elle comprit tout de suite, celle-ci, ce
que Gaud faisait là ; inutile de feindre avec elle. Et
d'abord elles restèrent muettes l'une devant l'autre,
les deux femmes, épouvantées davantage et s'en
voulant de s'être rencontrées dans un même sentiment
de terreur, presque haineuses.

— Tous ceux de Tréguier et de Saint-Brieuc sont
rentrés depuis huit jours, dit enfin Fante, impitoyable,
d'une voix sourde et comme irritée.

Elle apportait un cierge pour faire un vœu.

— Ah ! oui... un vœu... Gaud n'avait pas encore

voulu y songer, à ce moyen des désolées. Mais elle entra dans la chapelle derrière Fante, sans rien dire, et elles s'agenouillèrent près l'une de l'autre comme deux sœurs.

A la Vierge Étoile-de-la-Mer, elles dirent des prières ardentes, avec toute leur âme. Et puis bientôt on n'entendit plus qu'un bruit de sanglots, et leurs larmes pressées commencèrent à tomber sur la terre...

Elles se relevèrent plus douces, plus confiantes. Fante aida Gaud qui chancelait et, la prenant dans ses bras, l'embrassa.

Ayant essuyé leurs larmes, arrangé leurs cheveux, épousseté le salpêtre et la poussière des dalles sur leur jupon à l'endroit des genoux, elles s'en allèrent sans plus rien se dire, par des chemins différents.

VIII

Cette fin de septembre ressemblait à un autre été, un peu mélancolique seulement. Il faisait vraiment si beau cette année-là que, sans les feuilles mortes qui tombaient en pluie triste par les chemins, on eût dit le gai mois de juin. Les maris, les fiancés, les amants étaient revenus, et partout c'était la joie d'un second printemps d'amour...

Un jour enfin, l'un des deux navires retardataires d'Islande fut signalé au large. Lequel ?...

Vite, les groupes de femmes s'étaient formés, muets, anxieux, sur la falaise.

Gaud, tremblante et pâlie, était là, à côté du père de son Yann :

— Je crois fort, disait le vieux pêcheur, je crois fort que c'est eux ! Un liston [1] rouge, un hunier à rouleau [2], ça leur ressemble joliment toujours ; qu'en dis-tu, Gaud, ma fille ?

» Et pourtant non, reprit-il, avec un découragement soudain ; non, nous nous trompons encore, le bout dehors [3] n'est pas pareil et ils ont un foc d'artimon [4]. Allons, pas eux pour cette fois, c'est la *Marie-Jeanne*. Oh ! mais bien sûr, ma fille, ils ne tarderont pas.

Et chaque jour venait après chaque jour ; et chaque nuit arrivait à son heure, avec une tranquillité inexorable.

Elle continuait de se mettre en toilette, un peu comme une insensée, toujours par peur de ressembler à une femme de naufragé, s'exaspérant quand les autres prenaient avec elle un air de compassion et de mystère, détournant les yeux pour ne pas croiser en route de ces regards qui la glaçaient.

Maintenant elle avait pris l'habitude d'aller dès le matin tout au bout des terres, sur la haute falaise de Pors-Even, passant par derrière la maison paternelle de son Yann, pour n'être pas vue par la mère ni les petites sœurs. Elle s'en allait toute seule à l'extrême pointe de ce pays de Ploubazlanec qui se découpe en corne de renne sur la Manche grise, et s'asseyait là tout le jour au pied d'une croix isolée qui domine les lointains immenses des eaux...

Il y en a ainsi partout, de ces croix de granit, qui se dressent sur les falaises avancées de cette terre des marins, comme pour demander grâce : comme pour apaiser la grande chose mouvante, mystérieuse, qui attire les hommes et ne les rend plus, et garde de préférence les plus vaillants, les plus beaux.

Autour de cette croix de Pors-Even, il y avait les landes éternellement vertes, tapissées d'ajoncs courts. Et, à cette hauteur, l'air de la mer était très pur, ayant à peine l'odeur salée des goémons, mais rempli des senteurs délicieuses de septembre.

On voyait se dessiner très loin, les unes par-dessus les autres, toutes les découpures de la côte, la terre de Bretagne finissait en pointes dentelées qui s'allongeaient sur le tranquille néant des eaux.

Au premier plan, des roches criblaient la mer ; mais

au delà, rien ne troublait plus son poli de miroir ; elle menait un tout petit bruit caressant, léger et immense, qui montait du fond de toutes les baies. Et c'étaient des lointains si calmes, des profondeurs si douces ! Le grand néant bleu, le tombeau des Gaos, gardait son mystère impénétrable, tandis que des brises, faibles comme des souffles, promenaient l'odeur des genêts ras qui avaient refleuri au dernier soleil d'automne.

A certaines heures régulières, la mer baissait, et des taches s'élargissaient, partout, comme si lentement la Manche se vidait ; ensuite, avec la même lenteur, les eaux remontaient et continuaient leur va-et-vient éternel, sans aucun souci des morts.

Et Gaud, assise au pied de sa croix, restait là, au milieu de ces tranquillités, regardant toujours, jusqu'à la nuit tombée, jusqu'à ne plus rien voir.

Septembre venait de finir. Elle ne prenait plus aucune nourriture, elle ne dormait plus.

A présent, elle restait chez elle, et se tenait accroupie, les mains entre les genoux, la tête renversée et appuyée au mur derrière. A quoi bon se lever, à quoi bon se coucher; elle se jetait sur son lit sans retirer sa robe, quand elle était trop épuisée. Autrement elle demeurait là, toujours assise, transie; ses dents claquaient de froid, dans cette immobilité; toujours elle avait cette impression d'un cercle de fer lui serrant les tempes; elle sentait ses joues qui se tiraient, sa bouche était sèche, avec un goût de fièvre, et à certaines heures elle poussait un gémissement rauque du gosier, répété par saccades, longtemps, longtemps, tandis que sa tête se frappait contre le granit du mur.

Ou bien elle l'appelait par son nom, très tendrement, à voix basse, comme s'il eût été là tout près et lui disait des mots d'amour.

Il lui arrivait de penser à d'autres choses qu'à lui, à de toutes petites choses insignifiantes; de s'amuser par exemple à regarder l'ombre de la Vierge de faïence et du bénitier, s'allonger lentement, à mesure que baissait la lumière, sur la haute boiserie de son lit.

Et puis des rappels d'angoisse revenaient plus horribles, et elle recommençait son cri, en battant le mur de sa tête...

Et toutes les heures du jour passaient, l'une après l'autre, et toutes les heures du soir, et toutes celles de la nuit, et toutes celles du matin. Quand elle comptait depuis combien de temps il aurait dû revenir, une terreur plus grande la prenait; elle ne voulait plus connaître ni les dates, ni les noms des jours.

Pour les naufrages d'Islande, on a des indications ordinairement; ceux qui reviennent ont vu de loin le drame; ou bien ils ont trouvé un débris, un cadavre, ils ont quelque indice pour tout deviner. Mais non, de la *Léopoldine* on n'avait rien vu, on ne savait rien. Ceux de la *Marie-Jeanne*, les derniers qui l'avaient aperçue le 2 août, disaient qu'elle avait dû s'en aller pêcher plus loin vers le nord, et après, cela devenait le mystère impénétrable.

Attendre, toujours attendre, sans rien savoir! Quand viendrait le moment où vraiment elle n'attendrait plus? Elle ne le savait même pas, et à présent elle avait presque hâte que ce fût bientôt.

Oh! s'il était mort, au moins qu'on eût la pitié de le lui dire!...

Oh! le voir, tel qu'il était en ce moment même, — lui, ou ce qui restait de lui!... Si seulement la Vierge tant priée, ou quelque autre puissance comme elle, voulait lui faire la grâce, par une sorte de double vue, de le lui montrer, son Yann! lui, vivant, manœuvrant pour rentrer — ou bien son corps roulé par la mer... pour être fixée au moins! pour savoir!!...

Quelquefois il lui venait tout à coup le sentiment d'une voile surgissant du bout de l'horizon : la

Léopoldine, approchant, se hâtant d'arriver! Alors elle faisait un premier mouvement irréfléchi pour se lever, pour courir regarder le large, voir si c'était vrai...

Elle retombait assise. Hélas! où était-elle en ce moment, cette *Léopoldine*? où pouvait-elle bien être? Là-bas, sans doute, là-bas dans cet effroyable lointain de l'Islande, abandonnée, émiettée, perdue...

Et cela finissait par cette vision obsédante, toujours la même : une épave éventrée et vide, bercée sur une mer silencieuse d'un gris rose; bercée lentement, lentement, sans bruit, avec une extrême douceur, par ironie, au milieu d'un grand calme d'eaux mortes.

X

Deux heures du matin.

C'était la nuit surtout qu'elle se tenait attentive à tous les pas qui s'approchaient : à la moindre rumeur, au moindre son inaccoutumé, ses tempes vibraient ; à force d'être tendues aux choses du dehors, elles étaient devenues affreusement douloureuses.

Deux heures du matin. Cette nuit-là comme les autres, les mains jointes, et les yeux ouverts dans l'obscurité, elle écoutait le vent faire sur la lande son bruit éternel.

Des pas d'homme tout à coup, des pas précipités dans le chemin ! A pareille heure, qui pouvait passer ? Elle se dressa, remuée jusqu'au fond de l'âme, son cœur cessant de battre...

On s'arrêtait devant la porte, on montait les petites marches de pierre...

Lui !... Oh ! joie du ciel, lui ! On avait frappé, est-ce que ce pouvait être un autre !... Elle était debout, pieds nus : elle, si faible depuis tant de jours, avait sauté lestement comme les chattes, les bras ouverts pour enlacer le bien-aimé. Sans doute la *Léopoldine* était arrivée de nuit, et mouillée en face de la baie de Pors-Even, — et lui, il accourait ; elle arrangeait tout

cela dans sa tête avec une vitesse d'éclair. Et maintenant, elle se déchirait les doigts aux clous de la porte,
dans sa rage pour retirer ce verrou qui était dur...

. . . .

— Ah!... Et puis elle recula lentement, affaissée, la
tête retombée sur la poitrine. Son beau rêve de folle
était fini. Ce n'était que Fantec, leur voisin... Le
temps de bien comprendre que ce n'était que lui, que
rien de son Yann n'avait passé dans l'air, elle se sentit
replongée comme par degrés dans son même gouffre,
jusqu'au fond de son même désespoir affreux.

Il s'excusait, le pauvre Fantec : sa femme, comme
on savait, était au plus mal, et à présent, c'était leur
enfant qui étouffait dans son berceau, pris d'un
mauvais mal de gorge; aussi il était venu demander
du secours, pendant que lui irait d'une course chercher le médecin à Paimpol...

Qu'est-ce que tout cela lui faisait, à elle? Devenue
sauvage dans sa douleur, elle n'avait plus rien à
donner aux peines des autres. Effondrée sur un banc,
elle restait devant lui les yeux fixes, comme une morte,
sans lui répondre, ni l'écouter, ni seulement le regarder. Qu'est-ce que cela lui faisait, les choses que
racontait cet homme ?

Lui comprit tout alors; il devina pourquoi on lui
avait ouvert cette porte si vite, et il eut pitié pour le
mal qu'il venait de lui faire.

Il balbutia un pardon :

— C'est vrai, qu'il n'aurait pas dû la déranger...
elle !...

— Moi ! répondit Gaud vivement, — et pourquoi
donc *pas moi*, Fantec ?

La vie lui était revenue brusquement, car elle ne

voulait pas encore être une désespérée aux yeux des autres, elle ne le voulait absolument pas. Et puis, à son tour, elle avait pitié de lui ; elle s'habilla pour le suivre et trouva la force d'aller soigner son petit enfant.

Quand elle revint se jeter sur son lit, à quatre heures, le sommeil la prit un moment parce qu'elle était très fatiguée.

Mais cette minute de joie immense avait laissé dans sa tête une empreinte qui, malgré tout, était persistante ; elle se réveilla bientôt avec une secousse, se dressant à moitié, au souvenir de quelque chose... Il y avait eu du nouveau concernant son Yann... Au milieu de la confusion des idées qui revenaient, vite elle cherchait dans sa tête, elle cherchait ce que c'était...

— Ah ! rien, hélas ! — non, rien que Fantec.

Et une seconde fois, elle retomba tout au fond de son même abîme. Non, en réalité, il n'y avait rien de changé dans son attente morne et sans espérance.

Pourtant, l'avoir senti là si près, c'était comme si quelque chose émané de lui était revenu flotter alentour ; c'était ce qu'on appelle, au pays breton, un *pressigne* ; et elle écoutait plus attentivement les pas du dehors, pressentant que quelqu'un allait peut-être arriver qui parlerait de lui.

En effet, quand il fit jour, le père de Yann entra. Il ôta son bonnet, releva ses beaux cheveux blancs, qui étaient en boucles comme ceux de son fils, et s'assit près du lit de Gaud.

Il avait le cœur angoissé, lui aussi ; car son Yann, son beau Yann était son aîné, son préféré, sa gloire. Mais il ne désespérait pas, non vraiment, il ne

désespérait pas encore. Il se mit à rassurer Gaud
d'une manière très douce : d'abord les derniers rentrés d'Islande parlaient tous de brumes très épaisses
qui avaient bien pu retarder le navire ; et puis surtout
il lui était venu une idée : une relâche aux îles Feroë[1],
qui sont des îles lointaines situées sur la route et d'où
les lettres mettent très longtemps à venir ; cela lui était
arrivé à lui-même, il y avait une quarantaine d'années, et sa pauve défunte mère avait déjà fait dire une
messe pour son âme... Un si beau bateau, la *Léopoldine,* presque neuf, et de si forts marins qu'ils étaient
tous à bord...

La vieille Moan rôdait autour d'eux tout en
hochant la tête ; la détresse de sa petite-fille lui avait
presque rendu de la force et des idées ; elle rangeait le
ménage, regardant de temps en temps le petit portrait
jauni de son Sylvestre accroché au granit du mur,
avec ses ancres de marine et sa couronne funéraire en
perles noires ; non, depuis que le métier de mer lui
avait pris son petit-fils, à elle, elle n'y croyait plus, au
retour des marins ; elle ne priait plus la Vierge que par
crainte, du bout de ses pauvres vieilles lèvres, lui
gardant une mauvaise rancune dans le cœur.

Mais Gaud écoutait avidement ces choses conso-
lantes, ses grands yeux cernés regardaient avec une
tendresse profonde ce vieillard qui ressemblait au
bien-aimé ; rien que de l'avoir là, près d'elle, c'était
une protection contre la mort, et elle se sentait plus
rassurée, plus rapprochée de son Yann. Ses larmes
tombaient, silencieuses et plus douces, et elle redisait
en elle-même ses prières ardentes à la Vierge Étoile-
de-la-Mer.

Une relâche là-bas, dans ces îles, pour des avaries
peut-être ; c'était une chose possible en effet. Elle se

leva, lissa ses cheveux, fit une sorte de toilette, comme
s'il pouvait revenir. Sans doute tout n'était pas perdu,
puisqu'il ne désespérait pas, lui, son père. Et, pendant
quelques jours, elle se remit encore à attendre.

C'était bien l'automne, l'arrière-automne, les tombées de nuit lugubres où, de bonne heure, tout se
faisait noir dans la vieille chaumière, et noir aussi
alentour, dans le vieux pays breton.

Les jours eux-mêmes semblaient n'être plus que des
crépuscules ; des nuages immenses, qui passaient
lentement, venaient faire tout à coup des obscurités en
plein midi. Le vent bruissait constamment, c'était
comme un son lointain de grandes orgues d'église,
jouant des airs méchants ou désespérés ; d'autres fois,
cela se rapprochait tout près contre la porte, se
mettant à rugir comme les bêtes.

Elle était devenue pâle, pâle, et se tenait toujours
plus affaissée, comme si la vieillesse l'eût déjà frôlée de
son aile chauve. Très souvent elle touchait les effets de
son Yann, ses beaux habits de noces, les dépliant, les
repliant comme une maniaque, — surtout un de ses
maillots en laine bleue qui avait gardé la forme de son
corps ; quand on le jetait doucement sur la table, il
dessinait de lui-même, comme par habitude, les reliefs
de ses épaules et de sa poitrine ; aussi à la fin elle
l'avait posé tout seul dans une étagère de leur
armoire, ne voulant plus le remuer pour qu'il gardât
plus longtemps cette empreinte.

Chaque soir, des brumes froides montaient de la
terre ; alors elle regardait par sa fenêtre la lande triste,
où des petits panaches de fumée blanche commençaient à sortir çà et là des chaumières des autres : là
partout les hommes étaient revenus, oiseaux voya-
geurs ramenés par le froid. Et, devant beaucoup de

ces feux, les veillées devaient être douces ; car le renouveau d'amour était commencé avec l'hiver dans tout ce pays des Islandais...

Cramponnée à l'idée de ces îles où il avait pu relâcher, ayant repris une sorte d'espoir, elle s'était remise à l'attendre...

. . . .

Il ne revint jamais.

Une nuit d'août, là-bas, au large de la sombre Islande, au milieu d'un grand bruit de fureur, avaient été célébrées ses noces avec la mer.

Avec la mer qui autrefois avait été aussi sa nourrice; c'était elle qui l'avait bercé, qui l'avait fait adolescent large et fort, — et ensuite elle l'avait repris, dans sa virilité superbe, pour elle seule. Un profond mystère avait enveloppé ces noces monstrueuses. Tout le temps, des voiles obscurs s'étaient agités au-dessus, des rideaux mouvants et tourmentés, tendus pour cacher la fête; et la fiancée donnait de la voix, faisait toujours son plus grand bruit horrible pour étouffer les cris. — Lui, se souvenant de Gaud, sa femme de chair, s'était défendu, dans une lutte de géant, contre cette épousée de tombeau. Jusqu'au moment où il s'était abandonné, les bras ouverts pour la recevoir, avec un grand cri profond comme un taureau qui râle, la bouche déjà emplie d'eau; les bras ouverts, étendus et raidis pour jamais.

Et à ses noces, ils y étaient tous, ceux qu'il avait conviés jadis. Tous, excepté Sylvestre, qui, lui, s'en était allé dormir dans des jardins enchantés, — très loin, de l'autre côté de la Terre...

FIN

DOSSIER

CHRONOLOGIE

1804. Naissance de Jean-Théodore Viaud, père de Loti.

1810. Naissance de Nadine Texier, mère de Loti.

1830. Mariage des parents de Loti.

1831. Naissance de Marie Viaud, sœur de Loti.

1838. Naissance de Gustave Viaud, frère de Loti.

1850. Naissance à Rochefort, le 14 janvier, de Julien Viaud, le futur Pierre Loti.

1858. Gustave Viaud, chirurgien de marine, s'embarque pour Tahiti.

1861. Premières vacances d'été à Brétenoux, dans le Lot.

1862. Julien Viaud entre comme externe de troisième au collège de Rochefort. Ses résultats y sont peu brillants, voire médiocres en « narration française ».

1863. Julien décide, à Brétenoux, d'entrer dans la marine.

1865. Mort en mer de Gustave Viaud ; il est immergé dans le golfe du Bengale.

1866. Difficultés financières de la famille Viaud. Le père de Julien, receveur municipal de Rochefort, est accusé de vol, et passe plusieurs jours en prison. Il sera acquitté en 1868. En octobre, Julien part pour Paris : il va préparer l'École navale au lycée Napoléon (Henri IV). Solitude ; il commence à rédiger un journal intime.

1867. Julien est reçu, 40ᵉ sur 60, à l'École navale.

1868. Sur le *Borda*, bateau-école à Brest, puis sur le *Bougainville*, le long des côtes françaises.

1869. Julien embarque, le 5 octobre, sur le *Jean-Bart*, vaisseau-école d'application, pour un voyage d'un an en Méditerranée et dans l'Atlantique.

1870. Décès de Jean-Théodore Viaud. Guerre avec l'Allemagne : Julien rejoint, le 8 août, la corvette *Decrès*, qui croise pendant deux mois en mer du Nord et en Baltique.

1871. Julien embarque sur le *Vaudreuil* : voyage dans l'hémisphère austral, jusqu'en Patagonie.

1872. Ile de Pâques : nombreux dessins, qui illustrent les premiers articles de Julien, en août, dans *L'Illustration*. Séjour de deux mois à Tahiti. Il en naîtra un roman (*Le Mariage de Loti*, qui ne paraîtra que huit ans plus tard).

1873. Julien Viaud est affecté au Sénégal, sur le *Pétrel*. Ce séjour lui inspirera plus tard *Le Roman d'un spahi*.

1875. Gymnastique à l'École militaire de Joinville.

1876. Julien embarque pour la Turquie en février, à bord de la *Couronne*. Ce séjour lui inspirera *Aziyadé*, qui paraît trois ans plus tard.

1877. Il quitte la Turquie. En service sur les côtes charentaises et bretonnes, il s'ennuie. Aménagement d'une salle turque dans la maison de Rochefort : peu à peu, de salle Renaissance en mosquée, de salles égyptienne ou chinoise jusqu'à l'adjonction d'un minaret en 1907, cette maison deviendra la célèbre « maison de Pierre Loti », aujourd'hui musée municipal.

1878. Loti paraît dans le salon de Sarah Bernhardt, qu'il connaît sans doute depuis 1876. Il découvre la Bretagne, en compagnie de Pierre Le Cor, matelot en poste à Lorient, sur le *Tonnerre*, comme Loti.

1879. *Aziyadé* paraît anonymement en janvier, et se vend mal.

1880. *Le Mariage de Loti* paraît anonymement en mars 1880. Succès. Loti rencontre Juliette Adam, directrice de la toute récente *Nouvelle Revue*, qui exercera longtemps sur lui une influence littéraire, et l'introduira dans bien des salons parisiens. Loti rencontre aussi Alphonse Daudet : ils nouent une amitié durable. En Adriatique, sur le *Friedland* : il découvre le Monténégro (qu'il évoque dans *Fleurs d'ennui*, en 1882).

1881. Lieutenant de vaisseau. Il signe Pierre Loti *Le Roman d'un spahi*, pseudonyme provenant d'une fleur de Tahiti.

1882. Loti commence à Rochefort la rédaction de *Mon frère Yves*.

1883. Il embarque en mai à bord de l'*Atalante*, en direction du Tonkin (expédition décidée par le cabinet Jules Ferry). Des articles décrivant sans fard les combats, et la prise de Hué en août, paraissent dans *Le Figaro* à la fin de septembre et en octobre : ils font scandale et provoquent le rappel en France de Loti. Il sera affecté à Rochefort jusqu'en 1885. Entre-temps, *Mon frère Yves* paraît en octobre.

1884. Loti commence la rédaction de *Pêcheur d'Islande*.

1885. Loti embarque sur le *Mytho*, pour l'Extrême-Orient : Saigon, Formose. Séjours au Japon, notamment à Nagasaki (d'où naîtra *Madame Chrysanthème*). Campagne de Chine, sur la *Triomphante*.

1886. Affectation à Rochefort. Publication de *Pêcheur d'Islande*. Grand succès. Loti épouse le 20 octobre Jeanne-Amélie-Blanche Franc de Ferrière (née en 1859). Voyage de noces en Espagne.

1887. Loti rédige *Madame Chrysanthème*. Mort, à la naissance, de son premier enfant. En octobre, en route vers la Roumanie escapade de trois jours à Istanbul (qui lui inspirera *Fantôme d'Orient*, paru en 1892).

1889. *Japoneries d'automne*. Naissance de son fils Samuel. Congé de deux mois, pour accompagner une ambassade de Jules Patenôtre auprès de Moulay-Hassan, à Fez (d'avril à mai).

1890. Publication de *Au Maroc*, en janvier. En mai, *Le Roman d'un enfant*, que la reine de Roumanie, Carmen Sylva, admiratrice et traductrice de *Pêcheur d'Islande*, lui avait suggéré en 1887 d'écrire. Nouvelle visite à Bucarest en mai, peu avant l'exil de la reine.

1891. Loti élu contre Zola, à l'Académie, le 21 mai. Il rend visite en août à la reine de Roumanie, exilée à Venise (il raconte cette visite dans *L'Exilée*, en 1893). Navigation en Méditerranée, sur le *Formidable*. Affectation en décembre sur le *Javelot*, à l'embouchure de la Bidassoa, face au Pays basque qu'il découvre les années suivantes, s'étant installé dans une maison de Hendaye.

1892. Réception de Loti à l'Académie, le 7 avril. Discours atta-quant le naturalisme.

1893. Publication de *Matelot*. Loti esquisse le plan de *Ramuntcho* en novembre. Ses *Œuvres complètes* en 9 volumes commen-cent à paraître chez Calmann-Lévy, jusqu'en 1906.

1894. Voyage en Arabie et en Terre Sainte. Il publiera l'année suivante *Le Désert*, *Jérusalem*, *La Galilée*. Rencontre de Crucita Gainza (1867-1949), Basque espagnole, couturière et dan-seuse, qui lui donnera trois enfants illégitimes entre 1895 et 1900.

1896. Achèvement en novembre de *Ramuntcho*.

Mort de Nadine Viaud, mère de Loti, le 12 novembre.

1897. Publication, en novembre, de *Figures et choses qui passaient.*

1898. Loti est mis d'office à la retraite. Après avoir saisi le Conseil d'État, il sera réintégré en 1899.

1899. Publication de *Reflets sur la sombre route.* Il part en mission en Inde, puis en Perse. De ces voyages naîtront *L'Inde (sans les Anglais)*, paru en 1903, et *Vers Ispahan*, paru en 1904.

1900. Rentré de Perse en juillet, il est affecté à bord du *Redoutable*, qui part le 2 août en Extrême-Orient. Loti ne rentrera en France qu'en avril 1902. Entre-temps, il se rend à Pékin, dévasté après la révolte des Boxers. Ce séjour chinois sera évoqué dans *Les Derniers Jours de Pékin*, publié en 1902.

1901. Bref séjour en Corée, puis au Japon, de Nagasaki à Yokohama. A l'occasion d'une escale à Saigon, Loti visite les ruines d'Angkor (*Un pèlerin d'Angkor* ne paraîtra qu'en 1912).

1903. Loti est nommé commandant du *Vautour*, aviso de l'ambassade de France à Istanbul. Il y rencontre le futur Claude Farrère, alors enseigne de vaisseau. Il achève *Vers Ispahan*, commence *La Troisième Jeunesse de Madame Prune* (1905).

1904. Loti est victime d'une mystification. Il en naît *Les Désenchantées*, roman paru en 1906, où il défend la femme turque et son désir d'émancipation relative. Le roman aura un très grand retentissement, et sera le plus grand succès de Loti depuis *Pêcheur d'Islande.*

1905. Loti est à nouveau nommé à Rochefort.

1906. Capitaine de vaisseau.

1907. Loti, en congé sans solde pour six mois, se rend en Égypte. La presse annonce son intention d'écrire un roman intitulé *Au pied des pyramides.* Ce voyage, qui le conduit du Caire à Assouan, est évoqué dans *La Mort de Philae* (1909).

1910. Loti est admis à la retraite.
Nouveau séjour à Istanbul.

1912. Voyage à New York : on y monte une pièce écrite par Loti et Judith Gautier entre 1903 et 1905, *La Fille du ciel.* Première guerre balkanique. Loti défend la Turquie dans la presse.

1913. Loti fait paraître *Turquie agonisante,* son premier livre politique. Il se rend en août en Turquie, invité par le gouvernement. Accueil triomphal.

1914. Loti demande à être mobilisé. On finit par l'affecter comme agent de liaison, sans solde, auprès du général Galliéni, gouverneur militaire de Paris. Il se rend sur le front, et commence dès octobre à publier des reportages de guerre.

1915. Rappel à l'activité. Mission en Belgique. Loti visite le front belge. Il participe à des négociations secrètes avec la Turquie. Il se rend en Alsace, puis en Champagne, où il passera l'hiver dans les tranchées.

1916. Pétain refuse sa présence à Verdun. Loti publie *La Hyène enragée*, son premier livre de guerre. Il se rend sur le front de l'Est. Mission en Espagne. Hiver à Rochefort et Hendaye.

1917. Il publie son second livre de guerre, *Quelques aspects du vertige mondial*. Retour sur le front. Mission en Italie. Hiver à Rochefort et Hendaye.

1918. Il quitte définitivement le front en juin. Citation à l'ordre de l'armée. Il publie en août *L'Horreur allemande,* et cesse de rédiger un journal intime qu'il a tenu pendant quarante-cinq ans.

1919. Il publie *Prime jeunesse*.

1920. Il défend la cause turque dans *La Mort de notre chère France en Orient*; grand retentissement.

1921. *Suprêmes visions d'Orient* (en collaboration avec son fils Samuel). Hémiplégie. Naissance de son petit-fils, Pierre Viaud.

1922. Préparation, avec son fils, d'*Un jeune officier pauvre* (1923).

1923. Loti meurt à Hendaye, le 10 juin. Funérailles nationales le 16 juin.

1924. Publication, par Juliette Adam, des *Lettres de Pierre Loti à Madame Juliette Adam (1880-1922)*. Le collège de Rochefort devient le lycée Pierre-Loti.

1925. Publication, par son fils, du *Journal intime (1878-1881)*. Publication de *L'Histoire du spahi* (journal de Loti, 1873-1874).

1929. Publication, par son fils, du *Journal intime (1882-1885)*, et, par les soins de Nadine Duvignau et de Nicolas Serban, d'un volume de *Correspondance inédite (1865-1904)*. Claude Farrère publie son *Loti*.

1930. Odette V[alence]... publie *Mon ami Pierre Loti*.

1933. Naissance de l' « Association internationale des Amis de Pierre Loti », qui publie un *Bulletin*.

1934. Publication du *Journal intime* de Loti à Tahiti.

1940. Odette Valence et Samuel Pierre-Loti-Viaud publient *La Famille de Pierre Loti ou l'éducation passionnée,* avec des fragments de journal intime et des lettres de l'écrivain. Mort de la femme de Loti, le 25 mars.

1950. Célébration du centenaire de sa naissance. Exposition à la Bibliothèque nationale. Numéro spécial de la *Revue maritime*.

1969. Mort de Samuel Viaud. Ouverture au public de la maison de Loti, devenue musée municipal, 141 rue Pierre-Loti à Rochefort.

1973. Célébration à Rochefort du cinquantenaire de sa mort.

1980. Nouvelle « Association Pierre Loti ». *Revue Pierre Loti*.

NOTICE

Les circonstances de la genèse et la chronologie probable de la
rédaction ont été exposées dans la préface : elles étaient essentielles
pour interpréter la composition, et pour reconstituer les motivations
affectives autant que les visées esthétiques de Loti. On s'en tiendra
donc ici à un rappel des états successifs du texte.

Le manuscrit de *Pêcheur d'Islande* est passé en vente le 12
novembre 1964 à l'Hôtel Drouot (Étude de Me Ader). Il semble se
trouver présentement dans une collection privée.

La publication préoriginale a eu lieu dans la *Nouvelle Revue* de
Juliette Adam, en cinq livraisons qui correspondent aux cinq
parties de l'œuvre, du 1er avril (et non du 15 mars, comme on l'écrit
souvent, à la suite d'une erreur commise par Juliette Adam elle-
même dans son édition des lettres que Loti lui avait adressées) au
30 mai 1886.

L'édition originale a paru en juin 1886, chez Calmann-Lévy.
Loti remaniait peu ses textes, et les éditions suivantes ne présentent
que des différences mineures avec l'originale.

La plus notable des éditions postérieures date de 1893 : édition
de grand luxe, toujours chez Calmann-Lévy, illustrée de 128
compositions d'E. Rudaux, en tirage limité à 650 exemplaires
numérotés (illustration reprise dans l'édition ordinaire de 1907).
Mais, parallèlement à cette édition qui reprend le texte intégral de
l'œuvre, paraissait une version destinée à être, selon les mots de
l'éditeur, le « type parfait du volume d'étrennes », et dans laquelle
l'auteur a « consenti » à « atténuer le sens et la portée » de certains
passages de « cette admirable et chaste idylle ». Comme l'a montré
Henri Borgeaud dans l'article cité en bibliographie, il s'agit du récit
de la nuit de noces, dans la quatrième partie, amputé d'une page

environ (on lira le texte de cette version expurgée dans la note 8, p. 336). H. Borgeaud signale également que la Librairie Hachette, ayant acquis les droits d'édition, fit paraître en 1930 une édition pour la jeunesse, dans laquelle la nuit de noces fut coupée entièrement, coupure également pratiquée dans l'édition de *Pêcheur d'Islande* parue dans la célèbre « Bibliothèque verte ».

Le texte ici reproduit est celui de l'édition de 1923, dernière parue du vivant de Loti, toujours chez Calmann-Lévy. On s'est borné à rectifier quelques erreurs dues manifestement au typographe.

INDICATIONS BIBLIOGRAPHIQUES

Il n'existe pas de bibliographie complète à ce jour. La liste que nous donnons ne saurait, bien évidemment, être considérée comme exhaustive. Pour plus de détails, on se reportera à la bibliographie établie par Nicolas Serban dans le numéro consacré à Pierre Loti par la *Revue maritime* en 1950, p. 337 à 357, à celle que fournit Keith Millward à la fin de son livre, *L'Œuvre de Pierre Loti et l'esprit fin de siècle*, Nizet, 1955, p. 342 et suiv., et surtout à celle, plus à jour, et très abondante, que donne Alain Quella-Villéger dans son remarquable *Pierre Loti l'incompris*, Presses de la Renaissance, 1986, p. 381 et suiv., qu'on complétera éventuellement par les notes des chapitres.

I. ŒUVRES DE LOTI

1879 *Aziyadé — Stamboul 1876-1877* (anonyme).
1880 *Le Mariage de Loti — Rarahu* (« par l'auteur d'*Aziyadé* »).
1881 *Le Roman d'un spahi.*
1882 *Fleurs d'ennui — Pasquala Ivanovitch — Voyage au Monténégro — Suleïma.*
1883 *Mon frère Yves.*
1886 *Pêcheur d'Islande.*
1887 *Propos d'exil.*
1887 *Madame Chrysanthème.*
1889 *Japoneries d'automne.*
1890 *Au Maroc.*
1890 *Le Roman d'un enfant.*
1891 *Le Livre de la pitié et de la mort.*

1892 *Fantôme d'Orient.*
1892 *Matelot.*
1892 *Discours de réception à l'Académie française.*
1893 *L'Exilée.*
1895 *Le Désert.*
1895 *Jérusalem.*
1895 *La Galilée.*
1897 *Ramuntcho.*
1897 *Figures et choses qui passaient.*
1899 *Reflets sur la sombre route.*
1902 *Les Derniers Jours de Pékin.*
1903 *L'Inde (sans les Anglais).*
1904 *Vers Ispahan.*
1905 *La Troisième Jeunesse de Madame Prune.*
1906 *Les Désenchantées.*
1909 *La Mort de Philae.*
1912 *Un pèlerin d'Angkor.*
1919 *Prime jeunesse.*
1921 *Suprêmes visions d'Orient.*

1923 *Un jeune officier pauvre.*
1925 *Journal intime — 1878-1881.*
1929 *Journal intime — 1882-1885.*

II. ÉTUDES GÉNÉRALES

BALCOU, Jean : « La vision bretonne de Loti », *Revue Pierre Loti*,
    juillet-septembre 1987, p. 153 à 164.
BLANCH, Lesley : *Pierre Loti*, traduit de l'anglais [1983] par Jean
    Lambert, Seghers, 1986.
BRIQUET, Pierre-Édouard : *Pierre Loti et l'Orient*, Neuchâtel, Édi-
    tions de la Baconnière, 1945.
BUISINE, Alain : « Le décoloriste : voyage et écriture chez Pierre
    Loti », *Revue Pierre Loti*, n° 20, octobre-décembre 1984, p. 77 à 86.
— *Cent dessins de Pierre Loti au Musée de la Marine*, catalogue de
    l'exposition tenue en 1982 à Paris, au palais de Chaillot.
DUBOIS, Jacques : *Romanciers français de l'instantané au XIXᵉ siècle*,
    Bruxelles, Palais des Académies, 1963, *passim*.
— « Pierre Loti aujourd'hui », *Revue des Sciences humaines*, janvier-
    mars 1965, p. 81 à 92.

DUPLESSY, Lucien : « Pierre Loti a-t-il fait des romans ? », *Grande Revue*, décembre 1925, p. 219 à 241.

DUPONT, Jacques : « Paysage de Loti », *Commentaire*, n° 14, été 1981, p. 296 à 303.

EKSTRÖM, Per G. : *Évasions et désespérances de Pierre Loti*, Göteborg, Gumperts Förlag, 1953.

FLOTTES, Pierre : *Le Drame intérieur de Pierre Loti*, Le Courrier littéraire, 1937 ; réédité en 1946.

LAPLAUD, Fernand : *Pierre Loti vu par ses contemporains* (textes recueillis par), n° spécial du *Mercure de Flandre*, janvier-février 1931.

LERNER, Michael G. : *Pierre Loti*, New York, Twayne Publishers, 1974.

– « Pierre Loti homme de son époque », *Revue Pierre Loti*, avril-mai 1984.

LE TARGAT, François : *A la recherche de Pierre Loti*, Seghers, 1974.

MAURIAC, François : *Le Roman*, L'Artisan du Livre, 1928, p. 85 à 90 (repris dans *Mes grands hommes*, Monaco, Éditions du Rocher, 1949, p. 207 à 213).

MILLWARD, Keith G. : *L'Œuvre de Pierre Loti et l'esprit « fin-de-siècle »*, Nizet, 1955.

– *Pierre Loti photographe (1850-1923)*, catalogue de l'exposition tenue en 1985 au Musée de Poitiers.

QUEFFÉLEC, Henri : « Loti et la mer », *Cahiers Pierre Loti*, n° 62, décembre 1973, p. 21 à 28.

QUELLA-VILLÉGER, Alain : *Pierre Loti l'incompris*, Presses de la Renaissance, 1986.

SERBAN, Nicolas : *Pierre Loti, sa vie, son œuvre*, Les Presses françaises, 1924.

TRAHARD, Pierre : « Jugements sur Pierre Loti », *Cahiers Pierre Loti*, n° 60, décembre 1972, p. 24 à 34.

TRAZ, Robert de : *Pierre Loti*, Hachette, 1948.

WAKE, Clive : *The Novels of Pierre Loti*, Paris-La Haye, Mouton, 1974.

III. AUTOUR DE PAIMPOL, ET SUR *PÊCHEUR D'ISLANDE*

AVRIL, Jean-Louis, et QUÉMÉRÉ, Michel : *Pêcheurs d'Islande*, Rennes, Ouest-France Université, 1984.

BARTHOU, Louis : *Pêcheur d'Islande de Pierre Loti : étude et analyse*, Mellottée, 1929.

BORGEAUD, Henri : « Les éditions expurgées de *Pêcheur d'Islande* », *Cahiers Pierre Loti*, nº 35, 1961, p. 21 à 23.

CHAPPÉ, F. : « Paimpol (1880-1914), mythes et réalités », *Annales de Bretagne et des pays de l'Ouest*, 1984, nº 91, p. 171 à 192.

— « Réalité sociale et humaine de Paimpol à travers *Pêcheur d'Islande*. Mythe, charme, réalité. Cent ans d'exégèse envoûtée », *Revue Pierre Loti*, juillet-septembre 1986, p. 53 à 62.

DECOIN, Didier : préface à *Pêcheur d'Islande*, France-Loisirs, 1979.

HÉLIAS, Pierre-Jakez : préface à *Pêcheur d'Islande*, Presses Pocket, 1986.

KERLEVÉO, Jean : *Paimpol et son terroir. Reflets et souvenirs*, Rennes, Imprimerie Simon, 1971 (IIIᵉ partie).

LE BOT, Jean : *Les Bateaux des côtes de la Bretagne nord aux derniers jours de la voile*, Éditions des 4 Seigneurs, Grenoble, 1976, p. 109 à 134.

LE BRAZ, Anatole : *Pâques d'Islande*, Calmann-Lévy, 1897.

LE DIUZET, Alain : *Pesketer enez ar skorn troet diwar Per Loti*, traduction et adaptation de *Pêcheur d'Islande* en breton, Saint-Brieuc, Collège breton des Côtes-du-Nord, 1980.

LE GOFFIC, Charles : « Goélettes d'Islande », *L'Âme bretonne*, Honoré Champion, 1908, p. 195 à 206.

LERNER, Michael G. : « Pierre Loti as dramatist : *Pêcheur d'Islande* », *Studi francesi*, nº 51, 1973, p. 485 à 491.

MOULIS, André : « Échos d'une querelle — pages oubliées (au sujet de *Pêcheur d'Islande*) », *Cahiers Pierre Loti*, nᵒˢ 56 à 63, décembre 1971 à juin 1974.

— « De *Pêcheur d'Islande* à *La Paimpolaise* », *Annales de l'Académie des Sciences, Inscriptions et Belles-Lettres de Toulouse*, 1972, p. 181 à 199.

SCEPI, Henri : « Rhétorique de l'incertain dans *Pêcheur d'Islande* », *Revue Pierre Loti*, juillet-septembre 1986, p. 65 à 68.

Ouvrages parus depuis la première édition de *Pêcheur d'Islande* dans Folio :

BUISINE, Alain : *Tombeau de Loti*, Aux Amateurs de livres, 1988.

CHAPPÉ, François : *L'Épopée islandaise. 1880-1914. Paimpol, La République et la mer*, Thonon-les-Bains, Éditions de l'Albaron, 1990.

DOCUMENTS

LETTRE DE HUCHET DU GUERMEUR

En 1885, préparant Pêcheur d'Islande, *Loti avait écrit une lettre à
L. Huchet du Guermeur, armateur à Paimpol, pour lui demander des
précisions. Cette lettre semble perdue, mais la réponse de l'armateur a été
publiée par L. Barthou, en appendice à son étude sur le roman, p. 357 à 359.
On y voit un Loti soucieux de documentation exacte, et moins porté qu'on ne
pourrait le croire à lâcher la bride à son imagination.*

Paimpol, le 17 mars 1885.

Cher Monsieur,

J'ai reçu hier votre aimable lettre à laquelle je réponds ainsi
qu'aux questions que vous me posez.

1° Du 10 au 15 mai jusqu'au 15 août, le soleil ne se couche pas en
Islande.

2° Il y a deux pardons des Islandais, l'un à Paimpol pour la fête
de N.-D. de Bonne-Nouvelle, patronne des marins, l'autre à
Plouézec. Celui de Paimpol a lieu le 8 décembre.

3° Les deux fêtes consistent en procession. A Paimpol, les rues
par lesquelles doit passer la procession sont tapissées de draps
blancs, sur lesquels on pique autant que possible des fleurs et de la
verdure.

Tous les navires sont pavoisés.

Nous avons en sus la bénédiction des navires qui a lieu quelque
temps avant le départ pour l'Islande et qui consiste également en
une procession qui fait le tour du quai, sur lequel se trouve un
reposoir où l'on expose la Vierge, pendant que le curé bénit les
navires. Le reposoir imite une grotte en rochers, et est entouré

d'ancres, de filets de pêche et de trophées d'avirons. Tous les navires pavoisent et saluent la procession au passage.

4° Les mariées de village se marient en vêtements de couleur et sans fleurs d'oranger.

5° La noce défile généralement musique en tête. L'orchestre se compose généralement d'un violon ou d'une vielle. A Ploubazlanec, les pauvres se mettent le long de la route et jouent de l'accordéon ou d'autres instruments quand ils peuvent s'en procurer. Ils ont devant eux un vieux chapeau ou une sébile dans laquelle on jette son offrande.

6° A Ploubazlanec, on achète à la sortie de l'église de fausses fleurs que l'on porte à la boutonnière et au corsage. A la fin du dîner, avant de commencer la danse, on prie pour les défunts de la famille. Quelquefois la noce se rend avant dîner à la chapelle de la Trinité qui, vous le savez, se trouve un peu plus loin que Pors-Even sur la pointe.

7° On fait la pêche en Islande en dérivant sous la grand'voile filée sur le bout. Quand le navire ne dérive pas carrément, on pèse le fond de grand'voile, ou bien l'on hisse un peu de foc, soit la moitié, soit un tiers, ce qui suffit en général.

8° Nous n'avons le droit de pêcher qu'à 3 milles de terre. Les insulaires pêchent dans les fiords au moyen de lignes de fonds.

9° Nos bateaux, pendant toute la première pêche, restent groupés et communiquent assez souvent entre eux ; mais pendant la deuxième pêche, ils sont beaucoup plus au large, et ils se dispersent à cause de la brume qui est très intense.

10° Ils n'ont de communications avec la terre que quand ils vont en baie livrer aux chasseurs leur première pêche ou faire de l'eau dans les bryas.

11° Ils reçoivent et expédient leurs lettres par les chasseurs et la corvette, quand ils se trouvent dans les baies en même temps qu'elle. Quand les navires ont besoin de réparations, ils vont chercher la corvette à Reikawik. Il part pour l'Islande un paquebot de Leyth-Écosse et un autre du Danemark.

Bon voyage, prompt retour, bonne santé et la rosette.

Tout à vous,

L. Huchet du Guermeur.

COUPE D'UNE GOÉLETTE ISLANDAISE

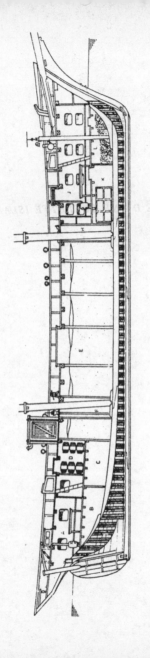

— En (A) se trouve le carré où loge l'état-major, seul le capitaine a droit à un semblant de cabine : tout le monde couche dans des cabanes, sorte de lits clos aménagés dans les parois du carré.

— En (B) est une soute et en (C) une cambuse permettant de serrer toutes sortes de provisions et de matériel.

— En (D) est la cale à vin et à cidre où l'on ramasse aussi les provisions d'eau-de-vie.

— (E) est la cale à poisson, elle est traversée verticalement par des épontilles soutenant les barrots du pont et par l'archipompe (F) entourant le pied du grand mât.

— (H) est le puits aux chaînes.

— En (J) on trouve le poste d'équipage où s'entassent les hommes : ils y dorment dans leurs cabanes, s'y reposent et y prennent leurs repas. En dépit du petit poêle à charbon dont le tuyau sort par la claire-voie l'humidité y est constante et souvent il faut fermer la descente pour éviter les paquets de mer. C'est dans cette ambiance confinée et dans des conditions d'hygiène et de saleté déplorables que des Islandais vivent pendant près de 6 mois.

— Sous le plancher du poste sont aménagées en (K) les caisses à eau potable.

— Enfin (L) est le « gaviot » où sont stockées les provisions de charbon de bois et de terre pour les poêles et la cuisine.

(Extrait de Jean Le Bot,
*Les Bateaux des côtes de la Bretagne nord
aux derniers jours de la voile.*)

CARTE DE LA RÉGION DE PAIMPOL

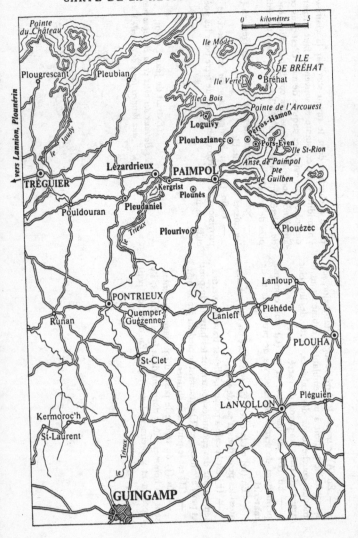

ACCUEIL DE L'ŒUVRE

Le dossier de presse de Pêcheur d'Islande *est extraordinairement abondant et dans l'ensemble élogieux. Nous avons insisté sur deux auteurs contemporains, Maupassant, pour qui la Bretagne de Loti n'a rien de breton, et Mirbeau, qui essaie de rétablir l'équilibre. Quant au texte de Mauriac, il est un de ceux auxquels on se réfère le plus souvent à propos de Loti et qui, convenant particulièrement à* Pêcheur d'Islande, *dit parfaitement le désespoir profond de son œuvre.*

MAUPASSANT

« [...] Le dernier livre de M. Pierre Loti : *Pêcheur d'Islande*, nous donne cette note attendrie, jolie, captivante mais inexacte qui doit, par le contraste voulu avec les observations cruelles et sans charme auxquelles nous sommes accoutumés, faire une partie de son grand succès. [...]

A travers les brumes d'un océan inconnu de nos yeux, il nous a montré d'abord une île d'amour adorable, et il a refait avec Loti et Rarahu ce poème de *Paul et Virginie*. Nous ne nous sommes point demandé si la fable était vraie, qu'il nous disait si charmante. Il revenait de ce pays ; et nous avons pensé naïvement qu'on aimait comme ça là-bas ! De même, nous imaginons volontiers qu'on aima jadis dans notre patrie avec plus d'entraînement qu'aujourd'hui.

Puis il nous a raconté avec non moins de séduction habile les tendresses d'un spahi et d'une mignonne négresse. Le soldat nous avait bien paru un peu conçu d'après la méthode de poétisation continue ; mais la femme, la petite noire était si jolie, si bizarre, si tentante, si drôle, si artistement campée qu'elle nous a séduits et aveuglés aussitôt.

Nous demeurions aussi sans méfiance devant ses étranges paysages beaux comme les horizons entrevus dans les féeries, ou rêvés aux heures des songes.

Puis il nous a dit la Bretagne de *Mon frère Yves*.

Alors, pour tout homme qui regarde avec des yeux clairs et perspicaces, des doutes se sont éveillés. La Bretagne est trop près de nous pour que nous ne la connaissions point, pour que nous n'ayons point vu ce paysan breton, brave et bon, mais en qui l'animalité première persiste à tel point qu'il semble bien souvent une sorte d'être intermédiaire entre la brute et l'homme. Quand on a vu ces cloaques qu'on nomme des villages, ces chaumières poussées dans le fumier, où les porcs vivent pêle-mêle avec les hommes, ces habitants qui vont tous nu-jambes pour marcher librement dans les fanges, et ces jambes des grandes filles encrassées d'ordures jusqu'aux genoux, quand on a vu leurs cheveux et senti, en passant sur les routes, l'odeur de leurs corps, on reste confondu devant les jolis paysages à la Florian, et les chaumières enguirlandées de roses, et les gracieuses mœurs villageoises que M. Pierre Loti nous a décrites. [...] »

(*Gil Blas*, 6 juillet 1886.)

MIRBEAU

« Il a des yeux de voyant et une âme de poète. » Loti a écrit des « livres simples, beaux et *vides* comme la vie », et il y a dans *Pêcheur d'Islande*, en même temps que l' « amour de la vérité », un « souci de plein air [...], un grand souffle de poésie agreste et maritime. [...] Beaucoup se sont essayés à peindre cette Bretagne si difficile qui n'ont réussi qu'à reproduire plus ou moins les impressions du *Guide-Joanne* [...] Pierre Loti est un des très rares qui l'aient comprise et qui aient cueilli cette mystique fleur de mélancolie, au parfum si amer et si pénétrant. »

(*Gil Blas*, 13 juillet 1886.)

MAURIAC

« Loti ne s'interrompt pas pendant quarante ans de hurler à la mort. [...] Personne que Loti n'a éclairé pour nous les ténèbres de ces cœurs sauvages : Yves, Ramuntcho, spahis, quartiers-maîtres, pêcheurs, grands albatros qu'il a un instant capturés et retenus. Loti avait certes le droit [...] de haïr le naturalisme : l'œuvre d'un Zola, d'un Maupassant, calomnie le paysan et l'ouvrier. Lui seul [...] a atteint cette âme vierge du peuple [...]. Née de la mer, [cette œuvre] en a l'uniformité, la monotonie, le chuchotement accablé. Rien à fonder sur ce sable que rongent les marées. »

(*Le Roman*, 1928.)

NOTES

Page 51.

1. Juliette Adam (1836-1936) avait adopté le nom de son père, amputé du *t* final, comme pseudonyme d'écrivain. Mais elle eut plus d'importance par son salon que par ses écrits. Qualifiée communément d'égérie de la IIIe République, elle recevait depuis la fin du Second Empire des hommes politiques républicains comme Gambetta ou Grévy, mais aussi des écrivains comme Flaubert, Daudet, Edmond de Goncourt ou François Coppée, ou des artistes comme Gounod, Massenet, Rodin. Elle avait fondé, en 1879, *La Nouvelle Revue*, qui rivalisait avec la *Revue des Deux Mondes*, et qui, outre le « lancement » de Loti, contribua à la célébrité de Paul Bourget, mais aussi de Vallès, par exemple, dont elle publia *L'Insurgé*. Juliette Adam était entrée en relation avec Loti par le truchement de l'éditeur Calmann-Lévy, actionnaire de la revue, et publia *Le Mariage de Loti* en feuilleton, au début de 1880. Elle exerça peu à peu sur Loti, rencontré pour la première fois en mars de la même année, une influence que ce dernier assimilait à une maternité spirituelle, et l'introduisit dans les salons parisiens. Elle publia en 1924, avec une fidélité parfois approximative, les lettres que Loti lui avait adressées (voir la chronologie). On pourra lire sur elle André Billy, *L'Époque 1900*, Tallandier, 1951, p. 315-316, et à défaut de pouvoir consulter la thèse de Saad Morcos, *Juliette Adam*, Le Caire, Édition Dar Al-Maaref, 1961, on se reportera aux p. 90 à 98 du livre d'Alain Quella-Villéger.

PREMIÈRE PARTIE

CHAPITRE I

Page 57.

1. Le mousse est chargé de veiller sur « le fourneau qui brûle jour et nuit dans la cabane-cuisine du pont. Il est la vestale du feu sacré, ce gamin de quinze ans, cuisinier et bonne à tout faire » (*Paimpol-Guide,* Imprimerie Le Flem, 1907, p. 30-31).

2. Cette durée était exigée des marins par une loi de 1872, demeurée en vigueur jusqu'en 1889.

3. En Bretagne, comme en Limousin ou en Provence, « il fallut des interprètes dans les tribunaux au moins jusqu'en 1899 » (Eugen Weber, *Fin de siècle,* Fayard, 1986, p. 62).

4. *Alcazar :* nom qu'on donnait, dans la seconde moitié du XIXᵉ siècle, à des cafés-concerts, du fait de leur fréquente décoration dans le style mauresque (le mot désigne, à l'origine, un palais fortifié de rois maures, en Espagne).

Page 58.

5. Pour ce nom de lieu et les suivants, on se reportera à la carte, p. 316.

Page 60.

6. *Hyperborée :* propre aux régions du Grand Nord ; cet adjectif, emprunté au grec *hyperboréos,* septentrional, est synonyme d' « hyperboréen ». Loti emploie encore l'adjectif « hyperboréal » dans *Le Livre de la pitié et de la mort.* Calmann-Lévy, 1891, p. 228.

Page 61.

7. *Genèse,* I, 4. Loti, protestant, connaissait bien la Bible, et cite le même passage dans *Le Roman d'un spahi,* II, ch. XXII.

Page 62.

8. *Gaud :* diminutif breton de Margot (Marguerite). « Il vaudrait mieux écrire *Gaude* avec un *e,* de peur qu'en lisant on ne prononce *gau,* sans faire sonner le *d* qui est essentiel » (note de Loti au verso du fᵒ 15 du manuscrit, citée par P. Flottes, *Le Drame intérieur de Pierre Loti,* p. 125). — *Mével :* « serviteur », en breton.

CHAPITRE II

Page 64.

1. Loti reprend le nom d'un armateur de Paimpol, L. Huchet du Guermeur, qui lui avait communiqué, dans une lettre reproduite p. 311, des renseignements sur Paimpol et la pêche en Islande.

2. Ville située à l'ouest de Paimpol.

Page 65.

3. Cette bénédiction a cessé en 1900. Selon J. Kerlevéo, *Paimpol et son terroir*, p. 415-416, Loti a confondu, au chapitre IV de cette Première partie, le Pardon des Islandais, qui avait lieu en février, et la fête patronale de la paroisse, le 8 décembre. L'erreur viendrait alors de la lettre précitée de L. Huchet du Guermeur.

4. Le drapeau, au grand mât, était baissé quatre fois de suite.

5. Le cantique est, bien sûr, l'*Ave Maris Stella*. L'épithète attribuée à la Vierge semble provenir d'une erreur, dans les manuscrits de saint Jérôme, entre *stilla maris*, « goutte de la mer », et *stella maris*, « étoile de la mer ».

6. Comme l'île de Ré (voir plus bas, p. 215), ou l'île d'Oléron, que Loti connaissait bien (voir *Le Roman d'un enfant*), et où il était revenu en 1884 (*Journal intime*, 2 juin 1884).

Page 66.

7. *Goëlo :* territoire dont Guingamp était la ville principale, situé entre Tréguier et Penthièvre, près de Saint-Brieuc.

CHAPITRE III

Page 67.

1. Sur ces coiffes, voir Kerlevéo, *Paimpol et son terroir*, p. 417-418, ainsi que les photographies jointes. Si la coiffe de Gaud est difficile à identifier, celle de la veuve Moan serait la *catiole*.

Page 69.

2. Gaud ne dort pas dans un « lit clos » à la manière bretonne.

Page 70.

3. Il s'agit de la place du Martray. Loti se serait inspiré d'une maison du XVIe siècle, occupée par l'hôtel Richard où lui-même descendait lors de ses passages à Paimpol (cf. dans *Mon frère Yves*,

l'hôtel Le Pendreff). Les « pardons » (pèlerinages autant que fêtes populaires, en Bretagne) sont ici ceux de Notre-Dame de Bonne-Nouvelle, le 8 décembre (cf. plus haut, p. 65, note 3).

Page 73.

4. L'édition originale donne : « [...] comique, moitié amicale, moitié maligne, [...] ». Une inadvertance des typographes pourrait expliquer la modification, dans les éditions postérieures.

Page 74.

5. Il s'agit plutôt de la Cochinchine. Voir la préface, p. 24.

6. Sur cet « avantage social », qui était supposé compenser les ponctions en vies humaines qu'opérait la Marine nationale, voir Fr. Chappe, « Réalité sociale et humaine de Paimpol à travers *Pêcheur d'Islande* [...] », p. 55.

Page 75.

7. Le chemin de fer ne desservait pas encore Paimpol, mais Guingamp, à une trentaine de km. Loti s'inspire ici de son propre voyage, y compris la station à l'église de Guingamp (*Journal intime*, 10 décembre 1884).

Page 76.

8. La basilique N.D.-de-Bon-Secours, église gothique, du XIVe siècle.

CHAPITRE IV

Page 79.

1. Cf. p. 65, note 3.

CHAPITRE V

Page 83.

1. *Aurigny :* comme Jersey ou Guernesey, une des îles anglo-normandes, au bout du Cotentin.

Page 86.

2. La législation stipulait que deux tiers de la valeur de l'épave revenaient à l'État, afin de ne pas encourager les naufrageurs. L'anecdote n'est pas inventée (Kerlevéo, ouvr. cité, p. 427). Voir plus loin, p. 122.

CHAPITRE VI

Page 97.

1. En voici, semble-t-il, le texte en douze couplets : « C'est Jean-François de Nantes / Oué, oué, oué / Gabier de la *Fringante* / Oh ! mes bouées Jean-François / Débarque de campagne, oué, etc. / Fier comme un roi d'Espagne, etc... / En vrac dedans sa bourse / Il a vingt mois de course / Une montre, une chaîne / Qui vaut une baleine. / Branl'bas chez son hôtesse / Carambole et largesses. / La plus belle servante / L'emmèn' dans sa soupente. / De concert avec elle / Navigue sur mer belle. / En vidant la bouteille / Tout son or appareille / Montre, chaîn' se baladent. / Jean-François est malade. / A l'hôpital de Nantes / Jean-François se lamente, / Et les draps de sa couche / Déchire avec sa bouche. / Pauvr' Jean-François de Nantes / Gabier de la *Fringante* » (texte et musique reproduits dans *Jeunesse qui chante. 350 chansons anciennes harmonisées*, Éditions ouvrières, 1943, p. 95).

Page 102.

2. *Faux-pont* : plancher inférieur de l'entrepont, avant la cale.

3. *Maître* : premier grade au-dessus de celui de simple matelot, comparable à celui de caporal dans l'armée de terre.

DEUXIÈME PARTIE

CHAPITRE I

Page 106.

1. *Panne* : tissu à poils longs et peu serrés.

Page 107.

2. *Misaine* : voile basse du mât, à l'avant du navire. Un peu plus bas, l'*allure* est la direction que suit un navire par rapport à celle du vent.

Page 108.

3. « *Chars russes* » : synonyme de « montagnes russes »; cette attraction foraine avait commencé à se répandre sous la Restauration.

Page 109.

4. *Maniable :* ce qui, vent ou mer, permet au navire toute sorte de manœuvre.

Page 111.

5. *Cirages :* cirés, « vareuses, préalablement trempées dans le goudron et dans l'huile de foie de morue » (Charles Le Goffic, « Goélettes d'Islande », dans *L'Ame bretonne*, p. 204-205). Voir plus bas, p. 121.

CHAPITRE II

Page 114.

1. *Inscrits :* conscrits maritimes. L'Inscription maritime, service de recrutement et de mobilisation pour la marine de guerre, avait été organisée par Colbert.

CHAPITRE III

Page 116.

1. Il y a deux calvaires sur la route de Ploubazlanec à Pors-Even, près de la chapelle mentionnée plus bas (Kerlevéo, ouvr. cité, p. 441). Sur les calvaires bretons, voir par exemple V.-H. Debidour, *L'Art de Bretagne,* Arthaud, 1979, p. 171 à 187.

2. Il a existé un établissement nommé « Au café chinois », effectivement décoré de deux magots (Kerlevéo, ouvr. cité, p. 423).

Page 118.

3. Une chanson avait existé, vers 1880, au sujet de quatre filles qui exploitaient une ferme. Elles ont donné leur nom à un groupe de quatre rochers, à l'ouest de Saint-Rion, encore appelé « les fillettes » (Kerlevéo, ouvr. cité, p. 423-424).

4. Il s'agit de la chapelle de Perros-Hamon, ancienne église paroissiale du XVIIIe siècle, désaffectée depuis la Révolution. Loti s'y était arrêté le 12 décembre 1884. On voit une curieuse photo reproduisant « Un vœu à la chapelle de Perros-Hamon » dans *Paimpol et ses environs* (guide officiel du Syndicat d'initiative, 1912), p. 39.

Page 119.

5. Ce cimetière n'existe plus (Kerlevéo, ouvr. cité).

6. Loti a un peu modifié les inscriptions (Kerlevéo, ouvr. cité).

Page 122.

7. « Lits clos », caractéristiques de la Bretagne.

8. Les Floury (sur ce patronyme, voir la préface, p. 22) avaient adopté une petite fille, Catherine Caous, dont le père était mort à bord de la *Léopoldine,* en avril 1877 (Kerlevéo, ouvr. cité, p. 426).

9. Diminutif de Guillaume.

Page 125.

10. Ce nom n'existe pas dans la région (Kerlevéo, ouvr. cité, p. 430). Il y a une croix à Kerroc'h, sur la route entre Pors-Even et Paimpol. Loti s'est-il souvenu de Plouézoc'h, qui se trouve dans le Finistère, près de Morlaix, ou de Plouézec (voir la carte p. 316) ?

CHAPITRE V

Page 129.

1. *En cheveux :* sans chapeau ; signe, à l'époque, de condition prolétarienne, ou pire.

CHAPITRE VI

Page 131.

1. Loti était lui-même allé à Makung (îles Pescadores, près de Formose) en 1885, pour la campagne de Chine qu'il évoque notamment dans *Propos d'exil* (1887).

2. Le même sort est réservé à Jean Berny, désigné aussi pour l'Extrême-Orient, dans *Matelot* (1892), au chapitre XXXVII : « De permission, il n'en eut point, en effet », et sans aucune visite.

CHAPITRE VII

Page 133.

1. *Recouvrance :* faubourg de Brest où se trouvait le port de guerre, encore évoqué dans *Mon frère Yves* (1883) et dans *Matelot,* par exemple.

Page 134.

2. *Liettes :* cordons de coton blanc, qu'on nouait pour fermer la chemise. Les matelots plissaient en effet au petit fer les trois liettes qui se trouvaient de chaque côté.

3. *Gabier :* matelot chargé de l'entretien et de la manœuvre des voiles.

CHAPITRE IX

Page 139.

1. Dans une lettre à Juliette Adam (1er mai 1885, p. 57), Loti déclare être sur le bateau qui le conduit à Formose, bateau « encombré de zouaves et de joyeux d'Afrique ».

Page 140.

2. « Un grand capharnaüm de toutes les nations, avec un fond d'Égypte et des infinis de sable » (*Journal intime*, 2 juin 1883).

3. Le canal de Suez. « Traversé la première partie de l'isthme de Suez [...] dans un éblouissement de soleil » (*Journal intime*, juin 1883).

4. La mer Rouge.

Page 142.

5. Allusion à la Bible (*Exode*, X, 13). Dans son *Journal intime*, toujours en juin 1883, Loti note leurs « sonorités de cristal assourdissantes », dans « le désert de Moïse ».

CHAPITRE X

Page 143.

1. Voir *L'Inde (sans les Anglais)* (1903), où la séduction exercée par ce pays sur Loti est à la fois plus mitigée et moins exclusivement sensuelle.

Page 144.

2. Loti semble avoir prêté à Sylvestre une abstinence qui ne fut pas la sienne : « Une cohue indienne, des bayadères, des senteurs de plantes qui grisaient. Enivré surtout par ces grands yeux de velours qu'ont les femmes de ce pays, même les dernières prostituées, — enivré d'avoir tenu dans mes bras une femme de cette race admirable, la plus belle et la plus voluptueuse peut-être de toutes les races du monde » (*Journal intime*, 12 juillet 1883 ; cf. *ibid.*, 24 décembre 1883). On notera au passage qu'un autre épisode érotique, avec une femme fellah de Port-Saïd (*ibid.*, lettre à Pouvillon du 19 juin 1883), n'avait pas non plus été prêté, même allusivement ou discrètement, au pur Sylvestre.

3. C'est précisément à Singapour que Sylvestre sera enterré (voir p. 170). Sur Singapour, voir *Propos d'exil*.

4. Aujourd'hui Da-Nang, toujours une base navale au sud du Vietnam, sur la mer de Chine. Sur Tourane, voir de longs développements dans *Propos d'exil*. Au moment de quitter Tourane, Loti notera dans son *Journal* : « Je n'aimais pas ce pays et peu cette *Atalante* » (cité par A. Quella-Villéger, *Pierre Loti l'incompris*, p. 117).

5. Cette *Circé*, au nom lourd de signification, ressemble fort à l'*Atalante*, bateau sur lequel Loti se rendait au Tonkin en juillet 1883. La *Circé* se retrouve encore en baie de Tourane dans *Propos d'exil*, et c'est sur un bateau du même nom que Jean Berny, dans *Matelot*, voyage vers un Extrême-Orient qui lui sera fatal (chap. XXXVIII).

CHAPITRE XI

Page 145.

1. Voir plus haut, p. 65.

CHAPITRE XII

Page 153.

1. Loti transpose ici l'échouage de l'*Atalante* en côte d'Annam (*Journal intime*, 27 novembre 1883).

Page 154.

2. Faut-il imputer ce détail à l'anglophobie que Loti partageait avec bien des officiers de la marine nationale ?

3. *Se déhaler* : se dégager d'une position dangereuse en s'éloignant.

CHAPITRE XIII

Page 156.

1. Ha-Long est une baie proche de Haiphong, au Vietnam ; Loti y voyait « une région d'un aspect unique probablement sur la terre », et l'a longuement décrite (*Journal intime*, t. II, p. 82 ; cf. *Propos d'exil*). Il devait y repasser en 1901, sur le *Redoutable*, lors de son dernier voyage en Extrême-Orient.

Page 157.

2. *Bac-Ninh* et *Hong-Hoa* : villes du Tonkin, prises par les

Chinois, puis reprises par les Français, la première le 16 mars 1884, la seconde un peu plus tard. La guerre devait durer jusqu'en juin 1885.

TROISIÈME PARTIE

CHAPITRE I

Page 160.

1. Troupes auxiliaires chinoises, engagées dans le conflit du Tonkin, à partir de 1882 ; c'est en 1887, après la fin de la guerre avec la Chine (1885), que le Tonkin deviendra partie de l'Indochine française.

Page 161.

2. *Feuillée :* littéralement, abri que forme le feuillage des arbres (Robert). Loti semble employer ce terme de façon légèrement impropre, peut-être par ce goût de l'archaïsme qui lui fit installer dans sa maison de Rochefort des salles gothique et Renaissance en 1888 et 1896, et organiser un célèbre dîner Louis XI en 1888 (voir A. Quella-Villéger, *Pierre Loti l'incompris*, p. 228 à 230, 236 à 238).

CHAPITRE II

Page 164.

1. Loti s'inspire ici de ses souvenirs de la *Corrèze,* qui rapatriait en décembre 1883 blessés et malades du corps expéditionnaire du Tonkin (Kerlevéo, ouvrage cité, p. 431).

Page 165.

2. Cf., dans *Mon frère Yves,* chapitre XI, et dans *Matelot,* chapitre XLVI, d'autres évocations des parages équatoriaux. Dans son *Orages et tempêtes dans la littérature,* Société d'Éditions Géographiques, 1929, p. 219, J. Rouch observe que c'est dans cette « zone déprimante » que Loti « fait mourir plusieurs de ses héros ».

Page 166.

3. *Mantelets :* volets ; *sabords :* ouvertures quadrangulaires dans la coque du navire.

CHAPITRE III

Page 170.

1. Loti s'inspire ici de l'enterrement d'un de ses matelots (*Journal intime*, 24 juillet 1883). P. Flottes (*Le Drame intérieur de Pierre Loti*, p. 173 à 176) a esquissé une comparaison des deux textes.

2. Sur l'attitude de Loti face à la race chinoise, et plus généralement sur son supposé « racisme », voir l'équitable mise au point d'Alain Quella-Villéger, ouvrage cité, p. 216 et suiv.

Page 171.

3. *Indra :* l'Ardent. Dieu indien, souverain du ciel, dispensateur de la pluie fécondante, protecteur des guerriers. L'intérêt de Loti pour les religions indiennes sera plus manifeste dans *L'Inde (sans les Anglais)*.

CHAPITRE IV

Page 173.

1. *Émotionne :* ce verbe, apparu dès 1823 selon le Robert, est encore jugé « familier » par Littré.

2. *Surfaisant :* proposant un prix exagéré.

CHAPITRE V

Page 175.

1. Voir plus haut, p. 114.

2. Cette abréviation familière de « procuration » semble avoir été particulière aux marins bretons. Nous n'en avons pas trouvé trace dans les dictionnaires usuels. Cf., dans *Mon frère Yves*, la « délègue », pour « délégation » (chap. LXVIII). Cette procuration devait servir à toucher ce qui restait dû à Sylvestre après quelque temps de service (une part de la solde était versée d'avance).

Page 177.

3. Les employés de bureau attachaient ces bouts de manche avec des élastiques, pour protéger des taches et de l'usure les manches de leurs vêtements.

Page 178.

4. Le premier chapitre de *Mon frère Yves* donne des précisions sur
ce document, sorte de passeport, mais aussi document comptable
précisant les soldes perçues par le marin, et récapitulation « rela-
tant [...] tous les manquements auxquels les matelots sont sujets,
avec, en regard, le tarif des peines encourues, — depuis les
désordres légers qui se paient par quelques nuits à la barre de fer
jusqu'aux grandes rébellions qu'on punit par la mort ». Et Loti
conclut ainsi ce chapitre : « Tout un étrange grand poème d'aventures et de misères tient là entre les feuillets jaunis. »

5. Loti a prêté à Sylvestre le même matricule qu'à Yves
Kermadec, à la première page de *Mon frère Yves*. C'était en fait celui
de Pierre Le Cor.

6. *Bien-Hoa :* c'est le nom d'un bateau qui se trouvait à Saigon en
mai-juin 1883, et sur lequel a servi quelque temps Sylvestre Floury,
cousin de Guillaume-Yann (Kerlevéo, ouvrage cité, p. 433).

CHAPITRE VII

Page 183.

1. *Chasseurs :* bateaux de petit tonnage, qui assuraient la liaison
avec les flottilles de grande pêche, notamment en transbordant le
poisson déjà pris pour le porter en France (cf. *Paimpol-Guide,*
ouvrage cité, p. 35).

CHAPITRE VIII

Page 185.

1. Le quart durait alors six heures (*Paimpol-Guide,* ouvrage cité,
p. 29) — quatre heures dans la marine de guerre.

CHAPITRE IX

Page 188.

1. Cf. le « cours d'immortalité » fait par le narrateur à Yves et
quelques autres (*Mon frère Yves,* chap. XC et XCI), et, dans *Matelot,*
chap. XLIX, les remarques sur les matelots, qui « sont rarement
des athées [...]; ils prient, ils font des vœux à la Vierge et aux
Saintes, mais, par une puérile inconséquence, ils ne croient jamais à
la persistance de leur âme propre ».

CHAPITRE X

Page 193.

1. Comparaison fréquente chez Loti : voir plus bas, p. 202, les « cloîtres profonds » de la mer, et par exemple *Un jeune officier pauvre*, Calmann-Lévy, 1923, p. 1, 3. Loti parlera encore de la mer comme du « cloître profond et superbe, le souverain refuge ouvert aux désolés qui n'ont pas de foi... » (*Reflets sur la sombre route*, cité par P. G. Ekström, *Évasions et désespérances de Pierre Loti*, p. 32). Cf. aussi ce passage du *Journal intime* du 7 avril 1900, évoquant « le calme délicieux de ce cloître [qui] a tout apaisé en moi-même » (cité par Millward, p. 128). De son côté, Cl. Wake a comparé le bateau lotien à la tour de *La Chartreuse de Parme* (*The Novels of Pierre Loti*, p. 107) Mais dans *Mon frère Yves*, la clôture se fait « séquestr[a- tion] », « vie étrange et contre nature » (chap. XCII)

CHAPITRE XI

Page 196.

1. *Drôme :* ensemble de pièces de rechange (avirons, mâts ou vergues) rangées sur le pont d'un navire.

2. Cf. la rencontre d'un baleinier suspect, dans *Mon frère Yves*, chap. LXXXV à LXXXVII.

Page 199.

3. *Espars :* pièces de mâture, ou longues pièces de bois pour le remplacement d'un mât ou d'une vergue.

4. Cf. l'anecdote, assez voisine, racontée par des Bretons, d'un brick sans équipage, rencontré dans la Manche un crépuscule d'hiver, « où l'on hésitait à monter, par peur d'y trouver des hommes morts » (*Matelot*, chap. XXIV).

CHAPITRE XII

Page 204.

1. *Cochléaria :* le marin qu'était Loti ne pouvait qu'être attentif à cette herbacée, autrefois cultivée pour ses propriétés antiscorbu- tiques.

CHAPITRE XIII

Page 208.

1. Il est possible de voir ici la transposition romanesque d'une scène décisive dans son aventure bretonne, que Loti note dans son *Journal intime,* le 13 décembre 1884 : « Près de chez elle, je m'arrête et me place dans un chemin où je sais qu'elle passera. Elle passe en effet et, timide, je demande encore mon baiser d'adieu. [...] Et je m'en vais, et c'est fini à jamais... » On rapprochera aussi cette scène de celle où Gaud se poste dans un corridor pour rencontrer Yann (p. 146 et suiv.).

2. *Plouherzel :* comme dans *Mon frère Yves,* ce toponyme remplace Kergrist, où Loti s'était rendu en 1878, pour voir la mère de Pierre Le Cor, et en 1884.

CHAPITRE XIV

Page 211.

1. Voir p. 118, note 3.

2. Nous n'avons pas trouvé de précisions sur cette chanson.

Page 215.

3. Cf. plus haut, p. 65.

4. *Bordeaux :* ville certainement — et secrètement — liée pour Loti au souvenir d'une passion très violente, évoquée dans son *Journal intime.*

CHAPITRE XV

Page 217.

1. Ce café, situé rue de l'Église, dans un bâtiment datant des XIVe et XVe siècles, était tenu par les Mével (dont Loti a donc donné le nom à Gaud). Mais il existait aussi des Tressoler, qui tenaient un autre café, « Au Lion d'or » (Kerlévéo, ouvrage cité, p. 438).

Page 218.

2. Voir p. 122, note 8. Cette goélette avait eu pour capitaine François Floury (Kerlévéo, ouvrage cité, p. 439).

QUATRIÈME PARTIE

CHAPITRE III

Page 235.

1. Loti semble avoir prêté à Yann sa propre attitude envers les robes de sa femme.

CHAPITRE VI

Page 243.

1. *Violonaire :* ce régionalisme n'apparaît dans aucun dictionnaire usuel.

CHAPITRE VII

Page 250.

1. Originale : « voir à sa barque ». Le typographe a-t-il, par la suite, considéré comme une incorrection cette possible imitation par Loti d'un tour populaire ?

2. *Paravirer :* ce terme, absent des dictionnaires courants, est encore usité aux Antilles françaises, dans le sens de « gifle » ou de « coup au visage ». Il vient probablement de « pare à virer », ordre fréquent au temps de la marine à voile.

Page 251.

3. Une goélette de ce nom (« La Jeune-Zélie ») a existé, perdue en Islande en 1878 (Kerlevéo, ouvrage cité, p. 441).

Page 252.

4. Nous n'avons pu identifier plus précisément cette chanson.

5. *Moque :* petit pot de terre en forme de tasse, ou gobelet en ferblanc. Ce régionalisme des côtes de la Manche et de l'Atlantique apparaît aussi dans *Mon frère Yves*, chap. XIX.

Page 253.

6. C'est le diminutif de Françoise; celui de François serait Fanch, ou Fanchec. Voir plus bas, p. 280, Fante Floury.

7. *Tirer au clair :* filtrer, décanter.

Page 255.

8. Voici le texte de l'édition de 1893, remanié par Loti à l'usage de la jeunesse, et dont il semblait, sur le tard, approuver les atténuations demandées par l'éditeur, selon le témoignage de Claude Farrère : « L'extraordinaire, c'est qu'il déteste son œuvre, et l'estime néfaste. A son avis, rien de plus immoral que *Pêcheur d'Islande*. Calmann-Lévy a d'ailleurs coupé largement dans la nuit de noces de Gaud et de Yann... " Et il a bien fait ", m'affirme Loti, convaincu » (*Loti*, Excelsior, 1929, p. 75).

Alors ils se sentirent seuls, l'un à l'autre. Ils tremblaient tous deux en se tenant les mains.

Lui se pencha d'abord vers elle pour l'embrasser, et Gaud, aussi chastement que le soir de leurs fiançailles, appuya ses lèvres au milieu de la joue d'Yann, qui était froidie par les vents, tout à fait glacée.

Bien pauvre, bien basse, leur chaumière, et il y faisait très froid. Ah ! si Gaud était restée riche comme anciennement, quelle joie elle aurait eue à arranger une jolie chambre, non pas comme celle-ci sur la terre nue... Elle n'était guère habituée encore à ces murs de granit brut, à cet air rude qu'avaient les choses ; mais son Yann était là avec elle ; alors, par sa présence, tout était changé, transfiguré, elle ne voyait plus que lui...

Debout, ils restaient là, muets, dans l'extase d'un baiser qui ne finissait plus. Ils mêlaient leurs respirations un peu haletantes, et ils tremblaient tous deux plus fort, comme dans une ardente fièvre. Ils semblaient être sans force pour rompre leur étreinte, et ne connaître rien de plus, ne désirer rien au delà de ce long baiser.

Elle se dégagea enfin, troublée tout à coup :

— Non Yann !... grand'mère Yvonne pourrait nous voir !

Mais lui, avec un sourire, allongea le bras derrière lui et, du revers de la main, éteignit la lumière comme avait fait le vent...

Alors, brusquement, il l'enleva dans ses bras ; il l'emportait dans l'obscurité vers le beau lit blanc à la mode des villes qui devait être leur lit nuptial...

Autour d'eux, pour leur premier coucher de mariage, le même invisible orchestre jouait toujours.

Houhou !... houhou !... Le vent tantôt donnait en plein son bruit caverneux avec un tremblement de rage ; tantôt répétait sa menace plus bas à l'oreille, comme par un raffinement de malice, avec des petits sons filés, en prenant la voix flûtée d'une chouette.

Et la grande tombe des marins était là tout près, mouvante, dévorante, battant les falaises de ses mêmes coups sourds. Une nuit ou l'autre, il faudrait être pris là-dedans, s'y débattre au milieu de la frénésie des choses noires et glacées ; — ils le savaient...

Qu'importe ! pour le moment, ils étaient à terre, à l'abri de toute cette fureur inutile et retournée contre elle-même. Alors, dans le logis pauvre et sombre où passait le vent, ils n'avaient souci de rien ni de la mort, enivrés, leurrés délicieusement par l'éternelle magie de l'amour.

CHAPITRE VIII

Page 263.

1. Probable allusion au cimetière de Sudurgata (cf. préface, p. 25, note 37).

CINQUIÈME PARTIE

CHAPITRE II

Page 267.

1. *Briser* : écumer, déferler.

Page 269.

2. *Plat-bord* : partie haute du bordage qui entoure le pont d'un bateau.

3. *Mecque* [sic] : « Le pêcheur, debout sur le pont du navire, [...] laisse couler dans la mer la ligne qui passe dans une fourche de bois nommée mèque [...] Pour donner aux hameçons un mouvement de va-et-vient qui attire le poisson, le pêcheur, des deux bras alternativement, hale et laisse filer la ligne. Cela s'appelle méquer. Le mouvement rythmique des bras s'accompagne d'un balancement du corps et d'un piétinement » (*Paimpol-Guide*, ouvrage cité, p. 29). Voir Jean Le Bot, *Les Bateaux des côtes de la Bretagne nord aux derniers jours de la voile*, p. 131.

Page 270.

4. Cf. plus bas, p. 283. Cette croix s'appelle « ar groaz pell », la croix éloignée (Kerlevéo, ouvrage cité, p. 442).

Page 271.

5. Cf. le *Journal intime*, 28 novembre 1883 : « C'est étrange, cette agitation de l'eau profonde, avec ce grand calme de l'air ; c'est comme si le lit des mers, trop rempli, voulait envahir les plages. »

CHAPITRE V

Page 276.

1. *Ramasseront les balais :* seront bons derniers.

CHAPITRE VIII

Page 282.

1. *Liston :* bande ou moulure peinte, au-dessus de la ligne de flottaison, à la hauteur de la ceinture de bordage.

2. *Hunier à rouleau :* voile carrée, gréée sur le mât central, qui peut se manœuvrer du pont. Voir J. Le Bot, *Les Bateaux des côtes de la Bretagne nord* [...], p. 120.

3. *Bout dehors :* espar horizontal à l'avant d'un bateau, permettant de fixer un foc.

4. *Foc d'artimon :* voile triangulaire, enverguée sur un cordage appliqué de la tête du mât arrière (dit d'artimon) à un point fixe au plancher.

CHAPITRE X

Page 291.

1. *Îles Feroë :* archipel danois, à 300 km au nord de l'Écosse.

COLLECTION FOLIO

Dernières parutions

Impression CPI Bussière
à Saint-Amand (Cher), le 12 août 2014.
Dépôt légal : août 2014.
1ᵉʳ dépôt légal dans la collection : août 1998.
Numéro d'imprimeur : 2011469.
ISBN 978-2-07-038070-1./Imprimé en France.